임진운 판타지 장편 소설

대공학자

대공학자 1

임진운 판타지 장편 소설

초판 1쇄 찍은 날 § 2002년 4월 10일
초판 1쇄 펴낸 날 § 2002년 4월 20일

지은이 § 임진운
펴낸이 § 서경석

편집장 § 문혜영
편집 § 장상수 · 박영주 · 김희정 · 권민정 · 이종민
마케팅 § 정필 · 강양원 · 김규진 · 안진원

펴낸곳 § 도서출판 청어람
등록번호 § 제1081-1-89호
등록일자 § 1999. 5. 31
어람번호 § 제1-0230호

주소 § 경기도 부천시 원미구 심곡1동 350-1 남성B/D 3F (우) 420-011
전화 § 032-656-4452   팩스 § 032-656-4453
http://www.chungeoram.com
E-mail § eoram99@chollian.net

ⓒ 임진운, 2002

값 7,500원

ISBN 89-5505-332-0 (SET)
ISBN 89-5505-333-9 04810

임진운 판타지 장편 소설

대공학자

공학원

도서출판 청어람

작가의 말

어려서부터 위인전을 읽으면 그들처럼 위대한 사람이 된다고 한다. 하지만 시간은 너무나 많이 흘러 두 번 다시 그들과 같이 될 수 없는 세상이 되어버렸다.

왼쪽 가슴에서 콧물 닦을 수건조차 떼어내지 못할 나이 즈음, 유관순 누나가 했던 것처럼 독립운동을 벌이려 해도 우리 나라는 이미 자치 국가였고, 이순신 장군처럼 왜군과 맞서 싸우려 해도 평화의 시대였기 때문에 그 뜻을 이루지 못했다. 이런 환경에서 자라오다 보니 자연스럽게 내가 좋아하는 위인이 장영실이라는 인물이 되어버린 듯하다. 과학자라는 지위는 아직도 건제하기 때문에.

과학자. 대한민국의 남아라면 누구나 한번쯤 자신의 꿈이라고 말해 봄직한 직업이었고, 필자 역시 그런 대한민국의 남아 중에 한 명이었다. 그 당시 가장 좋아하던 과학자는 장영실도 아니었고, 아인슈타인도 아니었고, 아이삭 뉴튼도 아니었다. 그저 만화에서 이름도 없이 성만 나오는 김 박사, 한 박사였지만 그들도 당당히 과학자라 불리는 이들 중의 한 명이었다.

머리가 점차 굵어지며 내 머리 속의 영웅들이 하나둘씩 잊혀져 가고, N으로 시작하는 그룹이 부른 Hero라는 곡의 가사에 동감을 하고 있을 때, 나는 문득 떠올렸다. '김 박사, 한 박사는 어떻게 박사가 되었지?' 너무나 현실적이고 멋없는 나의 착상이 『대공학자』가 쓰여지게 된 배경이었다.

나는 비록 예전에 장담했던 것과 같이 과학자가 되지는 못했지만, 지금도 어디선가 밤잠을 잊은 채 장난감 로봇을 날리며 과학자가 되겠다고 장담하고 있을 대한민국의 아이들에게 이 글을 바친다.

2002년 4월 10일
글쓴이가.

I 장 한명신

　하늘의 장난인지 아직 해가 중천이어야 할 대낮임에도 불구하고 구름이 하늘을 가려 어둠을 뿌리고 있었다. 이런 날씨가 하늘의 변고라 생각했는지, 사람들이 북적거릴 시간에도 저잣거리는 몇몇 사람만이 바쁜 걸음을 옮길 뿐 한산하기 그지없었다. 이 저잣거리를 따라 일 다경(15분)가량 서쪽으로 걸음을 옮기면 한양에서 꽤나 유명한 서낭당이 나온다. 그곳에는 언뜻 보기만 해도 입이 벌어질 만큼 거대한 감나무가 한 그루 서 있었는데, 서낭신을 모시는 제단의 모양새는 다른 서낭당들과 그리 다르지 않았지만 이 엄청나게 거대한 감나무 때문에 유명세를 타게 되었다.
　이유가 하나 더 있다면 이 마을은 예로부터 유달리 많은 인재들을 배출해 냈는데, 그것이 모두 서낭신의 덕이라 생각했기 때문이다. 구전에 따르면 무려 천 년이나 된 감나무라 하였다. 물론 말하기를 좋아하는 호사가들이 꾸며낸 이야기일 수도 있겠지만 우람하게 서 있는 이 감나무의 모습은 보는 이로 하여금 충분히 그 이야기에 고개를 끄덕이게 만들고 있었다. 어느 방향에선가 바람이 불어오는지 무성한 감나무의 잎들이 듣기 좋은 소리를 내며 흔들리기 시작했다.

촤라라라락.

시간이 지남에 따라 나뭇가지의 흔들림은 점차 거세어져 갔고, 잎사귀 부딪치는 소리도 그에 따라 점차 커지는 듯싶더니 놀랍게도 사람의 목소리가 나뭇잎 사이에서 흘러나오기 시작했다. 비록 사람의 입에서 나오는 것과 같이 또렷한 소리는 아니었지만 은은히 들려오는 소리가 마치 천상에서 흘러나오는 것인 양 사방으로 울려 퍼지기 시작했다.

[…오늘 자정을 지나면 인세의 세월로 천 년이 지나는구나. 이곳에서 서낭신으로 지낸 것이 벌써 천 년이나 되었단 말인가. 나름대로 긴 시간이었지. 이제 옥황상제님의 삼십삼대신 중의 하나가 되겠군. 다음에는 어떤 신령이 이곳의 서낭신으로 오게 될지…….]

신비한 목소리의 중얼거림이 잠시 동안 이어지더니, 원래 아무런 소리도 나지 않았다는 듯 그 신비한 목소리는 바람 사이로 흩날리며 사라져 버렸다. 먹구름이 뭉쳐 울먹이는 표정을 하던 하늘은 더 이상 참지 못하겠는지 빗방울을 떨어뜨리기 시작했다.

후두둑.

빗방울이 나뭇잎을 때리는 소리가 경쾌하게 들리기 시작했고, 나뭇잎에서 방울진 빗방울들은 하나둘 땅을 향해 낙하하고 있었다. 이때 마을로 이어진 길의 끝에서부터 모습을 드러낸 한 작은 소년이 빠르게 발을 놀려 감나무 밑으로 몸을 들였는데, 그는 길을 지나다 갑작스럽게 비를 만났는지 길게 땋아 내린 댕기는 이미 모두 젖어 있었고, 빨갛게 상기된 볼의 굴곡을 타고 물방울들이 흘러내렸다.

육칠 세나 되었을까? 비록 어린 나이였지만 그의 생김새는 제법 비범함을 드러내고 있었다. 나이답지 않게 이목구비가 뚜렷했고, 고집스러운 성격을 보여주듯 악다문 입술이 수려했다. 또한 검은 눈동자 역시 맑고 깊었기에 보는 이로 하여금 탄성을 자아내게 만들었다. 소년의 굳게 다물려진 입이 열리며 하얀 입김이 조금씩 새어 나오기 시작했다.

"이런, 아버님께서 걱정을 하시겠군. 아무런 말도 없이 나오는 것이 아니었는데… 낭패야."

소년은 자책을 하며 감나무 아래 몸을 웅크려 앉았다. 그 자세로 비가 그치기를 기다리는지 하늘을 바라보던 그는 문득 답답한 한숨을 내쉬었다.

"하아, 그나저나 이 감나무는 정말 거대하기도 하구나. 내 나이 육세에 많은 것을 익혔다고 자부하나, 인고의 세월을 겪은 이 나무에 비하면 얼마나 부끄러운 배움이랴."

어린 나이에 걸맞지 않는 의미심장한 말을 흘린 소년은 나무를 물끄러미 올려다보았다. 그러던 그는 무슨 생각이 들었는지 몸을 옮겨 나무에 오르기 시작했다. 동시에 감나무의 잎사귀들이 흔들리며 다시 공명음이 흘러나오기 시작했는데, 소년의 귀에는 그저 흔들리는 나뭇가지의 소리일 뿐이었다.

[무엄한지고! 본 신령을 밟고 오르는 이 아해는 또 무엇인가. 쯧쯧, 아직 어려서 그렇겠거니… 허허, 저러다 떨어지기라도 한다면 어찌하려고.]

감나무의 서낭신은 마치 재롱을 피우는 손자를 대하듯이 자신의 선체를 기어오르는 소년을 지켜보고 있었다. 다 큰 장정이 올라도 힘이 들 만큼 거대한 나무였지만 소년은 가진 힘을 다하여 오르고 있었다. 비록 그 모습이 위태위태했지만 소년은 전혀 아랑곳하지 않았다. 어린 자의 치기이리라. 소년은 어른 키의 서너 배가 되는 높이까지 오르자 잠시 쉬기 위해서인지 이마에 흐르는 땀을 소매로 닦으며 눈을 돌렸다.

"명신아, 겨우 이 정도를 올라온 것뿐인데 벌써 지쳤단 말이냐? 여섯 살의 나이로 천 년의 끝을 보는 것이 쉬울 줄 알았더냐."

스스로를 명신이라 칭한 소년은 자신을 한번 꾸짖고서 다시 나무에 오르기 시작했다. 하나 얼마 오르지 못하고 다시 몸놀림을 멈추어야 했는데, 그 위로는 손을 뻗을 가지가 보이지 않았기 때문이다. 조금 더 살펴보자 그의 키보다 훨씬 높은 곳에 나뭇가지가 하나 있었는데 뒤꿈치를 들어도 손이 닿지 않았다.

"이 정도에서 뜻을 굽히면 장부라 할 수 없다."

명신은 어떠한 뜻을 굳혔는지 입술을 지그시 깨물었고, 순간 힘껏 무릎을 굽혔다가 펴며 그 나뭇가지를 향해 뛰어올랐다.

"으라차!"

나름대로의 눈대중이 맞았는지 손을 타고 전해오는 나뭇가지의 촉감에 희미한 웃음을 머금었다. 하지만 그 웃음이 사라지기도 전에 나뭇가지가 부러지는 소리가 나며 명신의 몸은 땅으로 추락하기 시작했다. 사실 감나무라는 것이 썩은 가지나 온전한 가지나 겉모습으로 구분하기는 불가능하였기에 명신의 실수라고 할 성질의 것은 아니었다. 구태여 잘못이라면 감나무에 오르기 시작한 것이 잘못이랄까?

우지끈!

명신은 꽤나 오랜 시간 동안 떨어진다는 느낌을 받았고 결국은 머리

뒤쪽으로 둔탁한 충격을 받으며 의식을 잃었다. 물기로 촉촉이 젖은 땅으로 그의 머리에서 흘러나온 진득한 핏물이 스며들기 시작했는데, 그가 떨어진 모습만 보더라도 치명상임을 쉽게 알 수 있었다. 다시금 나뭇잎들이 격하게 흔들리며 서낭신의 목소리가 들리기 시작했다.

[통제라… 하필이면 성스러운 날 이런 사고가 일어났단 말인가…….]

명신의 변고에 서낭신은 마치 자신의 일이라도 되는 양 안타까운 탄성을 흘렸다. 서낭신은 주변의 생명체를 느끼며 명신을 도울 만한 사람을 찾아봤지만 아무도 없다는 것을 금세 알 수 있었고, 조금의 시간이 지나서야 할 수 없다는 듯이 한숨을 내쉬었다.

[허허, 어찌 이곳을 지키는 존재로서 너의 죽음을 보고 있겠느냐… 아무리 생각해도 이대로 너를 두고 승천할 수는 없겠구나.]

서낭신의 독백이 끝나자 더 이상 거리낄 것이 없었는지 거대한 감나무는 희미한 오색의 빛무리에 싸이기 시작했다. 나뭇잎 하나하나가 오색의 영롱한 빛을 발했으며 잎의 수맥에선 물 대신 빛이 흐르는 듯하였고, 곧 나뭇잎에서 발하던 은은한 오색의 빛은 다시 작은 크기로 뭉쳐 들어 지금은 순백색의 빛덩어리가 되어 있었다.

[소년아… 이것은 본 신령의 천년정화 중 일부분이니라. 이것으로 너를 살린다면 나는 다시 삼백 년을 기다려야 하겠으나 나에게 삼백 년은 그리 긴 세월이 아닐 것이니… 너를 살리는 것은 나의 뜻이로되 그 이후의 일은 너의 운명이리라.]

복잡한 의미를 담은 독백이 끝나자 작게 뭉쳐져 공중에 떠 있던 빛덩어리가 정신을 잃고 쓰러져 있는 명신의 전신을 감쌌는데, 놀랍게도 뒷머리에서 흐르던 피는 서서히 멈추었고, 나뭇가지에 의해 생긴 상처

들은 빠른 속도로 치유되기 시작하였다. 하지만 아직도 이 신기한 현상의 끝은 아닌 듯, 처음보다는 조금 흐려진 빛 덩어리가 명신의 모공 속으로 스며들기 시작했다.

[이런, 천년지정을 흡수하고 있다니……. 너무 많은 정기를 전해준 것인가?]

조금은 아쉬운 듯 잠시 말을 멈추던 서낭신은 곧 체념한 목소리로 말을 이었다.

[흠… 하나 그러면 또 어떠하리, 그것 역시 너의 운명인 것을. 마침 저기 사람들이 오는구나. 그럼 건강하게 자라나거라. 또다시 삼백 년이라…….]

감나무의 서낭신은 삼백 년이라는 말을 씁쓸히 읊조리며 본래의 모습으로 돌아가 우뚝 서 있었다. 이때 마을로 이어진 길의 끝에서 일단의 무리가 급박한 모습으로 달려오고 있었다.

"도련님, 명신 도련님! 어디 계시옵니까!"

"명신 도련님!"

명신의 이름을 애타게 부르며 찾는 이 무리들은 다름 아닌 명신의 집안 하인들이었다. 갑자기 사라진 그를 찾기 위해 이렇게 마을을 돌아다니는 중이었는데, 그중 한 명이 서낭당을 가리키며 입을 열었다.

"저길 보게나! 서낭당 아래 누가 있는 것 같으이!"

"어서 가보세!"

하인들은 옷에 흙탕물이 튀는 것쯤은 전혀 개의치 않고 서낭당으로 뛰어갔다. 그곳에서 정신을 잃고 쓰러져 있는 명신의 얼굴을 확인한 하인은 뒤늦게 따라오는 다른 하인들에게 발을 굴리며 외쳤다.

"여기 명신 도련님일세! 숨이 고른 걸 봐서 생명이 위험하지는 않나

보네! 돌쇠야, 어서 도련님을 들쳐 업거라!'

"아, 알겠습니다!"

돌쇠라고 불린 하인은 명신을 들쳐 업고서 서둘러 마을로 뛰어갔고, 남은 하인들은 그제야 마음이 놓이는지 가슴을 쓸며 한숨을 크게 내쉬었다.

"도련님이 이런 적이 없었는데… 그나저나 다행일세, 이렇게 아무 일 없이 찾았으니."

"그러게 말이야… 서낭신께서 돌보신 게지."

서낭신이라는 말을 듣던 하인은 감나무를 한번 훑어보며 말했다.

"흠, 비가 왔는데도 이 감나무는 젖어 있지 않군. 해괴할세."

"껄껄, 밑동 부근이라서 비가 아래까지 흐르지 않은 게지. 이 나무가 좀 큰 나무인가? 실없는 소리 하지 말고 어서 가세!"

동료 하인이 길을 재촉했지만 그는 아직도 이상한 감이 남는지 명신이 누워 있던 곳을 잠시 바라보았다. 그러다 무엇을 발견했는지 눈을 휘둥그레 뜨며 말했다.

"이보게, 현수! 이거 핏자국 아닌가?"

깜짝 놀란 동료 하인은 눈을 크게 뜨고 말했다.

"맞네그려! 그런데 도련님 몸에 상처라도 봤는가?"

"못 본 것 같은데."

"아무튼 빨리 돌아가세 대감마님께 이 일을 고해야겠네."

심상치 않은 일이 일어났음을 느낀 하인들은 바삐 발걸음을 옮겨 마을로 향했고, 그들이 서낭당을 떠날 때에는 먹구름이 물러갔는지 거대한 감나무 뒤로 붉은 노을이 모습을 드러내고 있었다.

*   *   *

고풍스러운 가구들로 꾸며진 방 안, 방의 크기를 몸소 재어보기라도 하는 듯 몸을 굴리는 소년이 있었다. 언제부터 방 안에서 몸을 굴리고 있었는지는 알 수 없었지만 정성스럽게 땋아놓은 듯한 댕기는 이미 넝마처럼 너저분했고, 고급스러운 비단으로 만들어진 옷은 원래의 색을 잃고 누렇게 변해 처음의 그 모습을 찾기 힘들 듯했다. 이때 방문 밖에서부터 요란한 발걸음 소리가 들려오기 시작했다.

쿵! 쿵! 쿵!

"네 이놈!! 명신이 거기 있느냐!!"

느닷없이 방문 앞에서 호통 소리가 들려오자 그 소리에 놀랐는지 소년은 급히 몸을 일으켰다. 그로 인해 얼굴을 반이나 덮고 있던 머리카락이 흘러내리며 명신이라 불린 소년의 얼굴이 드러났는데 지금까지의 누추한 행동과는 전혀 어울리지 않게 수려한 이목구비를 가지고 있었다. 반듯한 이마, 날카롭게 뻗은 검은 눈썹, 오똑한 콧날 게다가 보기 좋은 턱 선까지 보는 이로 하여금 충분히 호감을 느끼게 할 만한 외모였다. 하지만 옥에 티라고 한다면 소년의 눈빛이었는데, 평범하다라고 말하기엔 약간 모자람이 있는 듯한 탁한 눈빛이 그의 수려한 오관을 크게 감하고 있었다. 안절부절못하며 방의 이곳저곳을 둘러보던 명신은 주홍빛의 입술을 재빠르게 놀리기 시작했다.

"오늘은 또 무엇을 들킨 것이지? 어디 숨을 만한 곳이 없나!"

명신이 숨을 곳을 찾아 탁한 눈동자를 이리저리 굴리고 있을 때, 이미 때가 늦었음을 대변이라도 해주듯 문을 열어젖히는 소리가 들려왔다.

덜컹!

그와 함께 두 눈에 쌍심지를 켜고 있는 중년의 모습이 그의 시야에 들어왔다. 5척(160㎝)의 단신에 근엄하게 기른 수염이 한눈에 보더라도 명신의 아버지였는데, 현 조선의 영의정을 지내고 있는 인물로서 청렴하고 강직한 인품으로 추앙받고 있었다. 하지만 어쩐 일인지 조선에서 손꼽히는 명문가의 가장임에도 불구하고 버선발로 아들을 쫓아다니고 있었다.

"이 녀석아! 네놈이 누구냐? 우리 한씨 가문의 8대손 아니냐! 그런 네 녀석이 족보에 먹물이 마르기도 전에 이런 집안 망신을 시키는구나!"

아버지의 질책을 피하기 힘들다는 것을 알아차린 명신은 마음을 편하게 먹기로 작정하고 오히려 담담한 자세를 유지하며 말했다.

"아버님도 참, 제가 이러고 싶어서 이러고 있겠습니까? 제가 이러는……"

하지만 그의 변명 같지도 않은 변명을 그대로 듣고 있을 아버지도 아니었기에 명신은 말을 끝까지 마치지도 못하고 말허리를 잘릴 수밖에 없었다.

"네 이놈! 뭘 잘했다고 말대꾸를 하려 하느냐! 불효 막심한 놈! 내 이제 마지막 방도를 취할 것이니 그런 줄 알고 있거라!"

무엇 때문인지 크게 울화를 토한 명신의 아버지는 찬바람을 일으키며 문을 부숴 버릴 듯 세차게 닫아버리곤 나가 버렸다. 사실 그의 아버지도 그럴 만한 것이 한씨 가문은 대대로 여타 가문을 압도하는 재지와 명석한 두뇌로 조선 팔도에 유명했었다. 호부 아래 견자가 없다고 했듯이 8대손인 명신 역시 그 범주를 벗어나지 않고 4세에 천자문을 독파하여 수재로 이름 높았다.

하지만 하늘이 한씨 가문을 시기했는지 십 년 전에 일어난 일로 인해 한씨 가문은 골머리를 썩게 된 것이다. 그것은 바로 명신에게 일어난 변고였는데, 하늘이 어둡던 어느 날 감나무 아래에서 발견된 그는 머리를 다쳤는지 하루 사이에 수재에서 백치로 전락해 버렸던 것이다. 그렇다고 해서 완전한 백치 또한 아니었다. 어렸을 무렵 배웠던 것은 그대로 가지고 있었으니 말이다. 쉽게 줄여 말해 6세에서 정신적 성장이 멈추었다고 하면 옳았다.

그 후로부터 명신은 무엇으로라도 사고를 치지 않고서는 하루를 넘기지 못하였고, 공부를 안중에 두지 않았기에 매일같이 마을의 학동들과 어울려 다니며 장난만을 일삼았다. 처음에야 철이 나면 나아질까 하는 마음에 그의 부모님들도 그러려니 했지만 십 년이라는 짧지 않은 시간이 흘렀음에도 나아질 기색이 보이지 않자 그의 부모님들 역시 고운 눈으로 볼 수 없는 일이었다.

물론 부모들이 명신의 괴질을 고치기 위해 애를 쓰지 않은 것 또한 아니었다. 조선 팔도에 난다 긴다 하는 의원들은 모조리 불러다가 내보여도 어디가 잘못된 것인지 아는 이가 없었다. 게다가 한양 8학군에 속하는 이 마을의 학구열은 유난히 높았는데 옆집 개똥이는 네 살 때부터 명나라 말을 배운다느니, 덕구는 다섯 살 때 천자문을 거꾸로 썼다느니… 이와 같은 말이 많았기에 부아가 치민 명신의 부모님들은 그가 빨던 엿으로 때려가면서 공부를 시켰던 것이다. 그러나 어쩌겠는가. 이미 그것이 무슨 뜻인지 알지도 못하는 딱한 처지가 되었으니 소 귀에 경 읽기 이상의 의미가 없었던 것이다.

이런 상황에 놓인 명신은 부모의 마음을 아는지 모르는지 그저 자치기, 제기차기, 비사치기 등으로 대적할 자가 없다는 것만을 일종의 자부심으로 가지고 있을 뿐이었다. 오늘은 예상외로 몇 마디의 언짢은 소리로 상황 종료가 되자 안도의 한숨을 내쉰 명신은 서탁에 올려져 있는 제기를 들고 대문 밖으로 뛰어나가고 있었다.

명신은 평소처럼 마을의 나이 어린 동자들과 제기차기를 하고 있었다. 그의 발놀림을 구경하고 있던 동자들은 세어가는 수가 많아질수록 더욱 큰 환호성을 질렀고, 그 소리를 들으며 우쭐해진 명신은 더욱 현란한 발놀림을 보이고 있었다.

"명신 형님, 대단하옵니다!"

"그렇사옵니다! 소제는 언제쯤 형님과 같이 될지 모르겠사옵니다!"

그들의 감탄성에 제기를 차던 명신이 자연스럽게 입을 열었는데, 말을 하더라도 별 지장이 없는지 제기는 여전히 그의 발끝에서 놀고 있었다.

"너희들도 연습을 게을리 하지 않는다면 언젠가는 나의 경지에 오를 수 있을 게다."

"네, 형님! 명심하겠습니다."

학업에서는 언제나 남들과 비교가 됐지만 이쪽의 세상은 어른들의 그것과는 전혀 다른 세상이었다. 제기가 명신의 발 위에서 춤을 출 때면 동자들의 선망의 대상이 되었고, 그에게 제기 차는 기술을 배우고자 온갖 아양을 떨어왔던 것이었다. 그렇듯 최소한 이 좁은 거리에서는 그가 왕이었던 것이다. 이때 돌담에 숨어서 제기차기 하고 있는 명신을 지켜보는 한 인영이 있었다.

나이는 약 마흔 정도에 각진 얼굴을 하고 있었고, 키는 약 6척(180㎝) 정도로 건장한 체격을 가진 자였는데, 미간에 내 천 자가 뚜렷하게 있는 것으로 봐서는 머리깨나 굴리는 직업을 가진 듯했다. 그의 평범한 얼굴에서는 별다른 특색을 찾아보기는 힘들었지만, 수정같이 맑은 두 눈이야말로 깊이를 측정할 수 없는 혜지를 담고 있는 듯했다.

"흠, 저 아이인가?"

숨어서 훔쳐보기만 하던 사내는 뭔가 결심을 했는지 제기차기에 여념없는 명신에게 다가갔다.

"백만 스물하나, 백만 스물둘, 백만 스물셋……."

그의 입에서 흘러나오는 이 엄청난 수가 제기를 찬 횟수인 듯했는데, 일반인이 제기를 백만 번 차려면 십수 년은 족히 걸릴 것이었다. 멀리서 보고만 있었기에 알 수 없었던 사내는 그의 실력에 내심 크게 놀라며 말을 걸었다.

"꼬마야, 네가 한명신이라는 아이 맞느냐?"

자신을 부르는 목소리를 들은 명신은 계속 발을 놀리며 뒤를 돌아보았다. 그 사내의 전신을 아래위로 훑어보던 명신은 갑자기 인상을 쓰며 외쳤다.

"앗! 어디까지 했지? 할 수 없지, 처음부터 하는 수밖에……. 하나, 둘, 셋……."

'공든 탑이 무너지랴'라는 속담을 보기 좋게 뒤집어주는 사건이었지만, 명신은 별일이 아니란 듯이 계속해서 제기를 차고 있었다. 아무래도 안 되겠다 싶었던 사내는 그의 관심을 끌어야겠다는 일념 하에 소매 주머니 속으로 손을 넣었고, 주머니에서 빠져나온 그 손에는 엽전이 두 냥 들려 있었다. 그것을 흔들며 소리를 낸 사내는 최대한 부드러운 목소리를 내며 말했다.

짤랑! 짤랑!

"명신아, 혹시 엿을 좋아하지 않느냐?"

이 사내는 심기가 보통을 뛰어넘고 있었는데 한순간 명신의 심리와 반응을 꿰뚫은 것만 보더라도 과연 범상한 인물이 아니었다. 또 이 사내도 사내지만 예상을 초월한 명신의 반응 역시 범상함과 거리가 멀었다. 마치 목마른 지렁이가 장마를 만난 듯한 모습이었다.

"무엇을 원하시는지요! 엿만 사주신다면……."

손바닥을 비벼가며 간사한 표정을 짓는 명신을 본 사내는 식은땀을 흘렸다.

"하… 그, 그래. 얼마든지 사줄 테니 아저씨와 잠시 이야기 좀 하자꾸나."

"헤헤, 얼마든지 시간을 내드리지요!"

이 상황은 명신의 정신머리가 평균 수준 이하라는 것을 단적으로 증명하고 있었다. 이를 뒷받침하는 사서로 대조선 학부모 지침서를 들 수 있었는데, '타인의 금품(군것질거리와 장난감 포함)을 이용한 유혹으로부터 자녀를 보호하는 것이 학부모로서 첫 번째 해야 할 일이다'라고 1장에 명시되어 있었다. 이렇게 강조할 정도로 중요성이 높은 만큼 명신의 부모들 역시 철저한 교육을 시켰음이 틀림없었지만, 정작 당사자의 반응은 그런 것들은 생소하기만 한 듯했다. 실없는 표정으로 웃던 명신은 잠시 머뭇거리며 말했다.

"아저씨… 그런데 저……."

"왜 그러느냐?"

"엿은 언제나 떡과 함께 먹어야 하죠."

사내는 처음 보는 사람에게 이것저것 바라는 것도 많은 명신을 보며 어이없어했지만 자신의 용무를 마쳐야 했기에 어쩔 수 없이 승낙하고야 말았다.

    이곳은 팔도에 분점을 가지고 조선의 선남선녀들 사이에서 크게 유행하고 있는 '엿먹어라, 서른하나'였다. 무려 서른한 가지 다른 맛의 엿을 보유하고 있어서 누구나 자기의 입맛에 맞게 엿을 골라 먹을 수 있지만, 어른들은 엿이 다 거기서 거기지 하는 식으로 왜 비싼 것을 먹느냐며 탐탁지 않게 생각하기도 했다. 또 가끔 이와 함께 '단기인 떡집'이 영업을 하는 역참 주변의 분점들도 있었다.

    마당에 펼쳐 놓은 평상에 한 명의 남자와 아이가 걸터앉아 있었는데 바로 명신과 정체 모를 사내였다. 둘은 서로 상반된 모습으로, 명신이 느긋하게 엿을 빨고 있는 반면 사내는 뭔가에 신경을 쓰는 듯 주변을 살피고 있었다. 엿을 정성껏 빨고 있는 명신을 보며 사내가 먼저 조심스럽게 입을 열었다.

    "명신아, 아저씨는 장영실이라고 한단다. 혹시 들어봤느냐?"

    "아뇨."

    그는 자신이 원하는 바를 획득하자 더 이상 관심이 없었는지 짧게 대답하며 엿을 빼는 일에만 모든 정열을 쏟고 있었다. 스스로를 장영실이라 밝힌 이 남자. 조선 시대 최고의 공학도로 유명한 장영실이었다. 장영실은 세종대의 과학자로 널리 알려진 사람이며 때때로 조선 시대를 대표하는 과학자로 손꼽히기도 하지만 그의 생애에 대해서는 알려진 것이 거의 없었는데, 다만 임금이 사용할 가마를 제작하다가 실수를 저질러 파면되었다는 것만 알려질 뿐이었다. 세종대왕도 인정한 조선이 낳은 천재 공학도 장영실과 천재로 잠시 살았으나 지금은 백치가 되어버려 앞날이 미지수인 명신의 운명적인 만남은 이렇게 시작되었다. 이어 장영실의 나직한 목소리가 흘러나왔다.

"명신아, 너는 혹 공학자에 대해 들어본 적이 있느냐?"

"공학자요? 잘 모르겠는데요?"

변성기가 지나지 않은 고음의 목소리가 마당으로 퍼지자 장영실은 손가락을 입술로 가져다 대며 조심스럽게 말했다.

"쉿, 조용히 말해야 하느니라."

"거참, 소심하시긴… 누가 좀 들으면 어때요?"

"아무튼 중요한 일이니 조용히 말하거라."

장영실의 당부에 명신은 건성으로 고개를 끄덕였고, 한 번 더 주변을 둘러본 장영실은 여전히 나직한 목소리로 말했다.

"이 아저씨는 그 공학자라는 사람인데 굉장히 재미있는 일을 한단다. 예를 들어 말이나 소가 없이도 마차를 움직이게 한다거나, 촛불 없이도 방을 밝게 한다거나, 멀리 떨어진 사람들과 이야기를 할 수 있게 한다거나 그런 일들 말이다."

그의 설명을 듣던 명신은 입에서 엿을 빼내며 되물었다.

"그게 정말이에요? 제가 바보가 됐다고 놀리는 건 아니시죠?"

그가 또다시 큰 소리로 입을 열자 장영실은 급히 손을 뻗어 그의 입을 막았다.

"제발 좀 조용히 말하래도!"

곧 속박에서 풀려난 명신은 봐준다는 표정으로 목소리를 낮추었다.

"아저씨가 이러는 것이 더 의심을 살 만한데요?"

명신의 말을 들은 장영실은 그의 말에도 일리가 있다고 생각했는지 얼굴을 붉혔고, 명신은 괜찮다는 듯이 손을 내저었는데, 백치로 유명한 그에게 당하는 장영실의 모습을 누가 보기라도 했다면 배꼽 잡고 쓰러질 만큼 웃긴 일이었다.

"계속 이야기해 주세요, 그 공학자라는 것에 대해서요."

체면을 한번 구긴 장영실은 손으로 이마의 땀을 닦아내며 헛기침을 했다.

"흠흠… 이야기를 계속 하자꾸나. 네가 알고 있는 기술이라 봐야 해시계, 물시계, 혼천의, 거중기 정도 아니겠느냐? 하지만 그것은 백성들에게만 보편화된 것일 뿐, 지금 조선의 진실된 기술은 그 정도가 아니란다. 오죽하면 명나라에서도 우리 조선의 기술을 노리고 있는 형편이겠느냐."

"와! 명나라에서도요? 옆집 개똥이도 명나라로 유학 간다고 명나라 말 배우는데 조선이 더 발달했었다니 새로운 사실이네요. 그런데 그걸 왜 저에게 말하는 거죠?"

명신의 물음에 가볍게 웃어 보인 장영실은 될 수 있는 한 쉬운 말로 그가 잘 알아들을 수 있도록 설명을 하기 시작했다.

"그래, 그게 오늘의 중심 내용이 되겠구나. 사실 너의 아버님이신 영의정 나리께서 우리 공학원으로 어떤 부탁을 하셨는데, 바로 너의 괴질을 고쳐 달라는 것이었단다. 지금까지 용하다는 의원들도 마다한 너의 괴질을 우리 공학원만의 비법으로 고칠 수 있을 듯해서 말이다. 만약 성공만 한다면 너의 괴질뿐만 아니라 엄청난 지식까지 이식받게 되는 것이지."

명신은 장영실의 말에 큰 매력을 느꼈는지 빨던 엿을 탁자에 내려놓았다. 그동안 얼마나 백치라고 괄시를 받았던가? 아무리 노력을 하더라도 학업을 이해할 수 없었고 사고만 치게 되니 말이다. 이런 마당에 자신의 괴질을 고쳐 주고 엄청난 지식까지 갖게 해준다고 하는데 귀가

솔깃하지 않을 수가 없었다.

"그럼 절 똑똑하게 만들어주신다는 것이죠?"

명신의 반응을 보며 고개를 끄덕인 장영실은 가벼운 목소리로 말했다.

"그렇단다. 공학원에서는 그에 대한 만반의 준비를 하고 있으니 내일 정오에 만나자꾸나. 이것은 극비이기에 더 이상 긴 이야기를 나눌 수는 없을 것 같아서 말이다. 그럼 돌아가서 영의정 나으리께 안부나 전해다오. 그리고 누구에게도 발설을 하면 안 된다는 것 또한 잊지 말거라!"

장영실의 당부를 들은 그는 신이 났는지 있는 대로 소리를 지르며 대답했다.

"네! 염려 붙들어두세요!"

"허, 글쎄 조용히 말하라니까!"

"아, 글쎄 아저씨가 더 시끄럽다니까요!"

과연 공학원이라는 곳에서는 명신의 괴질을 어떻게 치료할지 두고 봐야 할 일이었다.

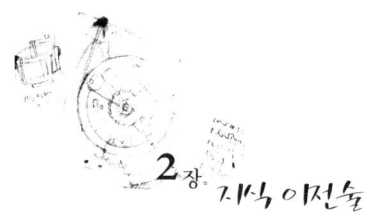

2장 지박 이전술

다음날 아침, 자신의 괴질이 고쳐질 수 있다는 기대감에 잠을 못 이루던 명신은 밤이 늦어서야 잠자리에 들었는지 해가 모습을 드러내고도 오랜 시간이 지났지만 아직 이불을 끌어안고 있었다. 무슨 좋은 꿈이라도 꾸는지 입맛을 다시던 그는 힘차게 몸을 굴렸고 머리로 전해오는 둔탁한 느낌에 눈을 떠야만 했다.

쿠탕!

머리 언저리가 축축해졌다는 느낌과 동시에 묘한 냄새가 명신의 후각을 자극했다.

"쩝쩝. 뭐지, 이 맛과 냄새는?"

그러나 잠에서 덜 깬 명신은 그것이 무엇인지 자각하기 위해서는 상당한 시간이 지나야만 했는데, 결국 무엇인지 알아차린 명신은 촐싹거리며 방 안을 뛰어다니기 시작했다.

"으아악! 제길, 요강 엎었다! 퉤퉤! 아침부터 재수가 없으려니 요강을 다 엎는구나!"

동시에 불길한 예감이 명신의 등줄기를 흐르고 지나갔다. 하지만 일생일대의 중요한 날인만큼 애써 불길한 예감을 떨치기 위해 생각을 바꾸기로 했다.

"자고로 똥과 오줌(?)은 길한 징조라고 했으니… 신경 쓰지 말자!"

긍정적으로 생각하기로 한 명신은 지금 밖에서 마당을 쓸고 있으리라 생각되는 마당쇠를 불렀다.

"여봐라! 돌쇠 거기 있느냐?"

부름과 동시에 축 늘어진 목소리가 방문 밖으로부터 들려왔는데, 목소리의 주인공은 어딘가가 안 좋기라도 한 듯했다.

"네, 도련님. 쇤네 여기 있습니다요… 에휴……."

그는 한씨 가문의 고성능 마당쇠인 돌쇠였는데, 어려서부터 명신의 온갖 뒤치다꺼리를 해온 착실한 일손이었고 앞으로도 계속 그럴 것이었다. 돌쇠는 기실 옆집의 개똥이 동생 쇠똥이를 사모하기 시작했는데, 어려서부터 영재 교육을 받아온 개똥이와 쇠똥이의 눈에 무식한 돌쇠가 찰 리는 없었기에 상사병으로 하루하루 힘들게 살아가고 있는 불쌍한 녀석이었다. 사실 무식함이야 명신도 만만치 않지만 그는 배경이라도 대단하지 않은가?

저고리의 옷고름을 묶은 명신은 방문을 열었다.

"우선 좀 씻고 아버님께 문병 인사나 올리도록 하자."

"저… 문안 인사 아닙니까?"

"한 끝 차이 가지고 자꾸 대들래? 네가 상전이냐, 내가 상전이냐?"

"도련님이 상전이시죠. 헤헤… 그런데 이 냄새는 뭡니까요?"

자신의 방에서 흘러나오는 구린내를 킁킁거리며 맡기 시작하는 돌쇠를 본 명신은 순간 가슴이 뜨끔함을 느끼며 엎어진 요강으로 고개를 돌렸고, 심상치 않은 표정을 짓던 돌쇠는 조심스럽게 말했다.

"도련님 혹시… 이불에 지도를 그리셨습니까?"

오해의 끈이 이상하게 얽히며 안 좋은 쪽으로 내몰린 명신은 급히 손을 내저으며 부정했다.

"서, 설마 그럴 리가 있느냐! 잔소리 말고 세숫물이나 떠오너라!"

"헤헷, 아무렴 그럴 리가 있겠습니까요? 금방 물을 대령하겠습니다요!"

아직도 의심이 담긴 눈총을 보낸 돌쇠는 실없는 웃음을 흘리며 사라졌고, 자리에 남은 명신은 하인에게까지 무시를 당하는 신세에 한탄을 하고 있었다. 돌쇠가 잠시 후 가지고 온 것은 세숫대야와 팥을 개서 만든 비누, 그리고 새끼줄이었다. 그 새끼줄을 보고 의아해진 명신은 고개를 갸웃거리며 돌쇠에게 물었다.

"돌쇠야, 이 새끼줄은 뭐시냐?"

"헤헤, 도련님은 그것도 모르십니까? 새끼줄에 비누 묻혀서 박박 문지르면 아주 깨끗하게 씻겨집니다요!"

"오오! 그렇단 말이지? 네 녀석도 이것을 써서 씻느냐?"

"당연하고 말굽쇼! 이 뽀얀 살결 보이시죠?"

당연한 것을 물어본다는 듯이 태연하게 대답을 하는 돌쇠였다. 이 대화만 들어보더라도 참으로 비범한 주인과 하인이라는 것을 쉽게 알 수 있었는데, 명신의 괴질은 전염병인 것이었을까?

"그래, 알았다. 넌 그만 가서 일이나 보거라."

"헤헤, 깨끗이 씻으십쇼! 귀 뒤쪽도 잊지 마시고요!"

평소처럼 당부의 말을 잊지 않은 돌쇠는 새어 나오는 웃음을 참으며 빗자루를 들고 쪽문으로 사라졌다. 일 다경(15분)이 지나자 세면을 마친 명신은 그의 아버지에게 아침 문안을 올리기 위해 발걸음을 옮겼다.

그런데 이놈의 집은 참으로 컸는데, 방이 아흔아홉 개를 넘어가면 역적으로 몰린다 하니 그보다는 작았겠지만 그에 못지 않을 것이었다. 수십 개의 쪽문을 지나고 크고 작은 마당을 거쳐 가쁜 숨을 내쉬며 사랑방 앞에 도착했을 때, 한 대감은 뭐가 그리 답답한지 곰방대를 손에서 놓질 않고 연기만 뻑뻑 뿜어대고 있었다. 한 대감의 모습이 눈에 들어오자 명신은 머리를 긁적였다.

"헤헤, 아버님, 접니다."

기척을 듣고 고개를 돌려 명신을 바라보던 한 대감은 그의 얼굴을 살폈는데, 곧 미간을 찌푸리며 물었다.

"명신이 왔느냐? 그건 그렇고 네 녀석의 얼굴이 왜 그런고?"

"헤헤헤, 뽀얗습니까? 아버님도 한번 해보시지요. 새끼줄에 비누를 묻혀서 얼굴을 문지르면 이렇게 됩니다요."

그의 말을 들은 한 대감은 감정을 억누르지 못했는지 손에 들고 있던 곰방대로 명신의 머리를 때리며 말했다.

"네 녀석의 낯짝은 놋쇠로 만들어졌느냐? 새끼줄로 얼굴을 닦는 게 사람이 할 짓이란 말이냐, 이놈아!"

"아얏! 도, 돌쇠가……."

"닥쳐라! 허어! 과연 이런 녀석이 정상으로 돌아올 수 있을지… 정녕 옛날이 그립구나, 옛날이!"

그제야 돌쇠가 자신을 골탕 먹였음을 눈치 챈 명신은 이빨을 갈며

따끔거리는 볼을 만지고 있었고, 명신에게 화를 내봤자 자신의 손해라는 것을 십 년 동안 몸으로 체험해 온 한 대감은 한숨을 내쉬는 것으로 그 답답함을 달래고 있었다.

"그래, 어제 대호군을 만났느냐?"

머리를 한번 긁적인 명신은 고개를 갸웃거리며 물었다.

"대호군은 누구죠? 그런 사람을 만나본 적은 없사옵니다만……."

"허허… 대호군이란 장영실 공의 직위를 말하는 것이다."

"아, 장영실 아저씨를 말씀하신 것이었군요!"

"네가 들은 바와 같이 공학원에서 너의 괴질을 고칠 수 있을지 모르겠다만, 제발 성공하기를 바랄 뿐이다."

"헤헤헤, 걱정도 유분수시죠."

"유… 유분수…… 내가 너에게 무슨 말을 더 하겠느냐. 에잉! 쯧쯧!"

마지막으로 역정을 내며 뒷짐을 진 한 대감은 싸늘히 몸을 돌려 어디론가 발걸음을 옮기고 있었다.

명신은 '엿먹어라, 서른하나'에 정확히 정오가 되어 도착할 수 있었다. 싸리문 너머로 장영실의 모습을 볼 수 있었는데, 그는 기다린 것이 꽤나 오래되었는지 평상의 한쪽 모서리에 걸터앉아 엿가락을 빨고 있었다. 나이에 걸맞지 않은 모습이라 생각한 명신은 고개를 내저었다.

"쯧쯧, 저 나이 먹어서 저러고 싶은가?"

사돈 남 말 하듯이 중얼거려 본 명신이었지만, 자신의 괴질을 고쳐 준다는 사람에게 대놓고 쓴 말을 할 수는 없었던 터라 생각을 숨기며 반갑게 인사를 건넸다.

"아저씨, 저 왔어요."

그의 목소리에 고개를 돌린 장영실은 빨던 엿을 깨물며 자리에서 일어났다.

"명신이 왔구나. 이곳에서 너와 내가 만나는 것을 누군가 보기라도 한다면 큰일이니 서둘러 자리를 옮기자꾸나."

"또 시작이군요. 그렇게 하죠 뭐."

장영실의 재촉과 함께 가게 밖으로 나가자 점원이 끌고 나오는 검은 말이 보였는데, 안장 부근에는 붉은 깃발이 꽂혀 있었다. 대단하다고 말할 정도의 명마는 아니었지만 장영실과 명신이 타기에는 그다지 무리가 없어 보이는 말이었다. 자신에게 걸어오는 말을 보던 명신은 그것을 가리키며 물었다.

"설마 저걸 타고 가는 것은 아니겠죠?"

말에게 다가가 안장을 꾸리던 장영실은 고개를 갸웃거리며 물었다.

"설마 말을 타는 것이 무서운 것이더냐?"

"뭐, 무섭다고 하기보다는 두려운 것이죠."

기이한 표정을 짓던 장영실은 어깨를 으쓱거렸다.

"둘 다 똑같은 말이 아니더냐. 바보들은 높은 곳을 무서워하지 않다고 하던데 기이하군. 아무튼 서둘러 가야 하니 빨리 타거라. 도와줄 테니."

장영실의 도움을 받아 말에 올라탄 명신은 하늘이 노래졌고 말의 안장이 조금씩 움직일 때마다 가슴이 철렁거림을 느껴야만 했다.

저잣거리를 따라 빠른 속도로 말을 몰아가는 두 사람이 있었는데, 지나다니던 사람들은 안장에 꽂힌 붉은 깃발을 보고 길을 비켜주었다.

따가닥! 따가닥! 따가닥!

명신이 태어나서 말을 타본 것은 이번이 처음이었는데, 이 말의 등뼈에는 송곳이라도 박아놨는지 명신의 꼬리뼈에는 엄청난 고통이 엄습하고 있었다. 반 시진(한 시간) 정도 말의 등 위에서 고초를 겪던 명신은 장영실과 함께 거대한 대문 앞에 서게 되었다. 대문은 붉은 감이 돌고 있었으며 옻칠을 한 듯 윤이 나고 있었고, 그 견고함을 자랑하는지 우람한 두께를 보여주고 있었다. 또 그 주변으로 수많은 무장 포졸들이 경계를 서 있는 것으로 봐서 상당히 중요한 곳이라는 것을 짐작할 수 있었다. 명신이 장영실을 붙잡고 말에서 내리며 물었다.

"무슨 문이 이렇게 커요? 여기가 궁궐이라도 되나?"

그가 느끼는 대로 이곳의 규모 역시 상상을 뛰어넘었는데, 담을 따라 그 끝을 보려면 거의 소실점이었다. 이곳의 엄청난 규모에 놀라워하는 눈빛으로 이리저리 살펴보던 명신의 정신을 일깨우며 장영실의 목소리가 들려왔다.

"자, 여기가 경복궁이다. 우선 호패로 너의 신분을 확인한 후 함께 들어가자꾸나."

장영실의 일깨움에 궁궐임을 알게 된 명신의 놀라움은 더욱 커져만 갔다.

"와아! 역시 궁궐이었군요! 임금님이 사는 곳이라서 그런지 확실히 우리 집보다 훨씬 크네요."

"그것을 말이라고 하느냐. 자, 서두르거라."

재촉하는 말과 함께 잠시 호패 확인을 한 명신은 장영실을 따라 경복궁 내로 들어갔다. 화려한 전각 몇 채를 지나고 나니 현판에 '공학원'이라 쓰여져 있는 아주 작은 전각이 보였다. 이곳이 명나라를 앞선다는 기술이 개발되는 곳이라고는 믿기 힘들 정도의 규모였지만 현판에 그리 쓰여져 있었으니 잘못 찾아온 것은 아니었다. 그 규모에 실망한 표정을 짓던 명신의 얼굴을 본 장영실이 가볍게 웃으며 입을 열었다.

"훗! 이 모습을 보고 실망했느냐?"

자신의 생각을 장영실이 알아채자 마치 중요한 비밀이라도 들켜 버린 듯 깜짝 놀랐다.

"헉! 공학자 때려치우고 점쟁이를 해보시는 것이……."

피식 웃은 장영실은 그의 머리를 살짝 때렸다.

"점쟁이가 아니라도 네 얼굴을 본다면 누구라도 알 수 있을 것이다. 실없는 소리 하지 말고 들어가자꾸나."

명신이 자신의 얼굴에 뭐가 쓰였나 하며 만져 보고 있을 때 전각의 앞에 선 장영실은 목소리를 가다듬으며 누군가를 불렀다.

"이리 오너라!"

허공을 향해 누군가를 부르고 있는 장영실의 모습이 명신의 눈에는 약간 실성한 사람처럼 보이고 있었다.

"헤헤, 아저씨가 저보다 더 심한 것 같네요. 누구 집 대문 앞도 아니고 전각 앞에서 이렇게 부르면 누가 뛰어나와서 '뉘신지요!'라고 말할 것……."

비아냥거리는 목소리를 흘리던 그는 상상을 초월한 전각의 반응으로 인하여 말은 길게 이을 수 없었다.

―장영실 공 음성 인식 완료. 인증되었습니다. 안으로 드시지요.

덜컹!

귀에 익숙지 않은 기계적인 목소리가 공학원의 앞뜰에 울려 퍼지며 굳게 닫혀 있던 문이 자동으로 열리고 있는 것이었다. 그렇게 열린 문

안쪽으로는 또 다른 철로 된 문이 보였는데 보안을 위한 이중문인 듯했고, 그 철문의 옆에는 빛나는 단추가 붙어 있었다. 문의 뒤쪽을 살펴보며 문을 열어준 사람을 찾던 명신은 이내 포기했는지 장영실의 옆으로 다가왔다.

"와! 사람이 없는데도 말만 하면 열리는 문이라니! 정말 대단해요! 그리고 또 이 빛나는 단추는 뭐예요?"

"후훗, 이것은 지문 인식 자물통이라는 것이란다. 이렇게 엄지손가락을 가져다 대면 기억되어 있는 지문들만 인식하여 문이 열리게 되는 것이지. 지문은 사람마다 모두 다르거든?"

"와! 그렇군요!"

장영실이 지문 인식 자물통의 단추를 누르자 갑자기 철로 된 문이 양 옆으로 갈라지며 열렸고, 그 안쪽으로는 네댓 명이 서 있어도 좁을 만큼의 작은 공간이 나타났다. 자신의 엄지손가락을 돌려보며 신기해하던 명신은 머리를 내밀어 안쪽을 보며 물었다.

"에? 이 작은 방은 뭐죠? 이렇게 좁은 방에서 뭘 한다는 말이에요?"

작은 방 안으로 들어가 명신의 하는 양을 지켜보던 장영실은 그의 손을 끌어당겼다.

"녀석, 거참 궁금한 것이 정말 많은 녀석이구나. 곧 알게 될 테니 잔소리 말고 냉큼 들어오거라."

명신이 그 작은 방으로 들어가자 장영실은 안쪽 벽에 붙어 있는 여러 빛나는 단추 중 하나를 눌렀다. 그와 동시에 '윙' 소리가 들리며 철문이 닫혔는데, 명신은 잠시 어지러움을 느끼고 있었다.

"지진인가 봐요! 땅이 꺼지는 듯한데요?"

장영실은 이제 귀찮기까지 한지 그의 반응에 별다른 대답을 하지 않았다. 약간의 시간이 지나자 다시 철문이 양쪽으로 갈라지며 열렸는데, 명신의 눈앞에 펼쳐진 광경은 정말 경악할 만한 것이었다. 앞으로 쭉 이어진 복도를 가운데 두고 양 옆쪽의 공간에서는 수많은 사람들이 신기한 물체들을 들고 무엇인가에 열중하는 모습들이 보였다. 놀란 표정으로 고개를 돌리며 내부를 살펴보던 명신은 이번에도 장영실에게 해명을 요구하고 있었다.

"천장에는 작은 해들이 떠 있고… 이것들이 다 뭐예요? 그리고 대체 여긴 어디죠? 문이 닫혔다가 열리니 세상이 변해 있다니… 내가 도깨비 소굴에라도 온 것이 아닌지."

천진난만한 반응에 그의 머리를 쓰다듬은 장영실은 발걸음을 옮기며 말했다.

"여기는 경복궁 지하란다. 경복궁에 이런 곳이 있다는 것은 일급 기밀이기에 아는 자들은 여기에서 공학을 연구하는 연구원들이나 공학자들뿐이지. 방금 네가 타고 내려온 것은 '상하왕래거'라고 불리는 것으로 이곳까지 우리를 내려주는 기계란다. 이 정도에 놀라기에는 너무 이르지 않느냐? 거기서 넋을 빼고 있지 말고 빨리 따라오너라. 다들 준비하고 있으니."

"준비요?"

명신은 궁금했지만 분위기상 대답해 주지 않을 것임을 눈치 챘기에 잠자코 장영실을 따라갔다. 가는 도중에 명신은 여러 가지 실험 장면을 볼 수 있었는데, 명신의 짧은 상식으로 도저히 이해를 못할 것들뿐이었다. 이상한 사람이 나오는 상자들, 금속의 실타래가 감겨서 스스로 움직이는 기계들, 불이 붙지도 않았는데 밝은 빛을 발하고 있는 유리관들이며… 명신은 정신이 아찔하여 아무런 생각도 떠오르지 않았다. 그렇게 사방의 기물들을 구경하며 걸어가던 명신은 장영실의 등에 부딪치며 정신을 차렸다.

"아얏! 왜 갑자기 멈춰요!"

"다 왔으니 멈춘 것이 아니냐. 여기란다."

꽤나 큰 문 앞에 서 있음을 알게 된 명신은 또 놀랄 것에 대한 대비인지 크게 심호흡을 한번 한 후에야 장영실을 따라 방으로 들어갔고, 문 안으로 들어가자 또 다른 작은 방이 보이고 있었다. 그 방은 사방이 투명한 벽으로 이루어져 있었는데, 십여 명의 사람들이 하얀 옷차림으로 이곳저곳에서 뭔가에 열중하고 있었다. 또 그들의 앞쪽에는 각각 번쩍번쩍하는 도깨비불이 들어 있는 상자가 있었는데, 그 도깨비불들은 글을 이루기도 하고 형상을 이루기도 하였다. 이때 왼쪽의 큰 문이 좌우로 열리며 중년의 대머리가 걸어나왔다. 명신의 전신을 찬찬히 살펴보던 그는 의미심장한 표정으로 입을 열었다.

"오! 이 아이는 대호군의 숨겨놓은 자식인가?"

하지만 중년의 물음이 장영실은 마음에 들지 않는지 머리에 핏줄을 세우며 또박또박한 말투로 그에게 쏘듯이 말했다.

"원장님, 이 아이는 한.명.신.이라고 합니다. 영의정 어른의 자제 분이죠."

"허허, 이보게, 뭘 그리 기분 나빠하는 겐가. 그냥 장난이었을 뿐이네."

라고 변명을 한마디 늘어놓은 원장은 명신의 얼굴을 살펴보며 '아하! 바보가 됐다는 그 녀석?'이라는 표정을 짓고 있었다. 하지만 자신의 생각을 명신에게 들키기 전에 재빨리 화제를 바꾸었다.

"대호군, 아무튼 영의정 어른의 당부도 있고 하니 최선을 다해주길 바라네. 여기서 실패를 한다면 영 내 체면이 말이 아닐 것이야."

"제가 최선을 다한다고 해서 잘될 일이겠습니까."

"그냥 말이 그렇다는 것일세. 개발된 후 처음 시도해 보는 '지식 이전술', 그 누가 결과를 알겠나."

명신은 지식 이전이라는 생소한 단어에 고개만 갸웃거렸다. '지식' 이라는 단어와 '이전' 이라는 단어의 조합이라는 것 이상의 뜻을 알 수 없었던 명신의 입장에서는 답답할 수밖에 없었던 것이다.

"아저씨, 그럼 전 뭘 하는 거죠?"

"명신아, 지금부터 아저씨가 하는 이야기 잘 듣거라. 네가 이해할 수 있을지는 모르겠으나 간단히 설명을 해주마. 지식 이전술이라는 것은 너의 머리 속으로 엄청난 양의 지식들을 공학 기술을 통하여 주입하는 것이란다. 한마디로 너는 익히지 않더라도 엄청난 지식을 보유하게 되는 것이지. 성공하게 된다면 천하의 그 누구도 널 더 이상 바보라 업신 여기지는 못할 게다."

잠시 머리를 긁으며 그의 말을 되씹어보던 명신은 어떤 결론에 도달했는지 들뜬 목소리로 물었다.

"그렇다면 전 공부를 하지 않더라도 똑똑해질 수 있다는 건가요?"

"허허, 그렇게 생각하면 이해가 빠르겠구나."

"이야! 굉장해요!"

자신이 남들보다 훨씬 똑똑해질 수 있다고 생각한 명신은 지난 십년 간의 서러움을 떨쳐 버릴 수 있음에 기뻐 어쩔 줄 몰라 하고 있었다. 이때 연구원의 옷차림, 즉 흰색 명주옷에 머리를 두 갈래로 댕기 땋은 여성이 중앙에 위치한 투명한 방에서 나왔다. 계란형 얼굴에 반달의 눈썹, 앵두 같은 입술을 가진 전형적인 조선의 미녀상이었다. 그

렁지만 지적인 이미지라 그런지 차가운 느낌은 지울 수가 없었다.

"원장님, 모두 준비됐습니다. 지금 시작하셔야 할 것 같습니다."

어느 세상이든지 미녀들에게 약한 것이 중년이던가? 보다 사근사근한 목소리로 그녀에게 말하는 원장이었다.

"오! 이 낭자였군. 이쪽은 준비가 다 되었네. 대호군, 서둘러 명신을 준비시키게. 이 낭자는 나와 차나 한잔 어떤가?"

원장의 생활이 언제나 저런지 그의 행동에 별 신경을 쓰지 않는 장영실이었다.

"네, 알겠습니다. 자, 명신아, 준비하자. 저쪽 방으로 들어가서 옷을 갈아입고 나오너라."

"전 명나라산 최고급 비단옷 아니면 안 입는데요."

"잔소리 말고 빨리 들어가거라. 네가 지금 찬밥 더운밥 가릴 처지인 줄 아느냐?"

한마디 했다가 본전도 못 뽑은 명신은 더 이상 군소리 못하고 장영실이 가리킨 방으로 들어갔다. 잠시 후 탈의실에서 옷을 갈아입고 나온 명신은 마치 홍부네 집의 넷째 아들과 같은 모습을 하고 있었는데, 아주 단순한 흰색 두루마기에 목만 내민 듯한 형상이었다. 그의 모습을 본 장영실은 감탄을 하고 있었다.

"꽤 잘 어울리는구나. 마음에 드느냐?"

이를 보고 어울린다고 하는 장영실을 보아하니 그의 미적 감각도 평범하지는 않음을 알 수 있었다.

"아저씨, 사람 놀립니까! 이게 뭐예요? 한 벌짜리 흰색 포대를 옷이라 하다니… 그냥 보자기 가운데 구멍 내서 입은 것 같은데!"

"녀석, 거참, 말이 많구나. 다 입었으면 이 시전실 안으로 들어가서 침상에 누워 있거라."

"저 방요? 저 혼자 들어가는 건가요?"

명신이 경직된 얼굴로 장영실을 바라보자 그는 피식 웃으며 물었다.

"후훗. 왜, 무서우냐?"

그의 물음에 명신은 큰일 날 소리라도 되는지 두 손을 내저었다.

"아, 아뇨. 설마 대(大) 한씨 가문 8대손이 겨우 이런 것에 겁먹겠습니까?"

그는 무슨 소리냐는 듯이 말하곤 당당하게 유리로 이루어진 방으로 들어가 버렸다. 역시 약간 모자라는 사람일수록 자신을 비하하는 말을 참지 못하는 성향이 있다고 하는데, 명신 역시 그 범주에 속해 있었다.

방 안으로 들어가자 또 한 번 놀라야만 했는데 안쪽에서는 밖이 보이지 않는 거울인 것이었다.

"오오~ 이런 방이 있다니. 밖에서는 안이 보였는데 여기선 밖이 안 보이잖아? 근데… 여기 이 침상이겠지?"

철컥철컥.

침상에 몸을 누이자 갑작스레 사방에서 철 고리가 튀어나와 명신의 사지를 묶었고, 그는 옴짝달싹 못한 채로 전혀 예상치 못한 사태에 당황하고 있었다.

"장영실 아저씨! 침상이 절 결박했어요! 살려줘요!"

이때 방 안 어디에선가 장영실 특유의 굵직한 목소리가 흘러나오기 시작했다.

—명신아, 조금만 참거라. 시술 중에 움직이면 안 되어서 네 몸을 고정시킨 것이란다.

"어라? 사방에서 아저씨 목소리가 들리네?"

들려오는 장영실의 설명에 안심을 한 그는 벽을 이루고 있는 거울에 자신의 모습을 비춰보며 장난을 치고 있었다.

명신이 결박당해 누워 있는 시전실의 밖에는 어느새 차를 한잔하고 온 원장이 장영실을 바라보며 아까와는 다른 무거운 표정으로 입을 열었다.

"이보게, 대호군. 과연 이 일이 성공할 수 있으리라 생각하는가?"

턱을 매만지며 심각한 표정을 짓고 있던 장영실이 탁자를 짚으며 대답했다.

"후우, 저도 아직 모르겠습니다. 그렇지만 이렇게 해서라도 조선의 기술을 남기지 않으면 안 되니 선택의 여지가 없지 않습니까? 다행스럽게 영의정 어른의 부탁이 때마침 있으셨으니 영의정 어른이나 저희 공학원이나 양쪽이 모두 좋게 된 것이지요. 애초부터 조선의 과학 기술들을 명나라의 이목으로부터 피하며 후세에 전하기는 불가능한 것이었습니다. 이 기술이 개발되기 이전엔 말이죠."

장영실의 말을 듣던 원장은 곰방대를 입에 물고 불을 붙였다.

"후우… 그러게 말일세. 이제 하늘의 뜻이란 말인가?"

"부디 명나라가 이 일을 눈치 채는 일이 없어야 할 텐데 걱정입니다. 만약 비밀이 새어 나가기라도 한다면 명신이나 공학원이나 안전하기는 힘들 것입니다. 극단적으로 생각한다면 국가 전체가 전란에 휘말릴 수도……."

그의 말은 명신에게 시행할 지식 이전술이 단순히 그의 괴질을 고치기 위한 것만이 아님을 뜻하고 있었다. 곰방대를 몇 번 더 빨던 원장은 미간에 내 천 자를 그렸다.

"으음… 그렇겠지. 그건 그렇고 난 끝까지 지켜볼 수 없을 것만 같네. 일이 끝나면 나에게 알려주게나. 건강하지 못한 중년이 이런 긴장감 흐르는 일을 지켜본다는 것은 아주 위험한 일이거든."

어줍잖은 핑계를 대며 원장이 자리를 슬쩍 피할 때 주의를 집중시키는 소리가 공학원 곳곳에서 들려오기 시작했다.

―지식 이전술 준비 완료 상태. 연구원 여러분과 공학자 여러분은 자신의 자리에 위치해 주십시오.

울려 퍼지는 목소리와 함께 연구원들과 공학자들은 분주히 움직이기 시작했다. 모두들 자신의 자리에 위치했는지 여기저기에서 아무런 이상이 없음을 뜻하는 소리가 들려오기 시작했다. 시전실과 공학자들을 번갈아 보던 장영실은 금속 막대에 입을 대고 말했다.

"나 대호군 장영실의 이름으로 지식 이전술의 시행을 명한다."

나직한 말소리는 확성되며 공학원의 곳곳에 울려 퍼지고 있었다.

―나 대호군 장영실의 이름으로 지식 이전술의 시행을 명한다!

그와 때를 맞추어 명신이 누워 있는 침상에서 수많은 기기들이 나오고 있었다. 머리가 놓여 있는 침상 부분이 열리자 그곳으로부터 하나의 투명한 관이 밀려 나와 명신의 백회혈에 흡착되었고, 목 부위가 뜨끔함을 느끼며 무엇인가가 찔러 들어옴을 느꼈다.

"아야! 찌르기 전에 말이라도 해주면 안 되나!"

명신이 신경질적인 반응을 보이고 있을 때 사방에서 지식 이전술의 진척 상황을 보고하는 소리들이 들려왔다.

―대뇌용 연결관 흡착.

"연결관 흡착 상태 양호!"

─백회혈 연결관 흡착.

"백회혈 연결관도 흡착 상태 양호합니다!"

─마취제 투입.

"3할 희석 마취제 투입! 4할 희석으로 증가!"

마취관의 상태를 담당하던 연구원의 보고가 떨어지기가 무섭게 빠른 속도로 마취되기 시작했는데, 명신의 몸은 물먹은 솜마냥 축 늘어졌고, 애써 버티고 있던 눈마저 서서히 감기기 시작했다.

"이전 대상 완전 마취 확인!"

명신이 정신을 잃은 것을 확인하자 '지식 이전술' 이 본격적으로 시행되기 시작했다. 연구원들의 앞에 위치하고 있는 수많은 화면들은 명신의 신체 기능 변화를 한눈에 보여주고 있었고, 연구원들은 자판을 두들기며 명신의 변화에 민감한 반응을 하고 있었다.

─3초 후 백회혈 개방합니다. 모든 지식 이전 준비를 완료해 주십시오.

─셋.

"백회혈 개방 준비 완료!"

─둘.

"대뇌 영양소 공급 준비 완료!"

─하나.

"이전 대상 신체 상태 이상 무!"

─백회혈 개방.

"백회혈과 대뇌 연결 통로 개방."

연결 통로가 밝은 빛을 내며 개방되자 백회혈이 열림과 동시에 지식의 이전이 엄청난 속도로 이루어지기 시작했고, 이와 동시에 뇌에 걸리는 과부하를 막기 위해 대뇌 연결관에서는 적당량의 영양분을 공급하고 있었다. 인간이 사용할 수 있다는 다섯 푼의 뇌 사용률을 훨씬 뛰어넘어 팔 할에 육박하는 뇌 사용률을 가능하게 해주는 지식 이전술이 최초로 경복궁의 지하 공학원에서 시전되어지고 있는 것이었다.

―백회혈로 지식 이전 중. 종료 예상 시간 1다경(15분).

―대뇌 영양소 공급 유지.

이때 시전실 밖에서 지켜만 보고 있던 장영실은 긴장감에 목이 타는지 마른침을 삼키고 있었다.

"일단 출발은 좋군. 하지만 아직 위험 시점이 아니야. 종료 과정이 정말 중요한 고비인데… 과연 저 아이가 이걸 견뎌줄 수 있을지……."

시전실 안의 명신은 아무것도 느끼지 못하는지 죽은 듯 누워만 있었다. 또 이 계획에 참여한 모든 공학자들과 연구원들의 긴장한 눈길이 명신에게 맞추어진 채로 있었는데 어떤 이에게는 빠르게, 어떤 이에게는 느리게 일 다경이라는 시간이 흘렀다.

―종료 3초 전, 2초 전…….

종료를 알리는 카운트다운이 시작되자 장영실은 아무런 변고가 없었음에 한숨을 내쉬고 있었다. 하나 그 순간 그의 방심을 비웃는 운명의 신이 있었는지 사방에서 경고음이 들려오기 시작했다.

위잉! 위잉!

"아니! 이게 무슨 일인가? 모두 상황 보고 하도록!"

당황한 장영실은 한순간에 아수라장이 되어버린 연구실을 바라보았다. 얼마 안 있어 연구원들과 공학자들로부터 수많은 보고들이 올라오기 시작했다.

"지식 이전 종료 직전 기현상이 일어났습니다!"

"심박 수 증가와 함께 지식 이전 대상이 불안합니다!"

연구원들의 보고에 얼굴이 납빛이 된 장영실이었다. 그러나 절대적으로 냉정해야만 하는 위치에 있는 장영실이기에 다른 연구원들이나 공학자들과 같이 당황할 시간은 그에게 주어지지 않았다. 냉정함을 되찾은 장영실은 연구원들과 눈을 맞추며 지시를 내렸다.

"모두 자기 위치를 확보하고 상황 강제 종료 명령 시행하라. 지식 이전 대상 상태 확인할 것!"

굉장한 긴장감이 연구실을 휘감고 있었다. 아직 마취에서 깨어나지 않았는지 정신을 차리지 못하고 있는 명신의 얼굴을 보자 장영실은 순간 나락으로 떨어지는 기분을 느끼며 옆에 있는 공학자에게 신경질적으로 말했다.

"상황 보고하라."

"지식 이전 대상 상태 양호, 심박 수 정상으로 돌아오고 있습니다. 하나 아직 혼수 상태입니다! 자세한 것은 정밀 검사를 해봐야겠습니다."

보고를 통해 명신의 생명에는 별다른 무리가 없다는 것을 확인해서인지 그나마 한숨을 돌릴 수가 있었다.

"알겠네. 지식 이전 시 기현상에 대하여 보고하게."

"저… 어떤 연유에서인지는 몰라도 이전 대상체로부터 발출된 엄청난 힘이 백회혈 연결 통로를 밀어냈습니다. 뇌공력과도 비슷한 힘이었지만 조금 그 형태를 달리하는 힘이었습니다. 수치표를 대조해본다면 대륙에서 전해지는 내공과 거의 일치하지만 같다고 볼 수도 없습니다."

장영실에게 보고를 하는 공학자 역시 자신의 보고에 자신을 가지지 못했는지 불안한 기색이었다.

"어찌 명신에게서 그런 힘이 방출될 수 있단 말인가?"

장영실이 명신에게서 발현된 기현상에 대해 혼란스러워할 때 한 꾸러미의 문서 더미를 관제실에서 안고 나오던 공학자가 그에게 말했다.

"여기 이전 대상에 대한 보고서입니다."

"자네, 여기 신참인가? 그것을 지금 다 읽으라고 하는 소리는 아니겠지? 축약해서 보고하게!"

장영실이 답답하다는 듯이 호통을 치자 움찔하던 그 공학자는 말을 더듬거리며 보고를 하기 시작했다.

"대, 대상의 건강은 양호합니다. 아무런 이상도 발견하지 못하였고, 지식 이전 역시 성공적으로 완료한 상태입니다. 종료 직전에 기현상으로 인하여 중지가 되었지만 실질적인 지식 이전은 완료됐다고 사료됩니다."

"그렇다면 천만다행일세. 공학자들에게 긴장을 풀지 말고 명신이 깨어날 때까지 주시하라고 하명하게나."

그 후로 몇 시진 동안 공학자들에게 모든 작업을 세밀하게 지시한 장영실은 손으로 이마를 짚으며 시전실 밖으로 걸어나갔다. 짧은 시간 동안 정신적으로 많은 압박을 받았는지 그의 안색은 많이 창백해져 있었다.

그로부터 명신이 깨어난 것은 이틀이라는 시간이 지난 후였다. 그가 깨어났다는 보고를 받은 장영실과 원장은 서둘러 명신이 몸조리를 하고 있는 방으로 달려갔다. 장영실이 방문을 열자 금침에 몸을 누인 채로 멀뚱이며 천장을 보고 있는 명신을 볼 수 있었는데, 예전에도 그랬지만 여전히 정신이 없는 모습이었다.

"명신아, 정신을 차렸느냐?"

장영실의 물음에 명신은 고개를 끄덕이며 엄살을 피우기 시작했다.

"에고~ 죽겠네요. 또 머리는 왜 이렇게 무거운 것인지. 지식 이전술인가가 끝났는데도 뭐 달라진 것이 없는걸요?"

명신의 말에 이 자리에 있던 공학자들은 서로의 얼굴을 바라보며 뭔가 답을 구하는 눈빛이었지만 모두 고개를 내저을 뿐 아무런 말도 하지 않았다. 장영실이 침울한 목소리로 정적이 흐르던 분위기를 깨며 물었다.

"정녕 아무것도 느껴지지 않는단 말이냐? 혹 뇌공력의 운용 방법이라든지, 아니면 화공학 공식 등이라도 말이다."

조금이나마 기대를 걸고 던진 질문에 명신은 무슨 소리인지도 모르겠다는 듯이 멍청한 눈빛만을 보내고 있었는데, 한숨을 크게 내쉰 장영실은 원장과 복잡한 눈빛을 주고받고 있었다. 원장 역시 장영실이 하려는 말이 무엇인지 알기에 고개를 끄덕인 그는 명신에게 몸조리를 잘하라는 말을 하고선 방을 나갔다. 원장이 나간 것을 확인한 장영실은 명신을 향해 조심스럽게 입을 열었다.

"명신아, 아무래도 이번 지식 이전술은 실패로 돌아간 듯하구나. 내 더욱 노력해서 널 꼭 정상으로 돌려주겠다고 약속할 테니 너무 실망치 말거라."

그의 말이 끝나자 명신은 충격을 받았는지 아무런 말도 하지 못하고 있었다. 뭐라고 위로를 하고 싶은 장영실이었지만 마땅히 할 말이 떠오르지 않아서 고민을 하고 있을 때 명신이 조용한 목소리로 입을 열었다.

　　"저… 배고픈데 밥 좀 주시면 안 되나요?"

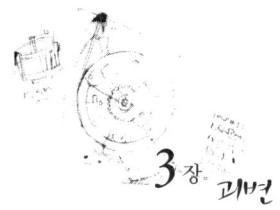

3장 괴변

공학원을 다녀온 지 일주일 정도가 지나자 모든 생활이 다시 정상으로 돌아온 명신이었다. 몸도 정상이고, 머리야 원래 나빴고… 이제 뭘 해야 할지 고심하며 배꼽 주변을 긁던 그는 손톱 사이에 낀 때를 불어내며 몸을 일으켰다.

"일주일 동안 방에만 뒹굴거리니 배꼽 아래에 곰팡이가 피는 듯하군. 그나저나 지식… 뭐였지? 그것마저 실패한 이상 이젠 어떻게 얼굴을 들고 이 집안에서 산단 말인가. 아버지 볼 면목도 없고 어머님도…….."

평소의 그답지 않게 걱정이라는 것을 하고 있을 때, 집 밖에서 사람들이 모여 있는지 시끄러운 소리가 들리고 있었다.

웅성웅성.

발가락을 쭉 뻗으며 방문을 열어본 명신은 어렴풋이 들리는 사람들의 말소리에 무슨 일인지 충분히 짐작할 수 있었다.

"약장수가 왔구나! 흐흐, 그렇다면 가만히 있을 내가 아니지."

바지춤을 묶으며 자리에서 일어난 그가 서둘러 신발을 신고 집 밖으로 나오자 담벼락 밑에서 십여 명가량의 사람들이 웅성거리며 놀라워하는 모습이 그의 눈에 잡혔다. 다들 자못 심각한 표정이었는데 명신이 다가가자 걸걸한 목소리가 뚜렷하게 들리기 시작했다.

"자자, 날이면 날마다 올 수도 있고 안 올 수도 있습니다! 저로 말씀드릴 것 같으면 지리산에서 십 년, 계룡산에서 십오 년, 소백산에서 팔 년의 수련을 마치고 깨달은 바가 있어 이 자리에 오게 된 도사입니다! 다름이 아니오라 이번에 제가 만든 약! 이 약! '태극청심단' 을 여러분께 소개하기 위해서입지요!"

말투를 들어보니 돌팔이 약장수의 전형적인 모습이었다. 아무리 잘 봐줘도 서른 살이 채 안 되어 보이는 사람이 산에서만 삼십 년 넘게 보냈다고 하니 누가 믿겠는가. 하지만 자신의 말에 도취됐는지 터무니없는 말을 줄줄 이어갔다.

"이 약으로 말씀드릴 것 같으면 한 알만 복용하면 만병이 고쳐지고, 두 알 복용하면 불로불사! 세 알만 복용하면 신선이 됩니다. 단! 보름날에 복용해야 합니다! 아시겠습니까?"

아무래도 사기꾼의 기질을 두루 갖춘 인물이었는데 보름이라 말함은 팔아먹고 도망갈 시간을 벌어보자는 속셈이었던 것이다. 그의 설명을 조금 들어보더니 사람들 또한 이런 약장사에게 식상한 표정을 지었는데, 대부분이 이성적인 판단력을 지닌 신조선인들이었던 것이다. 약장사가 사람들의 따분한 듯한 표정에 난처해하고 있을 때 구경을 하던 한 아주머니가 외쳤다.

"만병이고 뭐고 필요없고, 그거 먹으면 우리 아저씨 기력도 돌아오는가? 요즘 영 힘을 못 써서 말야!"

아주머니의 말에 주변에서는 폭소가 터져 나왔다. 우물쭈물하는 약장사의 모습으로 봐서는 아주머니가 원하는 대단한 기능이 없는 듯했는데, 그것이 아니라면 아직도 숫총각이었기에 아주머니의 찐한 농담에 당황한 것이리라. 이때 동네 영감 1번이 물어본다.

"이보시게! 자네는 거 불 뿜고, 몽둥이로 몸 때리고, 솥뚜껑을 손으로 부러뜨리는 것들은 안 하나? 난 그런 걸 보고 싶은데 말이야."

영감 1번이 말을 마치자 돌연 어디선가 나타났는지 동네 영감 2번이 등장했다.

"김 영감, 쯧쯧, 지금 때가 어느 땐데 아직도 그런 걸 하겠어? 요즘은 거 머시냐 북 치고 노래하고 춤추고 그런 걸 한단 말이다! 세대 차이 나서 김 영감이랑 못 다니겠구먼."

발끈한 동네 영감 1번인 김 영감. 지팡이를 들고 영감 2번에게 전광석화와 같은 속도로 뛰어들었다. 이에 맞을쏘냐! 너무나 자연스럽게 지팡이를 피해 김 영감을 옆으로 흘렸다. 김 영감도 지팡이와 몸이 하나가 된 신지합일의 경지로써 우습게 볼 실력은 아니었지만 영감 2번도 호락호락한 상대는 아니었던 것이다.

"네 이놈, 박가야! 네놈이 내가 하는 일에 매번 시비를 거는데 두 살 차이가 세대 차이란 말이냐? 오늘 네놈이랑 끝장을 보겠다!"

영감 1번이 분기충천하여 몸을 다시 날렸는데 이번에는 영감 2번, 즉 박 영감이 당황했는지 완전한 방어를 하지 못했다. 지팡이가 어깨를 스친 것이었다. 하지만 칼로 베인 듯한 이 상처는 웬 말인가? 기를 지팡이에 응집하는 지기였던가? 어쨌든 조선에 이런 숨은 기인이 있었다니 놀라울 따름이었다.

"큭! 김 영감, 제법이군. 그래, 오늘 누가 죽나 해보자!"

이번엔 박 영감이 용수철처럼 퉁겨 일어나면서 김 영감에게 짓쳐들어 가고 있었다. 영감 두 명이 무엇을 하는 짓들인지는 모르겠지만 두 영감은 서로의 지팡이를 휘두르며 마을의 소실점으로 사라지고 있다.

챙챙챙!

역시나 주변에 있던 모두가 이 어이없는 상황에 황당한 표정이었다. 하지만 곧 약장사가 아무런 것도 보여줄 기미가 없자 사람들이 한둘씩 떠나가기 시작했는데, 약장수는 비통하게 가는 이들을 붙들며 애원하고 있었다.

"이봐요! 가지 말고 내 말 좀 들어봐요! 내참, 미치겠네. 제길 내가 차력사냐? 놀이패냐? 우리 조선의 백성들은 이런 틀에 박힌 생각을 고쳐야 해. 이럴 줄 알았으면 차력도 좀 배워두는 거였는데."

결국은 명신만이 그 자리를 지키고서 약장수의 신세 한탄을 듣고 있을 뿐이었다. 머리를 긁적거리던 명신은 손가락으로 땅을 끄적거리며 약장수에게 물었다.

"약장수 아저씨, 그런데 아저씨 말이 정말이에요?"

약장수는 사람들이 사라진 곳을 한동안 멍하니 바라보다 말고 명신에게 눈을 돌렸다. 명신의 질문에 그는 방금 전의 비굴한 표정을 바꾸더니 당연하다는 듯한 목소리로 말했다.

"꼬마야, 네가 아무리 얼마 안 살았다고 하지만 말이다. 세상은 그렇게 나쁜 곳이 아니란다. 어른 말은 믿어야 착한 어린이인 것이지. 너, 혹시 이거 한번 먹어보고 싶어서 이러는 것이 아니냐?"

"네! 먹어보고 싶어요."

그럴 줄 알았다는 듯이 피식 웃고 있는 약장수를 보니 기분이 나쁘기도 했지만 해보고 싶은 것은 해보고 싶은 것이니만큼 참아야 한다는 생각으로 얌전히 있었다. 명신의 전신을 아래위로 훑어보던 약장수는 입맛을 다시며 물었다.

"너, 그런데 돈 가진 것 좀 있느냐?"

"아뇨. 없는데요."

자신의 쌈지를 뒤적이던 명신의 손에는 먼지만 한가득 들려져 있을 뿐이었다. 이를 보고 있던 약장수의 얼굴이 조금 굳어졌다.

'제길, 개털이잖아. 번드르르한 옷 좀 입고 있다고 굉장한 집안의 자손인 줄 알았더니만. 그래도 이게 뭐 제대로 된 약도 아니니 몇 개 줘서 보내야겠다. 예전에 주웠던 거나 줘버릴까?'

이렇게 생각한 약장수는 자신의 소매 주머니에 들어 있던 세 개의 환단을 명신에게 건네주었다.

"이 아저씨가 특별히 널 귀엽게 여겨 공짜로 주마. 넌 횡재한 거야! 자, 꼬맹아. 여기 세 알이다. 이걸 다 먹으면 신선이 되어버린다고. 즉, 부모님과 헤어져서 평생 만날 수 없는 곳으로 가버린다는 말이다. 천외도경이란 곳으로 말이지. 부모님이랑 오래오래 살고 싶지? 그러니 세 알 다 먹지 말고 한 알만 복용하고 나머지는 친구들에게 주든지 하거라. 그럼 이 아저씨는 간다. 제길, 오늘 장사도 망쳤구나."

약장수는 뻔뻔하게 선심 쓰는 척하며 공갈약 세 알을 주고선 자리를 털고 일어났지만 명신은 자신이 받은 세 알의 알약에만 정신이 팔려 약장수가 가는지 오는지는 신경도 쓰지 않았다.

"이 약의 이름이 거 머시냐. 태극청심환? 청심단이었던가? 아무튼 그것이란 말이지? 신선이라… 이 기회에 신선이나 확 되어버려? 아니지. 그렇게 된다면 어머님, 아버님이 얼마나 슬퍼하실까? 그럴 수야 없지."

자신의 손에 들려 있는 세 알의 환단을 흐뭇하게 내려다보며 어떻게 할지 고심하던 명신은 한참이 지나도 마음의 결정을 내리지 못하자 시간을 두고 생각해 보기로 했는지 쌈지에 넣어 집으로 돌아왔다.

늦은 오후가 되자 따뜻한 햇살이 명신을 감싸주려 했지만 안타깝게 먹구름이 잔뜩 끼는 바람에 먹구름만이 명신을 향해 인상을 쓰고 있었다.

"아, 벌써 늦여름인가?"

한 손으로 턱을 괴고 마루에 앉아 하늘과 눈싸움을 하던 명신의 뇌리로 어제 만들어놓은 방패연이 떠오르고 있었다. 아직 비는 오지 않고 바람이 적당하게 불었기에 연날리기에는 더 이상 좋을 수가 없는 조건이었다. 코밑을 슬쩍 쓸어 만져 본 그는 가볍게 웃으며 입을 열었다.

"헤헤, 오랜만에 연이나 날려볼까? 내가 또 왕년에 연날리기 일인자 아니었겠어?"

명신이 서탁 위에 올려져 있는 기이한 문양의 연을 들고서 마당으로 걸어나왔을 때 집 안은 한바탕의 소란이 일어나고 있었다.

"너는 부엌을 찾아보거라. 나는 광을 찾아보마!"

"집 안을 샅샅이 뒤져라!"

집 안의 모든 가솔들이 방, 마당, 부엌 할 것 없이 이 잡듯 뒤지고 있는 것이었다. 이를 이상하게 여긴 명신은 아궁이에 얼굴을 박고 뭔가를 열심히 찾기 시작하는 돌쇠를 불렀다.

"돌쇠야, 무슨 일이라도 있는 게냐? 왜 이렇게 집 안이 어수선하냐?"

그의 목소리에 돌쇠는 머리를 아궁이에서 빼냈는데, 얼굴엔 온통 검정 칠을 하고 있었다. 손으로 얼굴을 한번 문지른 돌쇠는 어눌한 표정으로 대답했다.

"저… 그게 마님께서 집문서와 땅문서를 모아놓은 다발이 없어졌다고……."

"엥? 설마 하니 그 귀한 것을 누가 가지고 갔겠느냐? 곧 나올 테니 나와 연이나 날리러 가자꾸나. 이번에 좋은 종이가 있길래 오랜만에 만든 것이다. 잘 날 것 같지 않으냐?"

명신이 자신의 손에 들려 있는 연을 앞뒤로 뒤집어 보이며 자랑하자 돌쇠가 크게 놀랐다.

"이럴 수가! 도련님, 그 연은!"

"엥? 이 연이 왜? 어디 잘못 만들기라도 했느냐?"

"그, 그게 아니라… 무, 문서……."

돌쇠의 표정에서 뭔가 잘못됐음을 느낀 명신은 자신의 손에 들려 있는 연을 바라보았는데, 자신도 모르게 손에 힘이 빠져 그것을 떨어뜨리고야 말았다.

"그렇다면 설마 이게 땅문서라는 것이냐? 설마 아니겠지. 아니라고 제발 말해다오!"

애써 자신이 저질러 놓은 현실을 부정하고자 하던 명신은 돌쇠의 대답을 듣기도 전에 자신의 등 뒤에서 분노로 인하여 가늘게 떨리고 있는 목소리를 들을 수 있었다.

"명신이 네 이놈! 네 손에 들려 있는 것이 무엇이냐!"

"아, 아버님."

명신은 분노가 극에 달한 한 대감에게 귀를 잡혀 끌려가며 이번에는 평소처럼 어영부영하게 넘어갈 수 없다는 것을 본능적으로 느끼고 있었다.

사랑채로 끌려와 거의 한 시진 동안 매를 맞았건만 그의 아버지는 생각할수록 더욱 화가 치미는지 꾸지람을 멈출 기미가 보이지 않고 있었다. 결국은 한 대감의 입에서 해서는 안 될 단어가 튀어나오게 되었는데, 바로 의절이라는 것이었다.

"아무리 네 녀석이 매일 사고를 친다 해도 감히 집문서와 땅문서로 연을 만들어? 에라이, 고얀 놈! 내 차라리 네놈과 의절하는 편이 나을 성싶다! 내 눈앞에서 당장 사라지거라!"

아무리 철없는 명신이라도 의절이라는 것이 무엇을 의미하는지는 알고 있었기에 평소처럼 느긋한 자세로 웃어넘길 수는 없었다.

"아, 아버님!"

"돌쇠야, 무얼 하느냐! 저놈을 당장 끌어내지 않고!"

"아버님, 너무하시옵니다! 소자 아무리 모자란다 하더라도 의절이라니요!"

명신의 애원에도 불구하고 한 대감의 목소리는 싸늘하기만 했다.

"더 이상 듣기 싫다! 네 발로 나가겠느냐, 아니면 끌려 나가겠느냐?"

소매로 눈물을 닦던 명신은 한 대감의 결심을 돌리기가 어렵다는 걸 깨달았는지 자리에서 몸을 일으켰다.

"흑흑… 정녕 아버님께서 그리 원하신다면 불초 아버님의 뜻을 받들겠사옵니다."

한 대감에게 삼배를 한 후 몸을 돌려 대문 밖으로 걸어나가는 명신의 어깨는 힘없이 축 처져 있었다. 그러나 불쌍하게 여겨지지 않는 것은 또 무슨 이유에서였던가. 걸어나가는 명신의 뒷모습을 확인한 대감은 갑작스레 표정을 바꾸며 뒤에 서 있는 돌쇠에게 조심스럽게 물었다.

"얘, 돌쇠야. 이 정도면 녀석도 정신을 조금이나마 차리겠지?"

"아이구, 그럼요, 대감 마님. 정말이지 생동감 넘치는 연기였습니다요."

돌쇠의 칭찬에 웃으며 뒷짐을 진 한 대감은 돌쇠의 등을 토닥거렸다.

"허허, 부끄럽게 자꾸 나의 연기력을 띄워주느냐. 이게 다 네가 거짓 문서를 워낙 잘 만들어서 속아 넘어간 것이지."

"헤헤, 대강 만들어도 도련님이라면……."

"아무튼 수고했다, 돌쇠야. 고기 반찬 먹은 지도 꽤 됐지? 오늘 저녁은 거나하게 한번 먹어보자꾸나. 저 녀석도 밤이 깊으면 돌아오겠지."

그렇다면 이 모든 것이 한 대감의 철저한 계획 아래 일어난 일이었단 말이었는데, 아무것도 모르고 집을 떠난 명신만이 그들의 손안에서 놀아나게 된 것이었다.

서낭당은 언제나처럼 한적한 모습을 하고 있었다. 마을의 특별한 날이 아닌 이상 사람들은 이곳을 애써 찾지도 않았고, 산으로 나무를 하기 위해 지나다니는 이가 아니면 이곳을 찾을 필요 또한 없었다. 늦여름과 함께 마지막 장마가 시작되려는지 먹구름이 잔뜩 낀 하늘이 어두웠는데 십 년 전의 그날과 같은 분위기였다. 이제 비가 내리려는지 남동 방향으로부터 습기 찬 바람이 불기 시작했고, 서낭당 감나무의 가지들 역시 바람에 흔들리기 시작했다.

[오늘이 상제께서 나에게 천상의 인을 내려주시는 날이던가? 그 어린 소년 때문에 승천은 하지 못했으나 상제께로부터 천상의 인을 받게 되었으니 전화위복이 아닌가. 허허허, 다 늦게 여행이라니…….]

명신을 살리기 위해 승천을 포기한 서낭신의 목소리가 사방에서 울리고 있을 때 한 인영이 빠른 속도로 서낭당을 향하여 달려오고 있었다.

"다 미워! 아버님도! 어머님도! 돌쇠도! 개똥이도! 누렁이도!"

명신이 집에서 쫓겨난 슬픔에 무작정 달려온 곳이 바로 서낭당이었던 것이다. 아직도 의절의 충격이 가시지 않았는지 눈가에 흐르는 물기를 닦으며 말했다.

"그래! 내 오늘 신선이 되고 말리라. 이제 영영 아버님, 어머님을 보지 않을 거야!"

마음을 굳게 먹은 명신은 서둘러 몸을 뒤지기 시작했다.

"어디다가 뒀었지? 여기 있었군."

안쪽 품에서 찾아낸 엄지 손톱만한 태극청심단 세 알이 명신의 손에서 이리저리 굴러다니고 있었는데, 어찌나 굴러다녔는지 원래의 둥글던 모습을 잃은 지 오래였고 짚신으로 밟아놓은 염소 똥과 비슷한 모양이 되어 있었다.

"윽! 모양 하곤… 하지만 모양이야 어떻든 별 대수이랴. 이것을 먹으면 이제 난 신선이 되어서 이 세상을 등지게 되는 것인데… 그리고 영원히 그 누구의 눈치도 안 보며 노닥거리면서 살 수 있을 거야!"

단호한 결심을 내린 명신은 그다지 먹고 싶지 않은 모양을 하고 있는 태극청심단을 입 안으로 훌쩍 털어 넣었다. 세 알의 태극청심단은 신기하게도 입 안에 넣기가 무섭게 목구멍으로 넘어갔고, 얼마 안 있어

뼈저린 후회를 해야만 했다. 그 맛이 가히 살인적이었던 것이다.

"으윽! 뭐가 이리 맛없는 것이 천하에 다 있나! 삼키지도 않았는데 벌써 녹아서 목구멍을 넘어가다니 엄청나게 찜찜하구나! 배에서 열도 나는 것 같고."

목을 쥐며 괴로워하던 명신은 이어 배를 주무르며 인상을 찡그렸다.

"이 망할 약장수, 상한 약을 준 건지 배는 왜 이렇게 아픈 거야. 집 나오기 전에 뒷간이라도 다녀올 것을… 배가 터져 버릴 것 같아. 으……."

명신은 말도 나오지 않을 만큼 입 안이 얼얼하고 죽을 만큼 배가 아픈 와중에도 오기인지 하고 싶은 말들을 끝까지 하고 있었다.

"헉헉… 쓰읍… 으윽……."

정말 아파본 사람만이 알 것이다. 말도 못할 정도로 아프다는 것이 가능하다는 것을. 벌써 고통이 계속된 지 두 시진(4시간). 사람으로서는 도저히 견딜 수 없는 고통을 당하고 있던 명신의 기력은 이미 바닥났는지 움직일 생각조차 못하고 팔다리만을 움찔거리고 있을 뿐이었다.

"차라리… 날 죽여라, 빌어먹을 하늘아!"

어디서 욕할 힘은 남았는지 끝까지 반항적인 태도를 보이는 그였는데, 바보들이 가진 또 하나의 특징인 끈기의 힘이었다. 그의 말이 끝나자마자 천지가 굉음을 토해내기 시작했다.

쿠쾅! 콰과과쾅!

"으아아아아아악!"

하늘이 명신의 욕지거리에 노발대발했던 것일까? 명신의 머리 위로 본 적도 없으리만큼 엄청난 벼락이 떨어져 버렸고, 그 뇌의 힘이 얼마나 거대했던지 공간의 왜곡 현상까지 일어나기 시작한 것이었다.

지잉—

공간의 왜곡 현상을 목격한 명신은 찡그리고 있던 두 눈을 부릅떴다.

"이, 이건 또 뭐야… 갑자기 이런 구멍이 생기다니. 혹시 이것이 신선이 사는 곳으로 가는 문인가? 으윽… 아직도 고통을 느낄 힘이 있는 건가. 저기로 들어가면 안 아플지도 모르겠다. 굴러가자!"

황당한 이론을 정립한 명신은 애써 몸을 굴러 왜곡된 공간으로 움직였고, 곧 그의 몸이 이 신비한 구멍으로 흘러 들어가 버리자 서낭당에서는 황당함이 그득하게 차 있는 서낭신의 목소리가 흘러나왔다.

[이, 이런! 어찌 저 소년은 나의 일을 이리도 방해한단 말인가! 십 년 전에는 나의 승천을 가로막더니 이제는 천상의 인까지 대신 사용해 버리다니… 고얀!]

과연 서낭신도 화를 낼 만했는데, 서낭신이 말하는 천상의 인이란 옥황상제가 대신들에게 상으로 내리는 휴가증과 비슷한 것으로서, 여러 차원의 신령들을 다른 차원으로 이동시켜 그곳을 경험하고 돌아올 수 있게 하는 것이었다. 무려 15대 1의 경쟁률을 뚫고 획득한 황금 같은 기회였건만, 이게 무슨 운명의 장난인지 서낭신이 가야 할 그 알 수 없는 차원으로 명신이 흘러 들어가게 되었던 것이다.

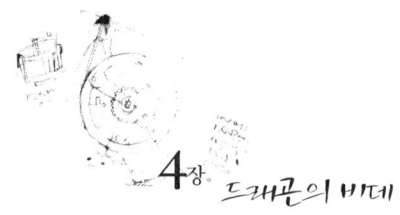

4장 드래곤의 비데

무엇도 존재하지 않는 어둠의 공간. 명신은 흘러가는 것인지, 아니면 제자리에 머물고 있는 것인지 알 수 없는 그 공간에서 정신을 잃은 채로 누워 있었고, 그의 몸으로부터 꿈결같이 오색영롱한 빛이 발현되고 있었다. 바로 이 오색의 빛은 서낭신이 전해주었던 천년지정의 일부분이었는데, 태극청심단이 명신의 단전에 엄청난 자극을 주자 그로부터 명신의 단전을 보호하기 위해 그 잠잠하던 힘이 깨어나기 시작한 것이었다.

애초 천년지정은 명신의 몸을 위험으로부터 보호하고 있었다. 공학원에서의 이번 역시 외부로부터 자극이 밀려 들어오자 천년지정이 명신의 몸을 보호하기 위해 기운을 일으키며 생긴 일이었는가 하면, 이 천덕꾸러기가 지금껏 수많은 사고를 쳤음에도 불구하고 몸에 상처 하나 없는 이유이기도 했다.

치직.

이제 발현이 막바지에 달했는지 그의 몸을 감싸던 오색 기운이 모여 영롱한 백색의 작은 공이 형성됐고, 그것은 아랫배 쪽의 단전 부근으로 빨려 들어갔다. 그런데 놀랍게도 백색의 천년지정이 명신의 몸으로 흡수되자 그의 체내에서는 상상도 할 수 없는 일이 일어나기 시작한 것이었다. 바로 태극청심단이 과연 약장수가 말한 대로 천고의 기물이었는지 명신의 단전을 한순간 파괴하고도 남을 정도의 엄청난 내력을 뿜어내고 있는 것이었다. 일반인이 이런 경우였다면 오장육부가 파괴되어 살아남기 힘들겠으나 명신의 경우에는 태극청심단의 과다한 내력을 천년지정이 그 기운을 완화해 주고 있었기에 단전은 별 무리 없이 그 엄청난 내력을 받아들이고 있었다.

정겹게 울던 새들이 자리를 털고 날아오르자 나뭇잎이 부딪쳤고, 그 나뭇잎들 사이로 새어 나오는 햇살이 이리저리 흔들리고 있었다. 무성하게 자란 잡초 위로 흰옷 차림의 소년이 누워 있었는데, 그의 검은 머리카락은 길게 땋아 내려 땅 위로 늘어뜨려졌고, 얼굴의 오관이 단정하게 자리하고 있었다. 한참 동안 잠을 자듯 평온한 표정으로 누워 있던 소년이 뒤척거리자 입으로부터 목소리가 새어 나왔다.

"으음, 목이 타는군."

몇 마디의 말을 힘들게 중얼거리던 소년은 더 이상 입을 벌리기 귀찮은지 입술만 달싹거리기 시작했다.

'이런 목마름을 느껴볼 수 있다니… 우물까지 가려면 꽤나 가야 할 텐데 귀찮아 죽겠어. 그런데 단전에서 느껴지는 이 기운은 뭐지? 목이 좀 말라서 그렇지 기분은 상쾌하군. 그런데 단전이라… 엥? 단전이라니, 내가 이런 단어를 배운 적이 있었나?

뭔가 이상하다는 생각이 든 소년이 눈을 떴다. 그로 인해 그의 눈빛을 볼 수 있었는데, 정갈한 얼굴에 어울리지 않는 탁한 눈빛을 가지고 있었다. 그는 바로 천상의 인을 통해 알지 못할 세계로 흘러 들어온 명신이었다. 자리에 누워 허공을 응시하던 명신은 눈을 자극하는 햇살에 이마를 찌푸리며 입을 열었다.

"그런데 햇살의 느낌이 조금 이상한데? 평소보다 조금 더 푸근한 느낌이야. 가을이 다가와서 그런 건가? 그나저나 내 머리 이곳저곳을 돌아다니는 이 생각들은 뭐냐? 에구, 찌뿌둥하니 몸을 일으키기도 힘들군."

굳어 있는 듯 뻣뻣한 몸을 억지로 일으킨 명신의 눈에는 낯선 풍경이 가득 차 있었다. 거대한 감나무가 서 있던 서낭당은 온데간데없고, 빽빽하게 우거진 수풀 사이에 자신이 누워 있었던 것이다. 게다가 나무들은 조선에서 본 적도 없는 기이한 모습이었는데 높이는 서낭당의 감나무에 버금갔고 하늘로 곧게 뻗어 있었다.

"이런! 내가 정신을 잃었던 곳이 서낭당 아니었나? 그런데 이 보도 못한 나무들… 또 여기는 어디란 말이냐? 어라?"

이상한 점이라도 발견했는지 고개를 아래위로 움직여 보던 그는 왠지 땅과 눈의 거리가 상당히 멀어졌다는 것을 느낄 수 있었다.

"거참, 이상하군. 태극청심단 때문에 키가 커진 건가?"

몸에 대한 의문도 잠시, 명신은 자신의 머리로는 도저히 이해할 수 없는 이 상황에 대해서 난처한 표정을 지었다. 주변을 살펴보던 그는 조금의 시간이 지난 후에야 정신을 수습하고 지금까지의 일에 대하여 정리를 하기 시작했다.

"가만가만… 그러니까 내가 약을 먹고 배가 아파서 땅바닥을 구르다가, 하늘에다 대고 욕지거리를 하자 벼락을 맞았단 말야. 그런데 내 옆에 까만 구멍이 생겼고, 신선계로 들어가는 구멍이라 생각한 나는 굴러 들어온 것이지. 그리고 깨어보니 이곳이다 이거지? 그럼 여긴 신선계?"

하지만 이내 터무니없는 생각임을 깨달았다. 지금까지 이야기로 들어오던 신선계와는 전혀 다른 모습이었기 때문이다. 상황을 정리해 봤지만 답답함이 조금도 나아지지 않았고, 그에 따라 가볍게 한숨을 내쉰 명신은 맨 앞의 나무로 발걸음을 옮겨 나무껍질을 뜯어보았다.

"이 보지도 듣지도 못한 나무들이 혹 탐라에서만 서식한다는 나무들인가? 기온 차이로 인해 육지에서는 자라지도 않는다는… 아무튼 인가라도 찾아봐야겠다."

정신 나간 사람처럼 중얼거리던 명신이 뜻을 정하고 주변을 한번 둘러보자 자신이 지금 처한 상황을 다시 한 번 자각할 수 있었다.

"제길, 여긴 막막한 산중인데 이런 곳에 인가가 있을 리 없잖아! 자… 한명신, 침착하자! 머리를 굴려보자고. 일단 물을 찾는 거다. 어느 곳에나 물가에는 사람이 살기 마련이지. 저쪽에서 물소리가 들리는 것 같군!"

산길을 걸어가기 시작하던 명신은 아무리 둘러봐도 자신이 살던 조선과는 판이한 곳이었기에 점점 불안만 쌓여갔다.

"이곳은 아무래도 조선이 아닌 것 같아. 조선이라 하기에는 나무의 품종과 흙의 성분이 너무나 다르단 말이야. 지금까지 조사된 바에 의하면 이런 품종은 존재하지도 않는군. 더 이상한 것은… 내가 이런 것들이 조사가 됐는지 안 됐는지 어떻게 아냐는 건데… 그래도 뭐 조선보다는 산길 찾아다니기가 쉽군. 아! 저기 냇물이!"

나무와 나무가 우거진 사이로 맑은 물이 흐르고 있는 냇물을 볼 수 있었다. 냇물을 발견한 명신은 서슴지 않고 빠르게 발걸음을 옮기기 시작했다.

명신이 물을 따라 걸어 내려가기 시작한 지 벌써 두 시진 정도의 시간이 지났다. 하지만 여전히 산이었고 기이하게도 나무의 수가 줄어들며 점점 돌산의 모습으로 변하고 있었다.

결국 냇물의 끝까지 내려온 명신은 비명을 질러야만 했다.

"으악! 냇물의 끝이 이런 절벽이라니! 빌어먹을! 상식을 깨는 곳이잖아! 어라? 그런데 절벽 속으로 물이 들어가다니… 이상한데?"

명신은 뭔가 의심스러운지 머리를 자라처럼 내밀어 물이 흘러 들어가고 있는 벽을 유심히 살펴보기 시작했다. 머리를 이리저리 움직이며 살펴보던 그는 손을 뻗어 수로 안쪽의 벽을 만지며 말했다.

"흠… 이 암산의 재질은 가공하기 좋은 사암이군. 가공하기 쉽다는 것은, 즉 강도가 약하다는 말과 일치하는데 더욱 이상한 것은 이런 사암으로 물이 흐르는데 사암이 물에 쉽게 깎이지 않는다는 거야. 물이 흘러 들어가는 곳의 암석 재질이 다른 곳과는 조금 다른데? 아무래도 이건 인공적인 것 같아. 그렇다면 이 안쪽에 뭔가가 있다는 것이 되겠군."

자신은 깨닫지 못했지만 놀랍도록 총명하게 결론을 내린 명신은 지체없이 암산의 벽면을 따라 걸어가기 시작했다. 벽면을 따라서 오 리(약2㎞) 정도 걸어가자 역시 그의 예상대로 조그마한 동굴의 입구가 눈에 띄었다. 입구의 크기는 어른 허리 정도의 높이였고, 벽을 따라 의식적으로 찾지 않는 한 그 입구는 눈에 띄지 않을 절묘한 위치에 숨겨져 있었다. 즉, 사각 지대였는데 사람의 위치와 보는 각도, 그리고 높이에 맞추어서 나무나 수풀 따위를 이동시켜 눈이 접할 수 있는 지점을 차단시키는 위치였다. 명신은 생각할 것 없다는 듯이 동굴의 입구로 발을 옮겼다.

저벅 저벅 저벅.

조금 걸어 들어가자 더 이상 허리를 굽히지 않아도 될 정도로 천장이 높아졌다. 허리를 펴며 몸을 일으키던 명신이 앞쪽을 내다보며 말했다.

"이곳부터는 동굴이 넓고 높아지는구나. 이제는 어른 세 명이 나란히 걸어도 될 만한 넓이인걸? 역시! 안쪽에서 빛이 새어 나오고 있군."

자신의 예상이 맞았다는 기쁨에서인지 동굴의 끝에서 흘러나오는 빛을 따라 발걸음을 빨리하기 시작하였다. 명신이 통로를 따라 이십여 장(약60m) 정도 들어가자, 안쪽으로 꽤나 넓은 공간이 보였다. 그곳의 천장은 바가지를 엎어놓은 듯한 둥근 모양을 하고 있었는데, 상당히 넓어 보이면서도 아늑하게 보이기도 했다. 게다가 바닥으로는 인공적인 시냇물이 보였는데, 물줄기가 벽을 통해 흘러 들어왔다가 반대쪽으로 흘러 나가고 있었다.

그곳은 어두워서 쉽게 볼 수도 없었는데—물론 보인다고 해도 그런 것들에 신경을 쓸 명신은 아니었지만—벽면을 둘러싼 세심한 세공들, 그리고 넓은 공간을 메우고 있는 석상들이 꽤나 실력있는 공예가의 작품임을 여실히 보여주고 있었다. 내부를 둘러보던 명신의 눈은 한곳에서 머물렀다.

"흠, 이 정도 석굴이면 수십 명 등골이 빠졌겠군. 어? 저기 뭔가가 있는데?"

입구의 반대쪽을 유심히 살펴보니 미미하게 움직이며 앉아 있는 인영이 눈에 들어왔는데, 그 인영을 주시해 보니 어른이라 하기에는 너무나 키가 작았고 아이라고 하기에는 너무 체구가 커 보였다. 하지만 이상하다는 생각보다는 누군가를 만났다는 반가움이 앞서고 있었다.

"이보세요. 거기 누구 있나요?"

하지만 그 인영은 여전히 등을 보이고 앉아 있었다.

"이보시오! 사람이 부르면 대답이라도 해야 하지 않습니까!"

소리를 질러보았음에도 불구하고 인영이 대답을 하지 않자 명신의 입에서는 자연스레 거친 말투가 튀어나왔다.

"제길! 장독대처럼 생긴 것이 사람을 무시해? 음, 여기 있군."

화가 난 표정으로 주변을 둘러보며 무엇인가를 찾던 명신의 눈에 띈 것은 어른의 주먹만한 돌멩이였다. 그것을 한 손에 집어 든 그는 희미한 웃음을 입가에 머금으며 있는 힘을 다해 그 인영을 향해 던졌다.

빠각!

둔탁한 소리가 나며 정체 모를 인영의 머리에 적중했는데, 자신의 머리로 돌멩이의 경도를 측정하자 거기에까지 무심하지는 못했는지 뒤통수를 감싸 안으며 길길이 뛰기 시작했다.

"으악! 어떤 후레자식이냐!"

뒤를 돌아본 인영의 생김새는 어둠에 가려져 있을 때와 마찬가지로 정상적인 사람이라 보기에는 너무나 동떨어져 있는 것이 아닌가? 짧은 다리, 짧은 팔, 텁수룩한 수염이며, 볼록 나온 똥배까지 보통의 사람과는 전혀 다른 모습이었다. 그런 그는 명신이 던진 돌에 맞은 것에 화가 단단히 났는지 자신의 키만한 도끼를 한 손에 집어 들고 명신을 향해 걸어오며 음산하게 말하는 것이었다.

"네놈이 나에게 이 무지막지한 돌멩이를 던진 녀석이냐?"

조선의 건아인 명신이 이쯤의 위협에 뜻을 굽히겠는가 하겠지만, 역시 눈칫밥만 먹고 살아온 간사한 녀석임을 순식간에 증명하고 있었다.

"헤헤, 뭐 크다고 생각하면 크고 또 작다고 생각하면 작은 돌 아니겠습니까?"

손을 비비며 실실거리는 명신의 모습을 본 인영은 자신의 가슴을 두들기며 자부심이 한껏 담긴 목소리로 말했다.

"껄껄! 당연히 이 정도 돌멩이 가지고 날 어쩌진 못하지! 그건 그렇고, 너는 어디서 온 녀석이냐? 이 대륙의 곳곳을 돌아봤지만 네놈이 입은 옷은 보지 못했다."

명신은 의외로 쉽게 이 험악한 분위기에서 빠져나오자 안도의 한숨을 내쉬며 생각에 잠겼다.

'대륙? 그렇다면 여긴 명나라인가? 그럴 리 없어. 아무리 명나라라고 해도 파란색의 눈을 가진 사람은 없으니… 그렇다면 파사국?'

여러 측면으로 생각해 봤지만 도저히 결론을 내릴 수 없던 그는 체념을 했고, 머리를 숙이며 인사를 건넸다.

"아! 초면에 실례가 많이 되었사옵니다. 소인은 명신이라는 사람으로서 조선에서 왔습지요."

"조선이라… 그것은 어디에 있는 나라인가? 아차차! 내가 이러고 있을 때가 아니지. 목숨이 왔다 갔다 하는 마당에 이러고 있으면 안 돼! 네 녀석 때문에 금쪽 같은 시간이 한참이나 지나갔구나!"

혼자서 다급한 탄성을 지르던 그는 언제 너 같은 녀석과 말이라도 했느냐는 듯이 자신이 있던 곳으로 돌아가 또다시 뭔가에 열중하기 시작했다. 뒤돌아 앉아 있는 등을 바라보던 명신은 고개를 갸웃거리며 그에게 다가갔다.

사각사각.

명신이 그의 옆으로 다가가자 혼자 중얼거리며 뭔가를 만지작거리는 모습을 볼 수 있었는데, 그는 표정이 기이하게 일그러져 꽤나 익살스러운 모습이었다.

사각사각.

"그 녀석은 드래곤 주제에 무슨 이런 것이 필요하다고 나같이 선량한 드워프를 협박해서 이런 걸 시키는 거야? 하긴… 나의 손재주가 좀 비상하긴 하고 나의 예술적 감각이 남다르고 솜씨가 능수능란하다지만, 드래곤의 똥꼬를 다 닦아내려면 얼마나 커야 하는지 알기라도 하는 건가?"

역시나 알아듣지 못할 말들이었다. 그러나 이런 모습을 보고 '아, 바쁘신 양반이군. 그럼 댁은 수고하시고 난 내 갈길 가려오' 라고 말할 명신은 절대 아니었기에 입을 열며 끼어들었다.

"이보시오, 똥자루… 아니지. 짧고 굵은 양반. 도대체 뭘 하는 게요?"

사각사각.

명신의 물음에 아무런 대답도 하지 않자 이에 심통이 난 명신은 잠시 머리를 굴리기 시작했다. 이내 기발한 생각이 떠올랐는지 주변을 둘러본 그는 석상을 향해 걸어가며 입을 열었다.

"이 조잡한 석상들은 뭐야? 무늬도 촌스럽고… 이쪽은 비례적인 요소가 꽝인걸? 신라의 석굴암에 비하면 벼룩이 기린 앞에서 장대높이뛰기 아니겠어?"

명신의 격장지계가 먹혀 들어가는지 난쟁이는 귀를 쫑긋 세우며 그의 말에 귀를 기울이기 시작했다. 그러나 이 정도에 만족하기에 명신은 너무나도 간악했다. 고로 그의 공격은 계속 되었는데……

"이건 또 뭐야. 벽에 뭔 낙서를 이렇게 많이 해놨어? 꼬맹이가 못으로 벽에 장난 친 것 같잖아. 푸하하하!"

결국 자신의 예술품을 모독하는 말에 분노를 참지 못했는지 그 난쟁이의 눈은 빨간색으로 충혈되기 시작했고, 이마에서는 혈관들이 불거져 나와 꿈틀거리기 시작했다.

"네 이 녀석! 감히 뭐라고 지껄인 것이냐! 나의 예술품이 촌스럽고 비례가 어쩌고 저째? 꼬맹이들 낙서? 감히 나의 예술품들을 모독하다니! 너 죽고 나 죽자, 이놈아!"

예상보다 효과가 컸는지 대단히 분노하는 그의 모습을 본 명신은 뒷걸음질치며 또 한 번 굽신거리기 시작했다.

"헤헤, 소인의 말은 그런 것이 아니라… 제 말에 어찌나 귀를 기울여 주지 않던지 말입니다. 사실 이 완벽한 예술품들을 흉보느라 정말 힘들었습니다요. 헤헤. 그나저나 열중해서 뭘 만드시던데 제가 좀 도울 건덕지라도 있을까요?"

"정말 그래서 그랬단 말이냐?"

턱을 쓸며 명신의 말을 곰곰이 생각해 보던 그는 곧 고개를 끄덕이며 말을 이었다.

"흠… 내가 한 번만 더 참지. 난 케르히트라고 한다. 그냥 켈트라고 부르는 것이 편할 거야. 보다시피 드워프 족이지. 네 녀석 이름이 명신이라고 했나?"

"헤헤, 그렇습죠. 기억력 한번 좋으시네."

"이름이 참 어렵구나. 생김새도 보통 인간과 다르고 말이야. 그냥 나도 널 이름의 앞머리만 따서 뮤스(myung+sin=myus)라고 부르도록 하마."

뮤스라는 낯선 이름으로 불린 명신은 집에서 쫓겨난 이상 별달리 상관없다고 생각했기에 켈트의 말을 수용하기로 했다.

"뮤스요? 홈… 하긴 저도 이제 집에서 쫓겨났으니 굳이 부모님이 지어주신 이름을 쓸 필요는 없겠군요. 아버님이 호적을 파버렸을 수도 있으니… 좋습니다!"

혼자 말을 하고 혼자 결정을 내리는 그를 이상한 표정으로 지켜보던 켈트는 혀를 차며 고개를 내저었다.

"쯧쯧, 묘한 녀석이군. 아무튼 난 지금 아주 바쁘단 말이다. 내 목숨이 걸려 있는 일이야. 안 그래도 막막해 죽겠는데 네 녀석이 나타나 방해까지 하는구나!"

안절부절못하는 켈트의 모습을 본 명신, 즉 뮤스는 그의 행동을 이해할 수 없었다.

"좋아요, 무슨 일인지 가르쳐 주시면 괴롭히지 않을게요. 혹시 알아요? 제가 도와줄 수 있는 일일지?"

뮤스의 말을 듣던 켈트는 귀찮은 꼬맹이 녀석의 손에 사탕 하나 쥐어서 보내는 심정으로 고개를 끄덕이며 입을 열었다.

"좋아! 네 녀석이 뭘 도와줄 수 있을지는 모르겠다만 이걸 듣고 난 후에는 날 괴롭히지 않는 거다. 알겠냐?"

"헤헤, 남아일언 중천에 떴는데 당연하지요!"

"그게 무슨 말인지는 모르겠다만, 어제의 일이었다. 이곳에서 300켈리(㎞)나 떨어진 곳에 사는 크라이츠라는 드래곤이 나에게 뜬금없이 나타나 이번 주까지 비데를 만들라고 하더군."

"비데요? 비데가 뭔가요?"

어처구니없다는 표정을 지은 켈트는 한숨을 쉬며 말했다.

"어디서 온 녀석인데 비데도 모르느냐. 어쨌든 설명해 주지. 사람이 엉덩이로 토한 후에 그냥 풀이나 종이로 닦으면 똥꼬가 맵다고 하지 않겠느냐? 그래서 개발해 낸 물로 씻어내는 기계를 말하는 거지. 그런데 드래곤 주제에 인간들이나 쓰는 비데를 만들라고 하지 않겠냐? 인간들이 쓰는 작은 비데도 마법으로 움직이기 때문에 그 가격이 엄청난데 말이다. 어이가 없어서… 내참."

켈트의 말을 잠시 들어본 뮤스는 아직도 이해가 가지 않는지 고개를 갸웃거렸다.

"그럼 그냥 만들면 되지 무슨 생명이 위험해요?"

"물론 만드는 것은 문제가 없다만, 드래곤의 똥꼬가 좀 크냐는 것이지. 그 어마어마한 양의 물을 어떻게 비데에서 나오게 할 수 있을지가 문제야. 마법도 못 쓰는 드워프인데."

이야기가 끝나자 잠시 생각을 하던 뮤스는 득의의 표정을 지으며 입을 열었다.

"이봐요, 켈트 아저씨. 만약 제가 그 문제를 해결해 준다면 제 질문에 대답해 주실래요?"

"네가 이 문제를 해결할 수 있다고? 믿기지는 않는다만 가능하다면 나야 좋지!"

"그럼 약속했어요!"

켈트의 눈에는 미덥지 못한 댕기머리 소년의 모습이 어딘가 불안했지만 자기를 도와줄 방법이 있다는 말에 내색을 할 수는 없었다. 지금 같은 상황에 그를 믿어서 손해날 것은 없었으니 말이다. 뮤스는 켈트가 작업해 놓은 것을 바라보며 말했다.

"아저씨, 어디까지 만드신 거예요?"

"흠, 지금 뼈대는 거의 완성을 했다만, 가장 중요한 것은 수압이 문제야. 내가 마법사도 아니고 기술로만 엄청난 수압을 만들어야 하니 난감할 뿐이지. 제길, 드래곤 녀석. 마법사라도 한 놈 끼워줄 것이지."

그의 말을 들으며 이마를 긁적이던 뮤스는 손등으로 코밑을 쓸었다.

"음, 그럼 수압을 높일 기술만 있으면 되는 것이군요. 좋아요, 아저씨는 제가 그려드리는 대로만 만드세요. 알겠죠?"

"흠, 뭐 그런 거야 어려운 것이 아니다만… 아무튼 알겠다."

그에게 당부를 한 명신은 작은 돌을 하나 주워서 바닥에 그림을 그리기 시작했는데 이러저러한 도형과 수많은 수치들이 기입되어 있는 그림이었다. 한 시간 정도 지나자 명신은 자신의 그림에 만족한 듯이 입가에 미소를 띠었다.

"아저씨, 다 됐으니 한번 보세요. 이걸 보고 그대로 만들면 될 거예요."

"그래, 한번 보자."

고개를 숙여 그것을 본 켈트는 벌어진 입을 다물지 못하고 있었다. 땅에 그려져 있는 그림은 아무런 도구를 사용하지 않고서 그린 것이라고는 믿기지 않을 정도의 세밀함을 갖추고 있었는데, 장치의 각도와 길이, 폭, 그리고 넓이가 자세하게 기록되어져 누가 보더라도 그 모양을 머리 속으로 떠올릴 수 있을 정도였으니 가히 켈트가 놀랄 만했던 것이었다. 어떻게 명신이 이런 능력을 가질 수 있게 되었는지는 정녕 아무도 모를 일이었다.

"너… 정말 굉장한 재주를 지녔구나! 그런데 정말 이렇게만 만들면 그 엄청난 수압을 만들어낼 수 있다는 거야?"

손에 든 돌멩이를 동굴의 한 켠으로 던지며 대답했다.

"제가 설마 거짓부렁하겠습니까?"

"그런데 말이다. 여기 그려져 있는 그림들은 뭐냐? 글씨 같기도 한데 아직 이런 문양은 처음 보는구나."

"이런! 아저씨, 천자문도 못 배우셨나요? 혹시 상놈이세요?"

"상놈? 그게 뭐냐? 아무튼 난 이런 글은 본 적도 들은 적도 없다!"

무슨 소리냐며 궁금해하는 켈트의 모습을 본 뮤스는 한심하다는 표정을 지었다.

'내참 어이가 없네. 저 나이 될 때까지 숫자도 못 읽을 정도라니… 아무리 상놈이라지만 먹고 살려면 숫자 정도는 읽을 수 있어야 하는 것 아냐? 아, 아니지, 여긴 조선이 아니니까 그럴 수도 있지.'

생각을 하다 만 뮤스는 자신의 입술을 만져 보았다.

'그리고 보니 내 입에서 나오는 말이 조선어가 아니잖아! 그것도 못 느낄 정도로 내가 둔했나? 어쨌든 나중에 더 생각해 보고 아저씨 일이나 마무리하자.'

현재의 상황을 다시 한 번 되짚어보던 뮤스는 생각을 달리하며 말했다.

"아저씨, 이렇게 딴 짓을 해도 될 만큼 목숨이 여러 개인가 보죠?"

"아! 그렇지. 네 녀석이 나타난 다음부터 정신이 없구나."

고개를 끄덕인 뮤스는 손으로 그림을 짚어가며 설명을 하기 시작했다.

"이 그림은 제가 설명해 드릴 테니 만들기나 하세요. 이 방법은 중기라는 것을 이용한 방법이에요, 이 아랫부분에 불을 붙이게 되면 물이 끓어오르면서 수증기가 생기겠죠? 그럼 이 밀폐되어 있는 공간에서 팽창할 거구요. 물보다 수증기가 부피가 큰 건 당연하니까요. 그리고 그 수증기는 좁은 구멍을 타고 옆에 있는 물통으로 밀려 들어가고, 그 물통에 있는 물들은 압력을 이기지 못하고 분출하게 되는 거죠. 이해 돼요? 아! 이때 물이 뿜어져 나오는 구멍을 작게 만드세요. 그래야 수압이 더 높아지겠죠?"

켈트는 뮤스의 말에 정신을 못 차리고 있었는데, 눈에는 의혹이 가득했지만 뭐라 마땅하게 할 말을 못 찾는 얼굴이었다.

"수증기라는 게 그렇게 강한 녀석이란 말이냐? 내가 백이십여 년 간 살아왔다만, 그런 말은 처음이다. 마법으로 물을 밀어내는 건 봤지만. 수증기라니… 물이 물을 밀어낸단 말이냐? 도저히 못 믿겠는걸."

그의 말에 어깨를 으쓱거린 뮤스는 흙이 묻은 손을 털며 대답했다.

"참나. 아저씨, 안 믿어도 좋은데요, 이거 말고 다른 방법 있나요? 있으면 그걸로 해요. 배짱 좋으시네!"

뮤스의 말대로 다른 방도를 가지고 있지 못한 켈트는 어쩔 수 없이 고개를 숙여야만 했다.

"흠흠! 그래, 속는 셈치고 한번 만들어보마."

"나참, 다 늙어서 의심도 많지. 어서 만들기나 해요. 여기는 이렇게 저기는 요렇게……."

어느새 켈트의 상전처럼 구는 뮤스였다. 자신도 모르는 사이 양반의 기질이 나오는 것인가.

투닥투닥.

작업을 시작한 지 어느덧 이틀이라는 시간이 흐른 듯싶었다. 동굴 안이었기에 날짜 개념이 확실하지는 않았지만 식사를 한 횟수를 계산해 본 결과 그 정도는 되었을 듯했다. 동굴의 한 켠, 그들이 만들고 있는 비데의 아래쪽에서 뮤스는 켈트의 엉덩이에 깔려 허우적거리고 있었다.

"아저씨, 그 큰 엉덩이나 좀 치워주세요!"

"이 녀석아! 여길 손보려면 이런 자세가 아니고선 불가능하단 말이다!"

"그럼 빨리 끝내 버려요! 뭘 그리 꼼꼼하게 해요? 생긴 거답지 않게!"

"그 녀석 말 한번 엄청 많네!"

켈트는 뮤스의 허리에서 일어나며 땀을 닦았다.

"아직 모양을 꾸미지는 못했다만 이제 설치 작업은 끝났다. 나도 살면서 이렇게 힘든 적은 처음이군. 그런데 정말 이게 작동할까?"

바닥에서 몸을 일으키던 뮤스는 툴툴거리며 먼지를 턴 후 온몸을 이리저리 뒤틀며 말했다.

"아저씨, 정말 걱정도 팔자네요. 그러니까 그렇게 키도 안 자라고 살만 찌죠. 사람은 걱정이 많으면 안 돼요."

"야야, 몸매는 내 잘못이 아니라고. 날 때부터 이런 걸 어떻게 하겠느냐? 그러니까 드워프라는 거지."

볼을 긁적인 뮤스는 궁금한 표정을 짓고 있었다.

"예전부터 드워프, 드워프 하는데 그 드워프란 게 뭐죠?"

"엥? 넌 드워프도 모르냐?"

그의 물음에 아무런 말 없이 고개만 끄덕였다.

"허허, 볼수록 신기한 녀석일세. 드워프란 말 그대로 난쟁이 종족이지. 모두들 나와 같은 몸매를 하고 있단다."

"푸핫! 저주받은 종족이군요?"

재미있다는 듯이 웃음을 터뜨린 뮤스를 보며 켈트는 다시 한 번 발끈했지만, 아무리 생각해 봐도 정상은 아닌 듯한 뮤스의 상태를 보곤 고개를 가로저으며 이야기를 계속했다.

"아무튼 우리 종족은 전투에도 능하지만 손재주가 대단해서 못 만드는 것이 없단다."

켈트의 말에 뮤스는 이해가 간다는 듯한 얼굴을 하고 있었다.

"음, 그럼 이참에 질문 몇 개만 더 할게요."

"그렇게 하려무나."

"정확히 이곳은 어디죠?"

"엥? 그럼 너는 이곳이 어디인지도 모르고 여기에 있다는 말이냐? 하늘에서라도 떨어졌어?"

"저도 아직 그것을 모르겠단 말이에요. 정신을 잃고서 깨보니까 여기였다니까요."

켈트는 그의 말을 완전히 믿는 눈치는 아니었지만, 그의 생김새를 보아하니 과연 이 대륙의 사람들과 판이하게 다른 모습이었기에 완전히 거짓이라고 치부하기에도 뭔가 석연치 않은 점이 있다고 생각했다.

"좋아, 그럼 말해 주지. 이곳은 아울로브 대륙에 있는 도이첸 제국의 멜 산이란다. 나는 이십여 년 전부터 이곳에서 살고 있는 드워프이고. 됐냐?"

"네? 도이첸 제국요? 그럼 조선은 어디 있는 것이죠?"

"내가 전에도 말하지 않았냐. 조선이라는 곳은 듣도 보도 못했다고.

그건 그렇고, 너는 조선이라는 곳에서 왔다면서 어떻게 이곳의 언어를 쓸 수 있지?"

"글쎄요. 그냥 이곳의 언어가 입에서 나오는데… 저도 잘 모르겠는 걸요?"

뮤스에게 일어난 신기한 일에 대해 이야기하고 있을 때 동굴 밖으로부터 거대한 포효 소리가 들려왔다.

"쿠워어어어어어어!!"

어떤 동물의 포효 소리인지는 모르겠지만 뮤스는 전율로 온몸이 떨려옴을 느끼곤 두 손으로 귀를 막으며 인상을 찡그리며 외쳤다.

"으악! 이게 무슨 소리야~!"

그 소리가 들리는 순간, 방금 전까지만 해도 걸걸하고 당차던 켈트 역시 고양이 앞의 쥐라도 된 듯 안절부절못하며 다리를 떨기 시작했고, 창백해진 얼굴로 뮤스를 바라보며 떨리는 목소리로 입을 열었다.

"뮤, 뮤스, 드디어 왔구나. 저놈의 드래곤 피어는 언제 들어도 오싹하군. 약한 종족으로 태어난 것이 죄지. 제길!"

켈트의 얼굴과 동굴의 입구를 번갈아 바라보던 뮤스는 탄성을 질렀다.

"이야! 그럼 아저씨가 말한 드래곤이라는 거예요? 정말 용이 있긴 있구나!"

아무렇지도 않게 말하는 뮤스를 보며 켈트는 큰일 날 소리라도 한다는 듯이 식은땀을 흘리며 그의 입을 막았다.

"잔소리 말고 조용히 해라. 저 저능 드래곤 눈 밖에 나면 너도 목숨이 위태로울 거야. 머리나 숙이고 있으라고."

"저능 드래곤? 그래도 태어나서 처음 보는 용인데 그냥 고개만 숙이고 있을 수는 없죠. 나도 자존심이 있는 대장부인데… 자고로 장부는 함부로 고개를 숙이는 것이 아닌 법!"

뮤스가 자존심을 운운하며 가슴을 치고 있을 때, 동굴로 들어오는 입구로부터 인기척이 들려오기 시작했다.

또각또각.

켈트는 목이 타는지 마른침을 삼켰고, 그 소리는 뮤스의 귀에도 들릴 정도였다.

"드디어 오는군."

말을 마치기가 무섭게 동굴의 입구에 길다란 그림자가 하나 드리워졌다. 하지만 뮤스의 상상과는 전혀 다른 모습의 그림자였는데, 모양이 사람의 그것과 똑같았던 것이다. 이에 의아함을 느낀 뮤스는 고개를 갸웃거리며 켈트의 옆구리를 찔렀다.

"어라? 그런데 사람 그림자잖아요? 저게 정말 용의 그림자란 말이에요? 저 사람 이름이 '드래곤'이에요?"

켈트는 뮤스의 물음에 대답할 생각도 없는지 이마로 식은땀만 흘려내고 있었다. 발걸음 소리가 점점 가까워지며 자신의 모습도 드러내지 않은 그림자의 주인은 이미 동굴 안에 켈트가 있다는 것을 알고 있다는 듯 말했다.

"호호호홋! 켈트 씨, 내가 주문한 것은 다 만들어졌겠죠?"

알 수 없는 여성의 목소리를 들은 뮤스는 켈트의 얼굴을 보며 인상을 찡그렸다.

"이 푼수 같은 목소리는 뭐에요?"

하지만 켈트의 대답을 듣기도 전에 목소리 주인공의 모습이 뮤스의 눈에 들어왔는데, 그의 눈에 들어온 속도보다 더욱 빠르게 눈을 돌려야

만 했다. 그리곤 자신의 뒤에 있는 벽을 보며 촐싹맞게 떠들기 시작했
다.

"아이고~ 부처님, 공자님, 저 요상한 옷차림이 뭡니까! 민망해 죽겠
구나! 어머님, 아버님, 불초 소자 용서하소서! 아직 약관도 채 되지 않
았건만!"

사실 뮤스뿐만 아니라 조선의 다른 이가 그 모습을 본다 해도 크게
다르지 않게 행동했을 것이었다. 그녀는 가슴이 거의 다 보일 만큼 아
슬아슬하고, 허벅지의 작은 점이 보일 만큼 원초적인 빨간 원피스를 입
고 있었던 것이다. 하지만 미모 하나만은 대단했다. 브론즈 색의 머릿
결과 하얀 피부, 심해의 바다를 보는 듯한 비취빛의 눈을 가지고 있었
는데 그녀가 드래곤이라는 사실을 모르는 남자가 봤다면 한눈에 반해
구애를 하면서 평생 따라다닐 정도였다.

긴장을 늦추지 못하던 켈트가 한쪽 구석에서 촐싹거리고 있는 뮤스
를 향해 한숨 쉬며 고개를 가로저었다.

"크라이츠님, 오셨군요."

"호홋, 당연한 것 아닌가요? 켈트 씨가 만든 비데를 쓰기 위해 그동
안 아무것도 못하고 있었던 걸 아시나요? 얼마나 기대를 많이 했는데
요. 한시 바삐 보여주시겠어요?"

그녀의 행동과 등장을 곰곰이 생각해 보던 켈트는 한줄기의 불길한
예감이 그의 뇌리를 스치고 지나감을 느꼈다.

"저… 하나만 여쭈어도 되겠습니까?"

"오호호호호! 켈트 씨도 참 쑥스러움을 많이 타시는군요? 그렇게 떨
것까지는 없으신데. 물어보세요."

가볍게 웃으며 이야기하는 크라이츠의 말에 미간을 조금 찌푸렸다.

'너 같으면 내 입장에 드래곤 앞에서 안 떨게 됐냐… 가증스러운 녀석!'

하나 생각과는 다르게 자신의 목숨을 소중히 여기는 드워프 중의 한 명인 켈트는 내색을 할 수가 없어 그저 속으로 똥줄만 타 들어가고 있었다.

"혹시 말입니다. 본체에서 비데를 사용하실 것 아니셨습니까?"

그의 말에 재미있다는 듯 손을 내저은 그녀는 밝은 미소로 대답했다.

"어머나! 켈트 씨, 농담이 많이 느셨네요. 본체에서 비데가 무슨 필요가 있나요? 마나만 흡수하고 사는 종족인 걸 아시면서."

아무렇지도 않은 듯 장난기 섞인 그녀의 말은 켈트에게 충격으로 다가왔다. 그것도 엄청난 충격이었는데, 지난 나흘 간 뮤스와 고생해서 만든 것이 모두 헛것이 되어버리다니… 게다가 일이 이렇게 된 이상 목숨을 내놓을 판국이 돼버렸던 것이다. 그러나 그러한 켈트의 심정을 아는지 모르는지 크라이츠는 기대에 찬 모습으로 웃고만 있었다.

"호호호, 자, 켈트 씨. 이제 제게 비데를 보여주시죠? 저 애태워 죽일 일 있으신가요?"

재촉을 받은 켈트는 만 년을 사는 드래곤이 이 정도 일에 죽을 수 있으면 정말 좋겠다는 생각을 하며 조심스럽게 말을 꺼냈다.

"크라이츠님, 외람되지만 그것이… 본체일 때 쓰실 건 줄로만 알고……."

과연 켈트의 예상대로 크라이츠는 서서히 얼굴을 일그러뜨리며 분노하기 시작했고, 전에 없던 위압감으로 켈트를 짓눌렀다.

"뭐라고요? 그럼 지금 없다는 것이 되겠군요? 이런이런, 이러면 곤

란합니다."

"빠득."

크라이츠의 나직한 말소리와 함께 이빨 가는 소리가 동굴 속의 공기를 두들겼는데, 어찌나 그 소리가 크던지 메아리가 울릴 정도였다. 그러나 사건에는 언제나 예상외의 변수가 있기 마련인지 옆에서 보기만 하던 뮤스가 대뜸 끼어든 것이다.

"아줌마! 아줌마가 드래곤 맞아요? 이상하네? 비늘도 없고, 꼬리도 없고, 뱀 머리도 아니고. 거짓말 아니에요? 또 여의준가 하는 구슬도 없네."

긴장감 흐르는 둘의 대화에 느닷없이 끼어든 뮤스가 질문을 쏟아내자 넋을 잃어버린 두 사람, 아니, 한 드래곤과 한 드워프였다. 인상을 일그러뜨리고 있었다는 것도 잠시 잊은 크라이츠는 묘한 표정을 지으며 켈트에게 물었다.

"켈트 씨, 저 녀석은 누구죠? 보아하니 드워프는 아닌 것 같은데."

어쨌든 위험한 순간에서 잠시 벗어난 켈트는 속으로 안도의 한숨을 쉬었다.

"네, 뮤스라는 녀석입니다. 이틀 전에 어떻게 들어왔는지 제 동굴에 들어왔더군요. 그러다 이런저런……."

켈트의 설명을 들은 크라이츠는 호기심 어린 눈으로 명신을 바라보았는데, 모르는 것이 거의 없다는 드래곤의 눈에도 명신의 댕기 묶은 검은 머리이며, 까만 눈동자며, 매듭으로 묶여 있는 하얀 옷이 여간 신기한 것이 아니었던 것이다. 그보다 더욱 의문이 가는 것은 뮤스가 어떻게 자신의 앞에서 저렇듯 태연하게 있을 수 있느냐는 것이었다.

기실 드래곤이 다른 종족에게 말을 할 때는 자신의 존재를 느끼게 하기 위해 은연중에 드래곤 피어를 섞게 되는데, 평범한 인간인 경우에는 오줌을 지릴 정도로 공포감을 느끼기 때문이었다. 호기심이 느껴진 크라이츠는 다시 감정을 가다듬고 부드러운 목소리로 물었다.

"아이야, 네가 나의 비데 만드는 것을 도와줬다고?"

그러나 호락호락 남의 대답에 응해줄 만큼 예의 바른 뮤스도 아니었기에 입을 삐죽 내밀었다.

"아줌마, 예의가 참 없으시네요. 제가 물어본 것부터 먼저 대답해 주셔야 하는 것이 예의 아닌가요?"

크라이츠는 자신이 부드러운 말투로 이야기했음에도 불구하고 그가 건방지게 나오자 화가 나기도 했지만 이왕 자신의 호기심을 채우기 위해서 참자고 결심한 바 이빨을 깨물며 참을 수밖에 없었다.

"끄응, 나의 이 모습은 폴리모프를 해서 사람의 모습으로 하고 있는 것이란다. 드래곤의 모습이면 너무 커서 행동의 제약을 많이 받을 것 아니냐? 그리고 난 사람으로 사는 게 좋거든? 아름답게 꾸미기에 가장 어울리는 존재가 사람이니까."

허공을 응시하며 그녀의 말을 곰곰이 생각해 보던 뮤스는 머리를 긁적였다.

"폴리모프? 그럼 아줌마가 다시 용으로도 변신할 수 있는 거네요? 보여줘요! 보여줘요! 보여줘요! 네에?"

뮤스가 생떼 부리는 것을 옆에서 바라보는 켈트의 눈에는 의혹이 물씬 피어나고 있었다. 지고의 종족이라는 드래곤이 저 철없는 꼬마의 버릇없는 행동을 묵인해 주고 있는 것이 아닌가?

'흠, 둘 다 도저히 알 수 없는 것들이야.'

그러나 때가 때인만큼 그의 생각은 오래갈 수 없었다.

"저… 크라이츠님, 말씀 중에 죄송하지만… 이 비데는 그럼 어떻게 할까요?"

뮤스에게서 고개를 돌려 켈트를 바라본 크라이츠는 처음 등장 때와 같은 부드러운 표정으로 말했다.

"아… 좀 크게 만들었지만 다 만들긴 만들었다고 하셨죠? 이 아이가 어떻게 만들었는지 한번 볼까요? 저기 저건가요?"

크라이츠가 손가락으로 가리킨 쪽에는 큼지막한 물체가 있었다. 그 것은 대단히 특이한 형상을 하고 있었는데, 높이는 어른 키의 두 배였고 아래쪽은 아궁이의 모양을 하고 있었다. 또 위쪽에는 물이 나오는 곳인 듯한 입구가 있었는데, 그 모습이 꼭 주전자의 주둥이와 흡사했다. 고개를 돌려 뮤스를 바라보던 크라이츠는 살짝 웃으며 말했다.

"뮤스라고 했지? 내게 이것의 사용법을 가르쳐 줄래? 뭐, 비데야 작게 다시 만들면 되겠지만 사용법은 알아야겠으니."

말을 하던 크라이츠가 문득 생각난 것이 있는지 켈트를 향해 미안한 듯한 표정을 지었고, 손을 모으며 말을 계속했다.

"아차차! 그리고 보니 제 마법이 필요하다고 생각했는데 제가 깜빡하고 그냥 가버린 거 있죠? 그때 겁준다고 하는 것이 너무 분위기를 잡다 보니… 호호호! 그런데 어떻게든 잘 만들었는걸요? 역시 라이부크 드워프 족 전대 족장다워요."

"헤휴……"

옆에서 허무만이 가득 담긴 한숨을 토해내는 켈트였다. 비데의 작동 방법 때문에 잠도 못 자고 고민했던 것이 저 드래곤의 건망증 때문이었다고 생각하니 어찌 허무하지 않으랴.

이때 잘 만들었다는 말에 기분이 들뜬 뮤스가 옆에서 끼어들었다.

"아줌마, 저거 제 머리에서 나온 거예요! 설명해 드릴 테니 직접 한 번 해보세요!"

"호호, 그렇게 하려무나. 아, 그리고 그 아줌마라는 소리 좀 안 하면 안 되겠니? 본체일 때는 나이가 많을지 몰라도 지금 내 모습을 보면 어디가 아줌마라는 거냐?"

"아아, 알았어요. 누님이라고 부르면 되겠죠?"

"호호, 누님? 그거 듣기 좋구나!"

"아무튼 사용법은 정말 간단한데, 여기 아궁이에다가 불만 붙이면 작동하죠."

크라이츠는 뮤스의 설명에 의아한 표정을 짓고 있었다. 비록 오래 산 드래곤이라 하지만 과학에 대한 지식이 있을 리는 만무했고, 또 드래곤이란 과학에 대한 지식이 있을 필요가 없는 존재였기 때문이다. 그도 그럴 것이 그들이 가진 마법이라면 그 이상의 것도 가능하게 할 수 있었기 때문인 것이다. 어쨌든 쉽게 이해할 수 없었던 크라이츠가 고개를 끄덕이며 말했다.

"호! 신기하구나, 마나가 없어도 된다니. 그럼 한번 불을 붙여보자꾸나. 파이어 볼!"

펑!

크라이츠의 손에서 발현된 불덩이는 깜짝할 사이에 비데의 아궁이에 불을 붙였다. 파이어 볼이란 마법의 힘인 마나를 집중하여 불의 공을 만들어내는 마법이었던 것이다. 그것의 화력이 너무나 강했는지 비데에 설치된 물탱크가 금방 끓으며 진동을 하기 시작했다.

치지지지직.

그러자 잠시 후, 김이 조금씩 나는가 싶더니 그 주둥이로부터 엄청난 수압의 물이 뿜어져 나오면서 동굴의 천장을 적시기 시작했다.

촤아아아악!

의기양양해진 뮤스는 손을 허리에 올리며 둘을 향해 웃었다.

"움하하하! 누님, 켈트 아저씨, 이제 눈으로 보니 믿겠죠? 역시 나의 이론은 틀릴 리가 없지!"

"그래, 정말 대단하구나. 한데……."

뮤스의 반응과는 대조적으로 크라이츠와 켈트의 표정은 어두워지고 있었다.

쿠르르르르르르—

머리 위로부터 굉음이 들리자 무슨 일인지 알지 못한 뮤스는 고개를 들어 천장을 바라보았고, 그곳에서 돌덩어리가 하나둘씩 떨어져 내리는 것을 목격하자 안색은 굳혀져만 갔다. 사암으로 이루어진 동굴을 엄청난 수압의 물이 때리니 무너지는 것은 지극히 당연한 일이었던 것이다. 그나마 켈트에 비해 상대적으로 느긋한 표정인 크라이츠가 입을 열었다.

"동굴이 내려앉는구나. 이야기는 좀 있다가 하기로 하고 우선 피하자꾸나. 나도 사람의 몸으로 저 돌덩어리를 맞으면 어떻게 될지 모르거든."

발을 동동 굴리던 뮤스는 그녀의 옷자락을 잡으며 소리쳤다.

"누님, 지금 그런 것 일일이 설명할 때가 아니라구요! 얼른 도망치자구요!"

켈트도 동감하는지 한마디 거들고 나섰다.

"흐헷! 저도 동감입니다. 크라이츠님, 얼른 몸을 피하시는 게……."

"호호, 그럼 제 집으로 특별히 초대하도록 하죠."

순간 크라이츠의 손에서 희미한 빛의 도형이 나타나기 시작했고, 이어 크라이츠는 나직하게 중얼거렸다.

"워프."

공간 이동의 마법 시동어를 외치자 크라이츠의 손에서만 희미하게 나타나던 도형과 빛이 그 일행을 감싸며 셋의 모습이 순식간에 사라져 버렸다. 동굴은 그 세 명을 매장하려다 놓친 것이 화가 나는지 더 더욱 거세게 무너지고 있었다.

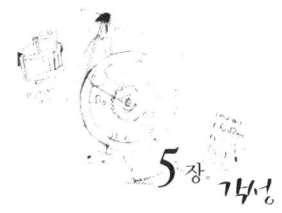

5장 가성

동굴이었다. 사방이 어두컴컴했으나 시원한 바람이 들어오는 것을 봐서 그 크기가 상당하다는 것을 알 수 있었다. 너무나 어두웠기에 무엇인지는 명확히 알 수 없었지만, 여기저기 깔려 있는 물체들에게서 영롱한 빛이 나고 있음을 봐서는 그것들이 평범한 돌멩이는 아니란 것을 알 수 있었다. 이때 번쩍이는 빛무리와 함께 동굴의 한쪽에서 공간의 문이 열리기 시작했으며, 그 공간으로부터 세 개의 인영이 나타났다.

"자, 여기가 내 집이란다. 호호, 편히 쉬렴."

영롱한 목소리지만 어딘가 푼수기가 섞인 젊은 여성의 목소리가 들려왔고 이어서 치기 어린 목소리가 들려왔다.

"누님, 아무것도 안 보여요! 여긴 호롱불도 없나요? 불 좀 켜줘요!"

그들 중 가장 뒤에 있던 작은 인영이 걱정된다는 듯한 어투로 말했다.

"이, 이봐, 뮤스. 아까부터 생각하는 거지만 너 크라이츠님께 너무 말을 막 하는 거 아냐? 이건 널 위해서 해주는 말이라고."

바로 이들은 크라이츠의 레어에 도착한 뮤스와 켈트였다. 사실 켈트는 한동안 같이 지낸 사이라 뮤스가 걱정되기도 했지만 드래곤의 분노를 사서 함께 지옥의 불구덩이를 경험할까 봐 두려운 것이었다.

"잠시만 기다려 봐. 라이팅!"

팟!

빛을 부르는 마법과 함께 주변은 엄청난 빛에 휩싸였다. 어두운 곳에 적응된 눈은 쉽게 뜰 수가 없었는데, 약간의 시간이 지나자 그것도 익숙해졌는지 동굴의 모습이 완연히 눈에 들어왔다. 하나 그렇다고 하더라도 사방에 한가득 쌓여 있는 수많은 보석들로부터 흘러나오는 휘황찬란함에 미간을 찌푸려야만 했다. 기분이 언짢을 때 생기는 찌푸림과는 질적으로 다른 것이었지만.

"이, 이럴 수가… 말로만 듣던 드래곤의 레어가……!"

동굴의 높이는 어른 키의 스무 배 정도나 될 정도로 높았고 그 넓이 역시 대단했는데 벽에서 벽까지의 거리가 30장(90m) 이상은 되어 보였다. 이 정도 규모의 동굴을 만들기 위해서 수많은 드워프들의 노력이 필요했으리라. 둘은 드래곤의 레어에 온 게 처음이라 그런지 눈이 휘둥그레져 어찌할 바를 모르고 있었다. 뮤스는 수많은 보석들에, 그리고 켈트는 예술품에 혼을 빼앗기고 있었는데, 누가 뭐래도 천성을 속일 수는 없는 법이었다. 그들을 보고 재미있다는 듯이 크라이츠가 입을 열었다.

"호호, 이봐요, 손님들. 쑥스럽게 그리고 놀라지만 말고 정신 좀 수습해요."

크라이츠의 말에 정신을 차린 켈트는 민망하다는 듯이 입가에서 흐르는 침을 닦아내고 있었다.

"아, 죄송합니다, 크라이츠님. 제가 추태를……."

"호호, 아니에요. 뭐, 풍족하지 못한 환경에서 살다 보면 그럴 수도 있는 거죠."

반면 아직까지도 정신을 차리지 못하고 있는 뮤스는 손에 한 주먹의 보석을 집어 들고 환상에 빠져 있었다.

'내 손에 들린 이 정도의 보석만 있어도 엿을 32년 2개월 어치를 살 수 있고, 떡을 18년 6개월 어치를 먹을 수 있겠구나!'

그는 이제 동공이 풀린 눈빛으로 크라이츠를 바라보았다.

"저… 누님, 이만큼만 가지면 안 될까요?"

"호호, 뮤스도 보석에 관심이 많구나? 어린 녀석이 돈에 그렇게 눈이 멀면 안 된단다. 하지만 누나의 질문에 잘만 대답해 주면 그것의 두 배를 주마."

먹을 것에 자존심마저 팔아버릴 뮤스가 그녀의 제안을 거부할 이유는 없었다. 그것도 이렇게 후한 조건에서 말이다. 그저 영의정의 아들이라는 녀석이 이렇게 먹을 것에 굶주리는 모습은 정말 불가사의할 뿐이었다.

"네이! 무엇이든 여쭈어만 주신다면 정성을 다해 말씀드리겠습니다!"

"좋아. 뮤스, 공간 이동할 때 네 몸을 간단히 훑어보았는데, 너는 이곳의 인간이 아닌 듯하구나. 네 몸에 흐르는 마나의 느낌은 이곳에서 존재하는 것이 아니거든? 그 양 또한 네 나이의 아이가 가지고 있기에는 너무 이상한 점도 많고 말야."

크라이츠의 말을 듣던 뮤스는 자신 역시 그 점이 의아하다는 듯한 표정으로 크라이츠의 말에 대답하기 시작했다.

"저도 잘 모르겠어요. 벼락을 맞고 깨어보니 이곳이었거든요."

"흠, 벼락이라……. 그리곤 아무런 이상한 점이 없었니?"

"글쎄요. 잘 모르겠어요. 벼락에 맞아 이상한 구멍이 생겨서 거기 빠진 기억밖에는."

뮤스의 말을 들은 크라이츠는 골똘히 생각에 잠기기 시작했다.

'벼락? 벼락이라……. 그렇다면 혹시 천상의 인으로 인하여? 설마 그럴 리는 없을 텐데. 천상의 인이라면 주신이 종에게 내리는 것으로 알고 있건만.'

여기까지 생각이 닿은 크라이츠는 호기심이 일렁이는 눈빛으로 뮤스를 바라보기 시작했다.

"뮤스, 혹시 네 몸 좀 살펴봐도 되겠니?"

그녀의 말을 들은 뮤스가 크게 놀라 얼굴을 붉히고 어쩔 줄 몰라 하더니 이내 조심스럽게 입을 열었다.

"저… 아무리 누님이라지만 남녀칠세부동석이라 했는데 어찌 외간 남자의 몸에 손을 대시려는지요."

드래곤을 여자로 보다니 참으로 대단한 녀석이었다.

꽁!

"아얏!"

그의 머리를 주먹으로 쥐어박은 크라이츠는 어이없는 표정이었다.

"녀석이, 누가 네 몸을 만지작거린다고 했느냐! 그냥 좀 살펴보겠다는 것이지! 잠시 살펴보마."

한심스럽다는 눈빛으로 고개를 저은 크라이츠는 뮤스의 머리에 손을 올렸다. 흠칫하던 뮤스도 아무런 반항을 하지 않았는데, 크라이츠가 그다지 나쁘게 느껴지지는 않았기 때문이다. 이때 옆에서 지켜보던 켈트 역시 호기심이 생기는지 크라이츠의 행동을 예의 주시하고만 있었다. 이때 뮤스의 몸을 살펴보던 그녀는 내심 크게 놀라기 시작했다.

'이런 일이 있을 수가 있는 것인가! 어렴풋이 이곳에 존재하는 보통의 마나가 아니란 건 느꼈지만 서로 다른 두 가지 속성의 마나를 가진 존재라니… 또 마나가 속성을 가지는 것이 가능하단 말인가? 그것도 이런 엄청난 양을 말이야. 이 아이는 아직 모르는 듯하지만 이 정도의 양은 순수한 마나라 해도 이 대륙에 드물 것이다. 더 더욱 인간 중에서는. 이 아이가 자신의 능력을 각성만 한다면……!'

기실 그녀가 놀라는 것도 이상한 것이 아니었다. 태극청심단을 복용한 후 뮤스의 몸은 놀라운 상태로 변해 있었는데, 비록 서낭신이 전해준 천년지정을 모두 흡수하지는 못했지만 자신을 치유하고 남았던 정기가 모두 몸으로 흡수되었으니 그 잠재력은 가히 상상을 초월할 정도였다. 게다가 아직 그 진실한 내력은 몰랐지만 태극청심단이 뮤스에게 심어준 엄청난 양의 내력 또한 대단한 것이었다. 약간의 시간이 흐르자 뮤스의 머리에 손을 올리고 있던 크라이츠가 입을 열었다.

"네 몸에 들어 있는 마나의 양은 도저히 이해가 안 되는구나. 아무리 우리 드래곤이라 해도 이해 안 되는 부분이 많거든. 그러니 네 머리 속 좀 들여다봐야겠어."

크라이츠의 말에 깜짝 놀란 뮤스는 뒷걸음질치기 시작했다.

"헉! 누님, 제 머리를 열어보시려고요? 명나라에서 원숭이의 머리를 열어서 골을 파먹는다는 소린 들었어도 사람 머릴 열다니! 누님은 미게 용이야!"

뮤스의 허무맹랑한 생각을 들은 크라이츠는 골치가 아픈지 머리를 지그시 누르며 입을 열었다.

"누가 머릴 직접 열어본다고 했니! 마법으로 알아본다는 거야. 걱정 말고 이쪽으로 오렴."

그녀의 말을 듣고서야 뒷걸음질을 멈춘 그는 '아무렴' 하는 모습으로 쑥스럽게 웃고 있었다.

"헤헤, 역시 착한 누님이 제게 그럴 리는 없겠죠. 한데 전 가만히 있으면 되는 거죠?"

"그래. 자, 그럼 시작하마. 용언으로 명하노니… 브레인 스캔!"

그녀가 말한 용언 마법이란 드래곤만이 쓸 수 있는 마법으로써 자신의 말을 바로 마법화시키는 것이었다. 물론 간단한 마법이야 멋으로 시동어를 외친다지만 복잡한 마법일 경우에는 시동어가 너무나 길었기에 간단한 용언 마법으로 끝내는 것이 보통이었다.

용언 마법이 시동되자 뮤스의 머리에 얹어져 있는 크라이츠의 손이 빛을 내기 시작했다. 그리곤 뮤스의 머리 이곳저곳으로 움직이기 시작했는데 점차 시간이 지날수록 빛은 밝아지기 시작했고, 크라이츠의 이마에는 땀이 송골송골 맺히기 시작했다. 뮤스의 뇌에 각인되어 있는 지식의 양이 드래곤인 그녀로서도 감당하지 못할 만큼 방대했기 때문이었다.

'이, 이럴 수가… 이 많은 지식들은 대체 뭐야! 대체 이 엄청난 지식들이 사람 머리에 들어 있다는 것 자체가 말이 안 돼!'

그러던 중 눈을 감고 있던 크라이츠는 고개를 살짝 움직였다.

'그런데 여기서 희미하게 지식의 흐름을 막고 있는 이것은 뭐지? 이것이 이 아이의 완전한 각성을 막고 있는 듯한데……'

한 시진 정도 시간이 흘렀을까? 뮤스의 기억을 읽어내고 있던 크라이츠는 두 눈을 반짝이며 미소를 지었다. 이제야 모든 것이 이해가 되었는지 밝은 목소리가 그녀의 입에서 흘러나왔다.

"얘, 뮤스야. 이제 긴장을 풀어도 된단다. 지금부터 이곳에 온 경유와 네 몸이 어떻게 된 것인지 내가 설명해 주마."

그때부터 그녀의 설명이 시작되었는데, 차원의 이동에 대한 설명은 그렇다 쳐도 자기 몸의 변화에 대해 아무런 생각도 해보지 않던 그는 크라이츠가 하는 말이 어떠한 의미를 내포하고 있는지 짐작조차 못하고 있었다.

"제 몸이라니요? 하하, 저야 언제나 잘 먹고, 잘 놀고, 잘 싸고, 건강한 몸 아니겠습니까? 한데… 제가 몹쓸 병이라도 걸린 건가요? 네?"

저런 녀석의 머리에 엄청난 지식이 과연 들어 있을까? 또는 과연 자신이 제대로 본 것이 맞을까? 잠시 의심을 해본 크라이츠는 하던 이야기를 계속했다.

"네 몸에는 엄청난 마나가 흐르고 있단다. 아니지, 흐른다고 할 수는 없겠구나. 아직 마나의 흐름을 컨트롤할 수는 없을 테니 말이야. 그리고 네 머리 속에는 엄청난 양의 지식이 들어 있는데 어떠한 금제에 의해서 네 능력을 완전히 사용할 수 없는 것 같단다."

크라이츠가 뮤스에게 모두 말하지는 않았지만 그녀가 뮤스의 기억으로부터 읽은 내용을 정리하자면 이러했다.

명신이 서낭당에서 다쳤을 때 얻은 상처의 후유증이 금제가 되어 지식의 흐름을 대부분 차단하고 있던 것이다. 그로 인하여 지식 이전을 받은 이후에도 아무런 효과가 없다가 우연하게 복용한 태극청심단의 자극으로 그 금제가 조금이나마 해제된 것이다. 그녀의 말을 듣던 뮤스는 크라이츠의 이야기가 장영실과의 만남, 그리고 그간에 있었던 일에 대한 이야기라는 것을 인지했는지 자신의 머리를 두들기며 말했다.

"아하! 그거요? 저도 조금 아쉬웠는데 어쩔 수 없다더라고요. 그래서 포기했죠. 저도 좀 똑똑해지고 싶었는데."

뮤스가 아쉬움을 표현하며 이야기를 할 때 크라이츠가 피식 웃으며 말했다.

"풋! 너는 지금 제법 똑똑하다는 것을 못 느끼겠니? 나의 비데를 만든 것만 봐도 평범한 머리는 아닌 듯한데?"

"어라? 정말 그렇네요. 내가 어떻게 그런 걸 만들 수 있었지?"

뮤스의 반응에 살포시 미소 짓던 크라이츠는 잠시 생각에 잠겼다.

'내가 이 아이의 금제를 풀어준다면 이 세계는 엄청난 변화를 겪게 될 것이 자명한데… 도대체 주신께서는 무슨 생각으로 이 녀석을 이곳으로 보내셨는지… 혹 이 세계의 변화를 원하신 것일까? 어쨌든 확실한 것은 이대로 살기에는 불쌍하리만큼 모자란다는 거야. 또 각성하면 정말 재미있을 것 같기도 하고, 뒤처리는 주신께서 해주시겠고 내가 따라다닌다면 별일이야 일어나겠어? 그래 봐야 인간이니.'

뮤스의 일을 어떻게 처리해야 할지 고민하던 크라이츠는 될 대로 되라는 식의 결정을 내린 후 숨을 한번 크게 쉬었다.

"후우! 좋아, 네 금제를 풀어주마. 하지만 두 가지 약속을 지켜야 한단다. 네가 나의 말을 이해할 수 있을지는 모르겠지만 네가 이곳으로 넘어온 것은 너의 개인적인 일이라고 하기보다 네가 살고 있던 세계와 이쪽 세계의 공통적인 문제가 될지도 모르겠구나. 나중에 주신께서 어떻게 해주시겠지."

"헤헤, 어떤 약속인지 말씀만 하신다면 뭐든 못하겠습니까!"

"좋아! 첫 번째, 나와 함께 다녀야 한다는 거야. 난 지금부터 유희를 시작할 생각이거든?"

"에? 유희는 또 뭐죠?"

"아… 그것을 모르겠구나. 유희는 드래곤이 너무나 오래 살다 보니 지겨워서 시작한 일인데, 다른 종족으로 변해서 세상을 여행하는 거란다. 이해하니?"

그녀의 설명을 듣던 뮤스는 자기를 무시하냐는 듯이 투덜대고 있었다.

"누님, 제가 그렇게 덜떨어져 보이나요? 걱정하지 마시고 계속하세요."

사실 그렇게 보인다고 말하고 싶은 크라이츠였지만 잠시 후 각성만 한다면 그와 무관한 말이 되기에 토를 달지 않고 넘겼다. 크라이츠는 켈트를 바라보며 말을 했다.

"그래그래! 아, 그리고 켈트, 당신도 우리와 함께 여행을 해야 해요. 아시겠죠?"

옆에서 크라이츠의 공예품을 소매로 넣던 켈트가 화들짝 놀라며 눈치를 살피고 있었다. 이 켈트라는 드워프도 평범한 드워프일 리는 없었다. 감히 드래곤의 물건을 훔치려 하는 것으로 보아 간이 배 밖으로 나온 드워프이리라.

"헤헤, 크라이츠님의 명령인데 제가 어찌……."

켈트의 소매로 눈을 옮기는 크라이츠가 중얼거렸다.

"에휴~ 세상이 어떻게 되려는지… 드워프가 드래곤의 물건이나 훔치고… 말세야, 말세! 아이구~ 속도 매캐한데 브레스나 한번 쐬볼

까나?"

쨍그랑!

켈트는 브레스라는 소리를 듣고 겁에 질려 소매에 넣던 공예품을 떨어뜨린 반면 크라이츠는 별일없었다는 듯이 뻔뻔히 이야기를 계속했다.

"그리고 또 하나, 네가 이세계에서 유입되었다는 것을 비밀로 해야 한단다. 그런 사실이 이 세상에 나돌면 큰일 나거든? 약속할 수 있지?"

뮤스는 연신 방글방글 웃고만 있었다. 사실 무슨 말인지 제대로 알아듣지도 못했지만 그저 자신에게 좋은 것을 해준다는 말에 기분이 날아갈 것 같았기 때문이다.

"헤헤, 약속할게요. 빨리 해줘요."

"알았다. 하지만 이후의 변화는 나도 어떻게 될지 모르겠구나. 그럼 시작하마."

크라이츠는 뮤스에게 다가가 손을 그의 백회혈에 가져갔다. 크라이츠의 손에서 눈에 보일 듯 말 듯한 아지랑이가 피어 오르자 순간적으로 뮤스는 백회혈로부터 무엇인가가 빠져나가는 듯한 느낌을 받았다. 하지만 매우 황홀한 듯한 느낌… 간질거리는 귀를 팔 때 느낄 수 있는 느낌이랄까? 적어도 불쾌하지는 않은 느낌이었다.

'느낌 정말 좋은데? 엄마가 귀를 파줄 때도 이런 기분이었는데. 어지러워지는걸? 어… 어… 어……'

털썩!

크라이츠가 손을 떼자 뮤스는 정신을 잃고 쓰러져 버렸다. 정신이 있었더라면 어지러움보다 쓰러져서 다친 것이 더 아팠으리라. 옆에서 지켜보다 놀란 켈트가 뮤스에게 달려왔다.

"이봐, 뮤스! 정신 차려! 크라이츠님, 어떻게 된 겁니까?"

하지만 크라이츠는 이렇게 될 것을 예상이라도 한 듯 아무런 표정의 변화 없이 자신의 손바닥 위를 유심히 보고 있었다. 그녀의 손바닥 위에는 아주 작은 고름이 피를 한껏 머금고 있었다.

"휴우… 이제부터는 어떻게 될지 모르겠군요. 저 역시 그냥 이론으로만 될 거라 짐작했을 뿐이라서요. 일단 기다려 보죠."

이 노망난 드래곤의 대책없음은 누가 보더라도 한숨 쉬지 않을 수 없었다.

"그럼 확신도 없이 뮤스에게 이런 짓을 했단 말입니까? 아무리 드래곤이라고 하지만 하나의 생명을 이렇게 쉽게 생각해도 된단 말입니까?"

어느덧 켈트는 크라이츠에게 언성을 높이고 있었다. 그는 뮤스에게서 자신도 모르는 정을 느꼈기에 분노로 인하여 눈앞의 존재가 드래곤이라는 것을 자각하지 못하는 것이었다. 그러나 개 버릇 남 못 주듯이 드래곤 버릇 누구 주겠는가?

"흠흠… 켈트 씨? 잠시 잊은 것이 있는 것 같은데요? 켈트 씨는 드워프이고 전 드래곤인 것 같지 않나요? 그런데 드워프인 켈트 씨가 드래곤인 저에게 이렇듯 언성을 높이면 다른 드래곤이 비웃을까 두렵군요. 물론 저야 상관없겠지만 말이에요. 안 그래요?"

흠칫한 켈트는 미친 강아지 몽둥이에 맞아 꼬리 감추듯이 입만 뻥긋거릴 뿐이었다. 잠시 아무런 말도 못하던 그는 분위기라도 전환시킬 겸 입을 열었다.

"아참, 그런데 뮤스가 어떻게 이쪽의 언어를 쓸 수 있는 것이죠?"

그의 질문이 상당한 효과가 있었는지 크라이츠는 원래의 신색을 되찾으며 대답을 했다.

"켈트 씨는 꽤나 오래 산 드워프이시니 천상의 인에 대해 아실 거예요."

"아, 그 주신이 종들에게 이계를 둘러보게 하는 것 말입니까?"

"역시 아시는군요. 뮤스가 어떻게 된 일인지 천상의 인을 통해 이쪽으로 온 듯해요. 천상의 인을 통해 이계로 넘어온다면 자연스럽게 언어 습득 능력이 주입되니 이쪽의 언어를 구사할 수 있는 것은 당연하다고 봐야겠죠."

"이런… 그렇다면 주신께서 실수를 하신 것입니까?"

"아마도……."

주신의 이름까지 들먹이게 되는 사건이란 것을 알게 된 켈트는 묘한 표정으로 정신을 잃고 쓰러져 있는 뮤스의 얼굴을 바라보고 있었다.

*　　　　　*　　　　　*

이곳은 조선의 구중심처인 경복궁이었다. 태사청에는 수많은 대신들이 시립해 있었고 태사의에는 중년의 남자가 앉아 있었다. 그의 기도는 놀라울 정도였는데 만인을 압도하는 중압감과 차분히 가라앉은 눈빛, 곧은 의지를 보여주는 굳게 다문 입술이 가히 인중용임을 보여주고 있었다. 만 년이 지나도 열릴 것 같지 않던 입술이 차분히 움직이며 오른쪽에 시립해 있던 영의정에게 물었다.

"영의정의 자제가 사라졌다 하였소?"

머리를 조아리던 한 대감은 대답하기도 죄스러운지 안절부절못하는 모습이었다.

"아뢰옵기 황송하오나 그렇사옵니다."

잠시 시립해 있는 대신들을 둘러본 그는 한 명의 관료에게 시선을 고정한 채 질문을 던졌다.

"대호군."

"네, 전하."

"지금까지 밝혀진 것을 소상히 말해 주시오."

주변의 여러 대신들을 살피던 장영실은 조심스럽게 이야기를 시작했다.

"여러 대신들께는 황송하오나, 이 자리에서 거론된 일에 대해서는 함구하여 주시기 바랍니다. 약조하실 수 있으시겠습니까?"

그의 말에 주변은 한순간 술렁였다. 수많은 고위 대신들 앞에서 이래라저래라 할 수 있는 직위를 가지지 못한 장영실이 오만 무도하게 보였기 때문이었다. 하나 임금의 앞에서 그에 대해 뭐라고 할 수는 없었기에 술렁임으로 그친 것이다.

"경들은 대호군의 부탁을 수락해 주길 바라오. 만일 이 일이 명나라의 귀에라도 들어간다면 장차 큰일을 치러야 할 것이기 때문이오. 대호군, 계속하시게."

"네, 전하. 저희 공학원에서 이번 영의정 나으리의 자재 실종에 대해서 포도청과의 협의 아래 조사한 바 있습니다. 명신의 실종 장소는 영의정 댁 뒷산의 서낭당으로 추정되는데, 그곳에서 기묘한 기의 흐름이 측정되었습니다."

이때 좌의정 김호서가 말했다. 김호서라는 인물은 명신 아버지의 절친한 벗으로서 명신에게는 대부와 같은 존재였는데 이번 명신의 실종 사건으로 인하여 명신의 아버지 못지 않게 걱정을 하고 있었기에 아주

예민해져 있는 상황이었다.

"이보게, 대호군. 조금 더 알아듣기 좋게 설명해 주지 않겠는가? 자네 같은 공학도들이야 이해하는 데 아무런 문제 없겠지만 우리처럼 글만 파고 있던 문관들이야 어디 자네 말을 알아들을 수가 있겠는가."

그의 말에 고개를 끄덕인 장영실은 머리를 조아리며 말을 계속 이었다.

"좌의정 나으리, 그렇게 하도록 하겠습니다. 요점만 말씀드리지요. 요는 명신이 다른 세계로 사라졌다는 것입니다. 즉, 이 조선이 존재하는 세계와는 다른 세계로 빠졌다는 것이지요. 삼십여 년 전에 저희 공학원에 장로로 계시던 공진 선사께서 이론으로만 증명하셨던 차원 이동이 실제로 벌어진 것입니다. 아마도 절대적인 우연으로 말이지요."

그의 입에서 흘러나오고 있는 믿기지 않는 이야기에 장내는 다시 술렁이기 시작했지만, 다시금 임금의 목소리가 들리면서 진정되어졌다.

"그렇다면 말일세, 지금 우리가 가진 기술로 그 아이가 사라진 곳으로 갈 수도 있다는 것인가?"

임금이 물어오자 장영실은 이미 그에 대한 대답을 준비했는지 서슴없는 목소리로 입을 떼었다.

"전하, 이미 저와 저희 공학원에서는 차원 이동을 준비하고 있었나이다. 현 조선의 기술은 천하제일이라 자부할 수 있습니다. 또한 수많은 공학자들이 이목을 속이며 연구 개발에 박차를 가해왔고, 삼국 시대부터 내려오는 기반들이 조선의 기술 기반을 지지하고 있사옵니다. 이모든 기술력을 동원한다면 차원 이동 역시 불가능한 것은 아니라고 사료되옵니다."

임금은 버릇처럼 손으로 턱을 쓸며 한동안 생각에 잠겼다. 잠시 후 생각에 빠져 있던 임금은 턱에서 손을 떼어내며 근엄한 목소리로 입을 열었다.

"대호군, 경에게 모든 것을 들었던 대로 명신은 조선의 미래를 책임질 아이이네. 우리가 언제까지 명의 눈치를 봐야 하겠는가! 그 공학 기술들이 후대에 안전하게 전해질 수 있다면 한민족의 역사가 바뀔 것이야. 그러니 짐은 그 아이를 무슨 일이 있더라도 귀환시켜야 한다고 생각하네. 경들은 어떻게 생각하시는가?"

임금의 말에 시립해 있던 좌의정 김호서 역시 거들고 나섰다.

"신 김호서 역시 전하의 의견이 타당하다 사료되옵니다."

그의 말을 들은 임금은 흐뭇한 표정으로 고개를 끄덕였고, 반론의 제기를 기다리는 듯 다른 대신들을 바라보았다. 하지만 조선의 실세인 영의정과 좌의정, 그리고 임금이 옳다 여기는 일을 반대할 자가 누가 있겠는가. 이어 아무런 반론이 없자 임금은 결단을 내렸는지 위엄있는 목소리로 대신들에게 말했다.

"짐이 명하노니 대호군에게 가능한 최대의 지원을 해줄 터, 명신의 신병을 확보하여 귀환케 하라!"

"대호군 장영실, 신명을 다하겠나이다!"

당금의 임금은 이상의 설명이 필요치 않은 조선왕조 500년 동안 가장 빛나는 과학적 진보를 가지고 온 세종이었다.

수많은 공학자들과 연구원들은 공학원 제3공학실 중심에 설치된 기물 주변에서 자기 맡은 바 일에 최선을 다하고 있었다.

"이보게들, 서둘라고. 대호군께서 오시면 서둘러 채비를 해야 한다네."

"알겠네. 염려 붙들어 매고 있게나."

"김 학자, 자네 앞에 있는 돌림 쇠(드라이버) 좀 주워주겠나?"

"이 사람, 나도 바쁜데… 조심하게나."

모두들 그렇게 분주한 모습이었다.

징.

자력문이 열리면서 장영실과 그의 뒤를 따라 들어온 공학자가 모습을 드러내고 있었는데, 그들의 모습에선 희열과 알 수 없는 불안함이 동시에 느껴지고 있었다.

"다들 열심히 하는군. 드디어 전하께서 윤허를 해주셨으니 삼십 년 동안의 염원이었던 차원 이동을 할 수 있겠구먼. 아참, 그동안 보고가 들어온 것은 없는가?"

뒤에 있던 공학자가 손에 든 서찰을 읽으며 말했다. 이 공학자의 이름은 신재효라는 젊은이로서 공학원의 수석 입원자이며 전파학에 유능한 촉망받는 공학자였다. 그의 모습은 전형적인 학구파의 모습이었는데, 아직 장가를 가지 못했는지 상투를 틀지 않은 모습이었지만 꽤나 예쁘장한 얼굴이 낭자깨나 울렸으리라 생각되었다.

"아! 지난달 말미에 분실한 청명뇌단을 기억하시는지요?"

청명뇌단이란 말에 사뭇 태도를 바꾸고 반응하는 장영실이었다.

"우송 도중에 장마로 인하여 사라졌다는 청명뇌단 말이냐? 그것의 행방이 밝혀졌느냐?"

"그렇사옵니다. 모두 다섯 알의 청명뇌단을 장백산에서 제조하여 우송하였으나… 두 알은 회수되었고 나머지 세 알은……."

뒷말이 궁금하다는 듯이 장영실은 그의 눈을 바라보고 있었다.

"그것을 소지했던 자가 동네의 아이에게 줘버렸다고 하옵니다."

신재효의 말을 듣던 장영실은 이마를 치며 안타까워했다.

"허허! 이런 어이없을 데가 있나. 청명뇌단이 어떤 물건인가! 한 알이면 우리 공학원의 유능한 공학자 열 명에게 막대한 뇌공력을 가지게 할 수 있는 양이 아닌가? 그런데 자그마치 세 알을 동네 아이에게 줘버렸다니… 통제로세, 통제로세."

장영실이 한탄하는 것을 본 신재효는 그 일들이 마치 자기 때문에 일어난 것인 양 인상을 찌푸렸고, 일말의 위로라도 하려는 듯이 말했다.

"나머지 회수된 두 알을 총 스무 명의 공학도들에게 복용시켰습니다. 각각 반 갑자의 뇌공력을 소유하게 되었고 그들의 뇌공력으로 이번 차원 이동문을 전력 부족 없이 기동시킬 수 있으리라 사료되옵니다."

하나 신재효의 말로도 미련을 다 버리지 못한 장영실은 입맛만 다시고 있었다.

"지난 일이니 할 수 없지 않겠는가. 그 동네 아이가 청명뇌단을 먹는다 해도 몸이 그 내력을 못 이길 터인데… 설사 또 괜찮다 해도 '공학뇌동심결'을 모르는 한 뇌공력을 쓸 수도 없을 테고……. 어쨌든 빠른 시일 내에 차원 이동문을 준비시키게나."

"네, 알겠사옵니다!"

이튿날 공학원은 모처럼 활기가 넘치고 있었다. 수십 년 간 이론으로만 치부되어 왔던 차원 이동 가능설을 눈으로 목격할 순간이 불과 몇 시진 앞으로 다가왔기에 두근거리는 마음을 진정시키며 공학자들과 연구원들은 자신이 맡은 바에 최선을 다하고 있었다. 수많은 공학자들이 구슬땀을 흘리며 차원 이동문을 조이고, 기름칠하고 있는 와중에 제3공학실의 한쪽에서는 차원 이동에 투입될 대원들이 만반의 채비를 하고 있었다.

모두들 움직이기 편한 검은 옷차림에 왼쪽 팔에는 금빛으로 빛나는 용의 수가 새겨져 있었다. 이번 차원 이동 원정에 참여하는 대원은 모두 세 명이었는데 조선에서 내로라하는 무관 한 명과 장영실을 포함한 두 명의 공학자가 원정의 주인공들이었다. 원정대 대장을 맡은 장영실은 허리춤에 언어 해독기를 꽂으며 나머지 대원들에게 말했다.

"이번에 귀공들과 내가 떠나는 원정은 천하 최초의 차원 이동이 될 것이다. 본인은 이번 원정이 안전하다는 보장은 해줄 수가 없다. 또 성공할 수 있다는 보장 역시 해줄 수 없다. 다만 모든 것을 천운에 맡길 뿐이다. 서로의 얼굴을 잘 봐두도록. 다시는 인세에서 볼 수 없을 얼굴이 될지도 모른다. 하나 하나만 기억해 주길 바란다. 이 모든 것이 대조선과 한민족의 번영을 위한 것임을. 이번 일은 극비 사항으로 분류될 것이며 이후 자네들의 신변 사항은 조정에서 일관할 것이다."

장영실의 말에 두 대원은 긴장 가득한 눈빛을 발하고 있었다. 하나 그들에게 목숨보다 더욱 중요한 것, 즉 공학자의 혼이 가슴속에 꿈틀거리기에 최초의 차원 이동자라는 자부심만으로 위험에 대한 두려움을 가슴 밖으로 밀어낼 수 있었다. 이어 장영실의 말이 계속되었다.

"자! 잠시 후면 모든 준비가 완료된다. 전하가 계신 곳을 향하여 삼배를 올린 후 떠나도록 하세."

'천지신명이시여, 저희를 지켜주소서.'

염려가 되는지 하늘에 운을 비는 장영실이었다. 두 명의 대원들과 장영실은 동쪽을 향하여 삼배를 한 후 자신의 짐을 다시 한 번 확인하고 있었다. 이때 제3공학원 전체에 때를 알리는 목소리가 울려 퍼지기 시작했다.

─대호군, 모든 준비가 완료되었습니다. 모든 전뇌공학자들은 차원 이동문의 전뇌선 앞으로 자리해 주시기 바랍니다.

두 대원을 살펴본 장영실은 고개를 한번 끄덕이며 차원 이동문 앞으로 걸어갔고 나머지 대원은 서로의 눈을 한번씩 마주친 후 장영실의 뒤를 따랐다.

제3공학실 차원 이동문의 앞에는 장영실과 두 명의 대원들, 그리고 그들을 지켜보고 있는 수많은 눈들이 자리하고 있었다.

'드디어 떠나는 것인가? 이세계는 어떤 곳일까?'

장영실은 스스로의 상념에서 깨어나려는 듯이 큰 목소리로 공학실의 내부를 둘러보며 입을 열었다.

"그동안 공학자, 그리고 연구원들 모두 수고 많았소. 이제 우리가 지금까지 쏟아온 노력의 전부라 할 수 있는 차원 이동을 바로 눈앞에 두고 있는 바 이 이후의 일들을 소상히 기록해 주기 바라오. 앞으로 살아서 자네들을 다시 만날 수 있을지는 모르겠으나 그동안 수고해 줘서 정말 고마웠소. 이 이후의 일들은 신재효 공학자에게 위임하겠으니 잘 따라주기 바라오. 그럼 신 공학자, 시작하게나."

"네, 대호군. 모든 공학자 및 연구원들은 자신의 위치를 확인해 주십시오."

신재효의 말이 떨어지기가 무섭게 스무 명의 전뇌공학자들이 차원 이동문으로 이동하였고, 연구원들은 자신이 담당한 곳에 위치해서 상황을 주시하기 시작했다.

"전뇌관을 접속해 주십시오."

전뇌공학자들은 신재효의 말에 따라 차원 이동문과 연결된 전뇌관을 자신의 단전 부위에 접속하였는데, 그들도 긴장이 되는지 전뇌관을 접속하는 손길이 가늘게 떨리고 있었다.

"공학자님들께서는 뇌공력을 운기해 주시기 바랍니다."

전뇌관을 단전에 접속한 공학자들이 자신의 뇌공력을 운기하자 그들이 내뿜기 시작한 뇌공력은 전뇌관을 따라 이동하였고 서서히 차원 이동문이 빛을 발하기 시작했다.

"전뇌력 완충 예상 시간 5초 전."

―삐!

"서낭당에서 채취한 차원 좌표 입력 개시!"

―삐!

―3… 2… 1…….

"전뇌력 완충. 좌표 입력 완료! 차원 이동문 개방됩니다!"

개방을 외치는 소리와 함께 둥근 원형의 차원 이동문에서는 공간의 왜곡이 생기기 시작하였다. 주변에선 놀라움의 신음 소리가 퍼졌고, 왜곡은 점차 뚜렷해져 하나의 공간으로 자리매김하였다.

"대호군, 지금입니다. 서두르시지요."

신재효를 바라보며 씨익 웃은 장영실은 차원 이동문으로 한 걸음 발을 내디뎠다. 그의 발은 차원 이동문 속으로 빨려들듯이 들어가게 되었고, 곧 이어 몸 전체가 차원 이동문으로 들어가며 자취를 감추었다. 이에 뒤따라 나머지 두 명의 대원도 조심조심 차원 이동문을 통하여 이세계를 향해 출발했다.

그와 같은 시간, 한양의 성곽에는 수많은 방들이 나붙었는데 그 내용은 이러하였다.

  궁중 공학자 장영실은 정명정신에 위배하여 자신의 소임을 다하지 않고 불량한 가마를 제작하여 전하의 옥체를 상하게 했는 바! 위의 연유에 의하여 귀향을 명하노라.

*   *   *

  '어떻게 된 거지?'
  뮤스가 사방을 살펴보니 어두운 공간이었다. 눈을 감았는지 떴는지 오로지 느낌으로밖에는 모를 깜깜한 공간. 뮤스는 답답함을 느끼고 있었다. 아니, 어쩌면 두려움이었으리라. 그런 그의 귀에 익은 목소리가 들려왔다.
  『명신아, 네가 나의 목소리를 들을 수 있는 것이라면 지식 이전술이 성공한 게로구나. 지금 내 목소리는 너의 머리 속에 저장되어 기초 능력을 닦아주기 위한 안배란다.』
  장영실의 목소리! 그러나 실제 장영실은 아닌 듯 딱딱히 일관된 목소리만 들려왔다. 대화도 할 수 없고 존재감도 느끼지 못할 목소리. 하나 문득 그리움에 잠기는 뮤스였다. 얼마 지나진 않았지만 집을 떠나 이런 낯선 땅에서 지낸 그 며칠 간이 아직 나이 어린 뮤스에게는 쉽게 여길 수 없는 일이었으리라. 하지만 뮤스가 어떻게 느끼든 상관없다는 듯이 장영실의 딱딱한 목소리는 계속되었다.
  『지금 네 머리 속에는 지난 한민족 사천 년 간의 공학 기술들과 타민족으로부터 전해진 과학 기술들이 집대성되어 있단다. 앞으로의 너의 자질에 따라 그 이상의 것들을 취할 수 있을 터, 그러기 위해서는 공학자로서의 기본이 되는 공학뇌동심결을 익혀야 하느니라.』

　계속되는 장영실의 목소리에 잠시 그리움을 뇌리에서 지운 뮤스는 목소리에 귀를 기울였다. 장영실의 목소리는 서책을 읽는 듯 지루하게 계속되었지만 뮤스로서는 그 목소리만으로도 마음의 안정을 취할 수 있었다.

　『이 공학뇌동심결이 내가 너에게 전해줄 모든 것이리라 생각되는구나. 그 이후의 능력들은 네 머리 속에 이전되었기에 스스로 깨우치기만 하면 될 것이다. 너는 공학뇌동심결이란 말이 낯설 것이다. 이렇게 이야기하면 쉽게 이해가 갈지도 모르겠구나. 사람의 몸에는 내공이라는 것이 쌓여 있단다. 사람마다 천차만별의 양이고 이를 증진시키기 위해 대륙(명나라)에서는 무예를 익히고 자신의 심신을 단련한단다. 하나 우리 한민족은 무보다는 문을 중시하는 민족이다. 그러하기에 무예에 이러한 내력을 쓰기보다는 이를 변형시켜 두뇌 회전을 빠르게 하고, 기억력을 증진시키는 것과 동시에 뇌의 기운을 띤 내공, 즉 뇌공력으로 공학 기술에 필요한 전뇌력을 공급할 수 있게 되었단다.』

　장영실의 말에 뮤스는 고개를 끄덕이고 있었다. 크라이츠의 금제 제거가 효력이 있었는지 뮤스는 모든 것을 이해할 수 있는 것을 뛰어넘어 그 이상의 것들을 느낄 수 있었는데, 자신의 머리에서 샘솟아나는 생각들, 그리고 웬일인지 모르게 온몸에서 솟구치는 기이한 느낌들이 그것이었다.

　『지식 이전술로 인하여 이 정도 설명이면 충분히 이해했으리라 생각되는구나. 그럼 내력을 뇌공력으로 만들 수 있는 공학뇌동심결을 익히도록 하거라. 공학뇌동심결은 대륙의 것과 같이 따로 구결로 이루어진 것이 아니니라. 네 뇌리에 흐르는 음률을 따라 단전에 있는 내력들을 움직이면 되는 것이니라. 그럼 마음의 준비는 다 된 것으로 여기고 시작하겠느니라.』

명신은 마음을 편히 하고 자신의 뇌리에서 흘러 움직이는 음률을 느끼기 시작했다. 그 음률은 어떠한 악기에서 나올 수 있는 음이 아니었다. 마치 느낌을 음의 움직임으로 표현한 듯 느긋하려 하니 격동적이 되었고, 규칙을 느끼려 하니 불규칙적으로 변하였다. 음률을 느끼며 정신으로 반응하자 단전 부위가 점차 뜨거워지는 듯했다. 마치 음률이 뇌리뿐만 아니라 온몸으로 흐르는 듯한 느낌을 받았는데, 단전으로부터 생성된 기운들 역시 음률의 흐름을 타고 전신 사지백해로 흘러 나가기 시작하였다.

'어라? 엄청나게 흐름이 빨라지네! 게다가 내 몸에 언제 이렇게 내력이 쌓이게 된 거지? 혹시 그 태극청심단 때문인가? 아무래도 그 약장사가 신분을 숨긴 기인이었나 보군.'

아직 자신이 복용한 것이 청명뇌단이라는 것을 알지 못하였기에 그 현상에 대해 신기해하고 있는 중이었다. 벌써 다섯 시진(10시간)째 내력이 음률과 함께 온몸을 돌고 있었다. 그러나 내력은 더 더욱 강맹한 기세로 몸을 돌아다녀 멈출 줄 몰랐다. 온몸을 돌고 있는 내력이 일정한 흐름과 방향으로 진행되는 것을 느끼게 되자 뮤스는 그 흐름과 방향을 몸으로 익숙해지기 위해 애썼다. 이렇게 약간의 시간이 더 지나자 내력 흐름의 크기가 일정하게 고정이 되어가고 있었다.

'이제 저절로 음률에 따라 뇌공력이 움직이게 되네? 마치 버릇처럼 내력들이 온몸을 누비고 다니는 것, 이것이 바로 공학뇌동심결의 효용인가? 이제 많이 익숙해진 것 같아. 이제 이 뇌공력들을 방출하는 방법

만 익숙해지면 되겠는데 말야······.'

이때 장영실의 목소리가 다시 들려왔다.

『이제 다 된 게로구나. 이제 내가 네게 해줄 일은 더 이상 없단다. 네 몸에는 미약하게나마 뇌공력이 흐르고 있을 터이고, 네 머리로 이전된 지식들을 사용할 수 있는 기반이 닦여진 것이다. 하나 지식이라는 것이 뇌리에 인식이 되어 있다 하여 십 할을 다 사용할 수 있다는 것은 아니니라. 그러하기에 스스로 더욱 정진하여 모든 지식들을 자기의 것으로 만들기 위해 노력하길 바란다. 그럼 이제 깨어나거라.』

서서히 흐려져 가기만 하는 장영실의 목소리였다.

"아저씨! 아저씨!"

목이 터져라 불러도 대답하지 않는다는 것을 아는 뮤스였지만 한 가닥의 아쉬움으로 장영실을 향해 소리치고 있었다. 그도 잠시 사지에 흐르기 시작한 감각으로 인하여 정신을 차렸기에 그저 아쉬움으로 남길 수밖에 없었다.

"으음······."

뮤스가 깨어난 것은 정신을 잃은 후 여섯 시진이나 지난 후였다. 그래서인지 눈꺼풀을 올리기가 굉장히 힘들었는데 한참을 고생해서야 겨우 눈을 뜰 수 있었다. 그를 바라보던 켈트와 크라이츠는 변화한 뮤스의 외모에 놀랄 수밖에 없었다. 뮤스의 동공은 언제 흐렸냐는 듯이 검고 맑았으며 그로 인해 그의 외모가 완성되었는데, 화룡정점이란 말이 이를 두고 생겨난 듯했다. 주변을 둘러보자 자신을 지켜보고 있던 켈트와 크라이츠의 놀란 얼굴이 그의 눈에 들어왔다.

"왜 그런 눈으로 바라보고 있어요? 제 얼굴에 뭐라도 묻었어요?"

"잘 몰랐었는데 뮤스, 꽤나 잘생겼구나? 내가 누군지 알겠어? 이게 몇 개야?"

크라이츠가 손가락 두 개를 뮤스의 눈앞으로 내밀면서 물음을 던지자 그는 웃으면서 대답했다.

"헤헤, 누님. 손가락으로 보면 두 개, 손으로는 하나, 마디로 따지면 여섯 개 아니겠습니까?"

처음 만났을 때와는 전혀 다르게 변해 버린 것에 크게 놀랐는지 켈트는 탄성을 질렀다.

"이봐! 이게 아까 그 철딱서니없던 뮤스 맞나? 사람은 변하면 죽을 때가 된 거라던데 너, 괜찮은 거야?"

"헤헤, 켈트 아저씨가 더 이상해 보이는데요? 피부가 많이 상했군요. 어디 아파요?"

"이 녀석아, 이게 다 네 녀석 걱정하느라 생긴 것이 아니냐! 내 어찌 말년에 너 같은 녀석을 만나 이렇게 고생을 하는지 원. 쯧쯧."

깨어나자마자 켈트와 티격태격하고 있는 뮤스를 바라보며 크라이츠가 말했다.

"그건 그렇고 이상한 데는 없니? 아니면 뭔가 변한 것이라든지 말이다. 아무래도 각성을 했다면 많이 달라졌을 텐데……."

"머리 속에 이것저것 떠도는 기억들 때문에 굉장히 복잡하네요. 몸도 날아갈 것같이 가벼워요! 그중에 제일 신기한 건 이거예요."

궁금한 듯이 바라보고 있는 켈트와 크라이츠를 향해 뮤스는 오른쪽 손을 내밀어 손바닥을 폈다. 그리곤 숨을 한번 들이쉰 후 손바닥으로 정신을 집중하는 듯하자 놀랍게도 그의 손에서부터 엄청난 스파크가 튀기 시작했다.

치지지직 츠팟!

얼굴에 튈까 무서워 몸을 뒤로 빼던 켈트는 경악한 목소리로 외쳤다.

"헉! 뮤스, 이게 어떻게 된 거냐? 손에서 번갯불이 번쩍거리다니!! 너, 혹시 마법까지 배우게 된 거냐?"

뮤스는 켈트의 물음에 손을 허리에 얹고서 의기양양한 표정으로 말했다.

"헤헤, 아저씨, 이건 마법이 아니에요. 뇌공력이라는 거죠. 즉, 전뇌력이라고 할 수 있겠네요. 아저씨처럼 무식한 사람은 이해하기 힘들 것이니까 다음에 기회가 되면 어떻게 쓰는 것인지 보여드리죠."

자존심을 건드리는 말에 뒤로 빼고 있던 몸을 바로 세우며 따지듯 뮤스에게 다가갔다.

"누, 누가 무식하다는 거냐! 감히 라이부크 드워프 족의 전 족장에게 무식하다고 하는 녀석은 대륙에서 너밖에 없을 것이다!"

"거참, 속 좁으시기는. 장난 한번 해본 건데… 120년이나 사셨다면서 16살짜리 말에 뭘 그렇게 열을 내시는지 원."

각성을 했다지만 철부지의 기고만장함까지 고쳐지지는 않았는지 계속해서 켈트를 약 올리고 있었다. 하지만 뮤스가 자신을 편하게 생각하기에 이러는 것임을 아는 켈트였기에 그리 나쁘게 생각하지는 않았다. 겉으로야 못 잡아먹어서 안달인 것처럼 보였지만 말이다. 켈트와 드잡이질하던 뮤스는 마침 생각났다는 듯이 크라이츠에게 말했다.

"아참! 누님, 제가 살던 곳에서 차원 이동설이라는 이론이 있었어요. 이론일 뿐이지 아직까지 실행으로 옮긴 적은 없지만 지금 그곳에서 연구 중이었네요. 혹시 장영실 아저씨가 이쪽으로 오실지도 모르겠는데요? 이래 봬도 저 그쪽 세상에서는 꽤 귀한 집 자식이었거든요."

뮤스의 말에 크라이츠는 자신의 귀를 의심해야만 했다.

"뭐라고? 차원 이동을 인간의 힘으로 한다는 말이냐?"

"네? 헤헤, 그런 것이죠. 제 머리에 들어 있는 것을 정리해 봐도 참으로 대단한 기술이네요."

뮤스는 자신이 돌아갈 방법이 있다는 것을 알았기에 기분이 좋은 듯했지만, 크라이츠는 더욱 생각이 복잡해진 듯했다.

'차원 이동은 신들의 영역이거늘 어찌 감히 인간 주제에 신의 영역에 도전한단 말인가. 주신께서는 대체 무엇을 하고 계시기에… 어쨌든 함께 여행을 하기로 했으니 두고 보면 알겠지.'

아무리 생각해도 단순한 사건이 아님을 확신하게 된 그녀는 팔짱을 끼며 뮤스를 바라보았다.

"뮤스, 네가 말한 대로 그 세계에서 이쪽으로 또 다른 사람들이 넘어올지도 모르니 인간들의 세상에 빨리 나가 있는 것이 좋겠구나. 그래야 정보도 쉽게 얻으니 말이야."

"네! 좋아요!"

뮤스가 기뻐하며 찬성을 하자 이번에는 켈트를 향했다.

"켈트 씨는 어때요?"

"흠. 크라이츠님, 저도 좋습니다. 누구 때문에 제 동굴도 무너져서 갈 곳도 없었는데 잘됐군요."

켈트는 은근히 뮤스에게 눈치를 주며 뼈가 있는 말을 내뱉자 뮤스도 자신의 실수를 알긴 아는지 머리를 긁적였다. 자신에게 불리한 상황을 오래 끌어봤자 득이 될 것이 없다고 생각한 뮤스는 화제를 돌렸다.

"헤헤, 아저씨, 뭐 그럴 수도 있는 거죠. 쪼잔하시긴……. 누님, 그럼 언제 출발하죠?"

허리를 숙여 보석을 몇 개 고르던 크라이츠는 그것을 작은 주머니에 넣으며 대답했다.

"옛말에 '오크의 뿔도 당긴 김에 빼라' 는 말도 있잖니? 당장 출발하자꾸나. 그리고 저는 유희 중이니 제 생명이 위험할 때나 내가 필요하다고 여기는 경우가 아니면 마법도 쓰지 않을 테니 그렇게 아시고 있으세요, 켈트 씨."

드래곤은 다 그렇지만 언제나 이기주의적이라는 것을 다시금 느끼는 켈트였다. 지금 출발을 한다는 말에 들뜬 뮤스는 둘의 옷자락을 끌어당겼다.

"네엣! 켈트 아저씨도 알고 계실 거예요! 켈트 아저씨, 빨리 가요!"

"허허… 알았다, 알았어. 출발하자꾸나."

문득 둘의 옷자락을 끌다가 발걸음을 멈춘 뮤스는 크라이츠의 얼굴을 바라보았다.

"아차! 그런데 이젠 어떻게 이동하죠? 크라이츠 누님은 마법도 안 쓰신다면서요?"

처음부터 어이없는 난관에 봉착하자 크라이츠도 거기까지 생각해 보지는 않았는지 손가락을 깨물며 고민을 하기 시작했다.

"그렇구나. 어떻게 하지? 나 같은 어여쁜 레이디가 걸어다닐 수도 없고 말야. 켈트 씨, 저 좀 업고 가주시겠어요?"

진심인지 장난인지 모를 크라이츠의 말에 켈트는 순간적으로 어깨를 떨고 있었다. 차마 드래곤의 명령을 거역할 수도 없는 노릇 아니겠는가. 머리를 조금 굴린 켈트가 온몸을 주무르며 말했다.

"아이구~ 다리야, 허리야, 팔이야, 머리야, 살이야~ 보시다시피 뼈다귀들이 아우성을 쳐서 말이죠. 크라이츠님을 업고 가는 영광을 가지고 싶은 마음은 굴뚝같지만서도……."

"어멋! 농담이었어요. 제가 켈트 씨에게 업히면 다리가 땅에 끌리지 않을까요?"

크라이츠가 손을 내저으며 은근히 인신공격을 하고 있었지만 켈트가 뭐라 말할 수는 없었다. 다만 그녀를 업고 가지 않아도 된다는 생각에 안도의 한숨을 내쉬었다. 크라이츠와 켈트가 뭔 짓을 하든 관심없다는 듯 주변을 둘러보고 있던 뮤스의 눈에 이채가 번뜩였다. 뭔가를 발견한 것인지 크라이츠의 보물들 사이를 헤치며 걸어가던 뮤스는 한 손으로 금속 물질인 듯한 두껍고 둥근 원통을 들어 올리려 했는데 그 무게가 만만치 않자 두 손을 쓰기 시작했다. 그가 들어 올린 원통의 주변으로는 검은 모래가 묻어 쉽게 떨어지지 않고 있었다. 그것이 쇳가루란 것을 알아챈 뮤스는 웃으며 외쳤다.

"헤헤! 역시 자력을 가진 물건이군. 누님, 이것 좀 써도 돼요?"

켈트를 데리고 말장난하던 크라이츠는 뮤스의 손에 들려진 둥근 원통을 바라보며 고개를 갸웃거렸다.

"그건 전에 드워프 마을에서 쇠를 찾을 때 쓰는 물건이었는데… 그게 왜 아직도 여기 있지? 아차! 그때 도적으로 유희를 즐기던 때였구나. 뭐, 마음대로 하렴. 이제 나와는 상관없는 물건이니."

놀림당하던 켈트도 그것이 뭔지 궁금하여 뮤스의 손에 들린 물체를 바라보았다. 그리곤 방방 뛰며 전보다 더욱 화가 난 모습으로 씩씩거렸다.

"자력통이잖아! 내가 마흔세 살 때 마을에서 저게 없어져서 어른들에게 엄청나게 꾸지람을 들은 적이 있었는데, 저것을 가져가셨던 분이 바로 크라이츠님이셨나요?"

화가 난 눈빛으로 째려봤지만 역시 자신의 앞에 있는 존재는 드래곤이었다. 뮤스는 켈트의 과거 이야기쯤이야 아무럼 어떠냐는 듯이 빙글빙글 웃는 모습으로 켈트를 향해 소리치기 시작했다.

"켈트 아저씨! 제가 설명하는 것 좀 만들어주실 수 있으신가요? 아저씨 정도의 손재주면 이 정도는 쉽게 만들 수 있을 것 같은데요. 그리고 재료들도 이 동굴 안에 있는 정도면 충분할 거 같고요. 누님, 뒤에 있는 재료들 좀 쓸게요. 네?"

예전 같았으면 이런 애교 비슷한 표정에 아무런 반응조차 없었을지 몰라도 맑고 깊은 눈빛을 되찾아 미소년이 되어버린 뮤스의 애교는 꽤 효과가 좋았다. 켈트와 말장난을 그만둔 크라이츠는 손가락으로 볼을 긁으며 물었다.

"그런데 그 재료라는 게 뭐니? 내 동굴에는 보물들밖에 없는걸?"

"헤헤, 그 보물들이 바로 재료라는 거죠. 많이는 필요없고 은만 조금 있으면 되거든요? 아주 조금만요."

"은? 은 조금이면 된다고? 그렇게 하려무나."

"헤헤, 고마워요, 누님! 켈트 아저씨, 우선 나무로 여기 그리는 대로 좀 만들어주세요."

그녀가 은을 사용해도 된다고 허락하자 뮤스는 바닥에 떨어져 있던 금 조각을 주워서 무엇인가를 그리기 시작했다. 켈트 역시 궁금했기에 빨리 그것이 뭔지 알고 싶다는 듯 뮤스의 곁으로 와서 그가 바닥에 그리는 것을 주시하고 있었다.

뮤스의 손은 신들린 것처럼 바닥의 이곳저곳을 누비고 다녔는데, 그의 눈빛이 점점 빛을 내기 시작했다. 시간이 지나면서 그림의 모양이 점차 나타나고 있었다. 정면과 측면, 그리고 윗면에 정확한 치수가 기입된 그림이었는데, 약간의 설명과 함께라면 그림을 이해하는 데 별로 어려워 보이진 않았고, 제작하기가 까다로워 보였으나 무려 120년 동안이나 뛰어난 손재주를 갈고닦은 드워프 켈트에게는 어린애 사탕 빼앗아 먹기만큼 쉬운 일이었다. 한참 동안 땅에 설계도를 그리던 뮤스는 허리를 펴보며 만족한 표정으로 그 그림을 다시 한 번 살펴봤다.

"아저씨, 이제 됐어요. 이 정도는 손쉽게 만들 수 있겠죠?"

두말하면 입 아프다는 듯이 뮤스의 물음에 자신만만한 웃음을 흘리던 켈트는 뮤스를 향해 엄지손가락을 치켜세워 보인 후 번개처럼 동굴 밖으로 뛰어나갔고, 옆에서 유심히 뮤스의 그림만 지켜보던 크라이츠는 마치 맛있는 음식을 기다리는 미식가처럼 기대에 부풀어 있는 모습이었다. 그런 그녀를 향해 뮤스는 질문을 던졌다.

"누님, 이 세계에서 쓰는 도량형에 대해서 좀 가르쳐 주시겠어요? 시간 단위나 측량 단위 같은 것들요. 그리고 글도 배워야 할 것 같은데… 아무래도 켈트 아저씨와 이런저런 의사 소통을 하려면 힘들 것 같거든요."

가볍게 웃어 보인 크라이츠는 손을 짚으며 이것저것을 생각해 보더니 이내 정리가 되었는지 설명을 해주기 시작했다.

"그래. 뭐 간단한 것들만 가르쳐 줄게. 이곳은 하루를 24등분을 해서 시간의 단위로 나타낸단다. 그리고 그 각 시간들을 60등분하여 분이라 하고 또 그 분들을 60으로 나누어 초라고 하지. 음… 또 뭐가 있을까? 길이 단위로는 손을 옆으로 뻗어서 손끝부터 코까지의 거리를 1야덴이라고 부른단다. 그런데 거의 멜리 단위를 쓰지. 1야덴보다 1/9이 긴 길이란다. 그리고 1,000멜리는 1켈리가 되고 1멜리는

100셀리가 된단다."

크라이츠의 말을 유심히 듣고 있던 뮤스는 이해가 된다는 듯이 고개를 끄덕이고 있었다.

"켈리… 멜리… 셀리… 시… 간… 분……. 헤헤, 조금 더 지나면 익숙해지겠죠. 고마워요."

"아, 그리고 글은 내가 익히게 해주마."

허공을 보며 그녀가 설명해 준 것을 차근차근 머리에 넣던 그는 눈을 내리며 되물었다.

"누님이요? 지금 배우려면 시간이 많이 모자랄 텐데요."

"물론 배우려면 그렇지. 하지만 나는 드래곤 아니니? 마법으로 해결할 수 있단다. 조금만 다가와 보렴."

"이렇게요?"

뮤스가 그녀 가까이로 몸을 옮기자 크라이츠는 그의 머리를 향해 손을 들어 올려 언어 습득 마법을 펼쳐 냈다.

"용언으로 명하노니 모든 소리를 형상화하게 하라."

용언 마법의 시동이 끝나자 그녀의 손에서는 붉은 빛이 맴돌기 시작하며 뮤스의 머리를 비추었고, 얼마의 시간이 흐르지 않아서 그 빛은 소멸되었다. 크라이츠는 아직도 눈을 감고 있는 뮤스의 볼을 잡아당기며 웃었다.

"호호, 이제 다 되었단다."

눈을 천천히 뜬 그는 생각하는 듯하더니 이내 감탄사를 터뜨렸다.

"우와! 신기해요! 조선에서는 지식 이전술을 하려면 엄청나게 오래 걸리는데 누님은 금방 하시네요?"

뮤스의 기억을 이미 읽어본 크라이츠는 그가 무슨 이야기를 하는지

금세 알 수 있어 고개를 가로저었다.

"아니란다. 나는 고작 너에게 언어 습득만을 가능하게 했지만 지식 이전술은 엄청나게 방대한 지식을 습득하게 만든 것이니 당연히 걸리는 시간이 차이가 나는 것이란다."

"그렇군요! 헤헤, 아무튼 고마워요."

"고맙긴. 이게 다 내가 편하자고 하는 일인데. 네게 글을 가르치려면 얼마나 힘들겠니?"

"아, 네."

뮤스의 언어 습득을 도와준 크라이츠는 그에게 이 세계에 대한 전반적인 이야기를 해주었다. 현 시대의 왕이나 계급, 또는 국가의 대치 상태에 대한 이야기들이었는데 조선과는 크게 다르다는 것을 알 수 있었다. 뮤스가 크라이츠의 이야기에 빠져 시간 가는 줄도 모르고 있을 무렵 동굴 입구로 켈트가 뛰어 들어오고 있었다.

"뮤스, 완성이다! 빨리 나와서 보라고!"

크라이츠의 이야기를 듣는다고 많은 시간이 흘렀다지만 정말 놀라운 속도였다. 반나절 정도의 시간은 족히 걸리리라 생각하고 있던 뮤스의 예상이 보기 좋게 빗나간 것이었다. 뮤스는 그런 켈트의 능력에 다시 한 번 혀를 내두르며 말했다.

"와! 벌써요? 한번 나가보죠! 누님, 같이 나가봐요!"

"그래, 그러자꾸나."

동굴 밖에는 금방 만든 듯 나무 냄새가 물씬 풍기는 수레가 있었다. 바퀴가 네 개 달린 이 수레의 모습은 평범한 그것들과는 거리가 멀었는데 바퀴의 테두리는 나무껍질로 두껍게 말려 있었고, 바퀴의 축 사이에는 서로 맞물려 있는 수많은 톱니바퀴들이 보였다. 수레 위 부분에 달려 있는 의자는 총 네 개였는데, 그중 앞쪽 의자 중 한곳에는 이 수레를 조작할 수 있는 손잡이가 달려 있었다. 켈트가 만든 수레를 본 뮤스는 손뼉을 치며 대단히 만족스러운 표정을 하고 있었다.

"우왓! 아저씨, 완벽해요! 다시 봐야겠는걸요? 그럼 이제 제일 중요한 것만 남았네요. 저기 있군."

뮤스는 나무로 된 수레 옆에 켈트가 따로 만들어둔 나무 부속을 집어 들었다. 그것의 크기를 살피던 그는 켈트를 향해 손으로 설명하며 말했다.

"아저씨, 누님의 동굴에 있는 은으로 얇은 은실을 만들어서 여기 감아주시겠어요?"

"은실? 뭐, 그러지."

뮤스의 부탁에 더욱 의구심만 쌓여가는 켈트는 머리를 긁적이며 동굴 안으로 들어갔고 곧 은으로 된 물건들을 골라 들고 나와 녹이기 시작했다. 잠시 후 은이 녹기 시작하자 한 올씩 은실을 뽑아내고 있었는데, 그런 켈트의 모습은 평소 때와 전혀 다른 진지한 모습으로 과연 장인의 종족이라는 드워프 일족의 전대 족장다운 면모였다. 은실을 나무 부속에 다 감은 켈트는 이제 자기가 할 일은 다 했다는 듯이 이마에 흐르는 땀을 닦으며 완성된 부속을 뮤스에게 넘겨주었다.

"이제 내가 할 일은 다 한 거냐? 에고, 허리야!"

허리를 두들기며 아픈 척하는 그의 모습을 본 뮤스는 가볍게 웃으며 고개를 끄덕였다.

"헤헤, 물론이죠. 이제 나머지는 제가 할게요! 우선 이걸 자력통 안에 넣고, 남은 은실을 연결한 다음에… 여기다 장착하면……."

손수 부속을 조립한 뮤스는 수레 위로 올라가 자신이 조립한 부속을 장착하기 시작했다. 상당히 무거운 부품이었기에 힘이 드는지 꽤 오랜 시간이 지나서야 일을 끝낼 수가 있었다. 부품 장착이 끝나자 뮤스는 허리를 시원하게 한번 펴고는 옆에서 구경하고 있는 켈트와 크라이츠를 불렀다.

"누님, 켈트 아저씨, 다 됐어요!"

뮤스가 부르자 켈트는 수레의 옆으로 다가와 이리저리 살펴보았다.

"그런데 이 수레가 어쨌다는 거냐?"

"이 정도 보여줬는데 대강이라도 짚이는 게 없나요?"

"에? 그럼 이 수레가 혼자 움직이기라도 한단 말이냐?"

"호오~ 웬일이실까? 켈트 아저씨가 그런 걸 다 맞추고?"

"그 무슨 뉘앙스냐?"

"아무튼 두 분 다 올라타세요. 제가 사는 곳에서는 이 수레를 전뇌거라고 불렀죠."

전뇌거에 올라탄 켈트와 크라이츠는 수레의 이곳저곳을 살펴봤지만 아직도 모르겠다는 듯한 표정을 짓는 드래곤과 드워프였다.

"전뇌거라고? 이 수레가 정말 말 없이도 움직인다는 거니?"

"헤헤, 누님도 못 믿는 눈치시네. 이거 섭섭한걸요. 두고 보면 아시게 될 일이지만."

운전석에 앉은 뮤스는 보란 듯이 바닥에 연결된 긴 선을 꺼냈고, 그 선을 두 다리에 묶었다. 그리곤 손가락으로 그 선을 가리키며 말했다.

"이 선을 통해서 아까 말씀드린 뇌공력을 전뇌거로 주입하는 거죠. 잘 보세요."

뮤스는 말과 함께 몸속에서 돌아다니고 있는 뇌공력을 느끼며 그 흐름을 두 다리 쪽으로 유도하기 시작했다. 각성을 한 후 처음으로 사용하는 뇌공력이었기에 몸에 익숙하지 않아 어색했지만 많은 양의 뇌공력을 유도해 내는 것이 아니었기에 그리 힘들게 느껴지지는 않았다. 몸 밖으로 뇌공력이 방출되기 시작하는지 다리와 접속된 선에서 스파크가 일었고, 곧 이어 '윙' 하는 소리와 함께 약간의 진동이 온몸으로 전해졌다. 전뇌거의 진동에 놀란 켈트가 소리쳤다.

"이봐, 뮤스! 이거 무슨 소리야?"

"글쎄 보기만 하라니까요. 아저씨는 다 좋은데 너무 질문이 많아요."

전뇌거가 생각대로 시동되자 기고만장해진 뮤스는 자신의 옆에 있는 손잡이를 위로 올렸고 그와 동시에 전뇌거가 저절로 앞으로 나아가기 시작했다.

덜커덩! 덜커덩!

이 신기한 현상을 경험한 크라이츠와 켈트의 놀라움은 가히 하늘을 찔러 벌린 입이 다물어지지 않는 듯했다.

"아니, 이럴 수가! 저, 정말 움직인다!"

"어머머! 정말이네!"

"허허, 백이십 년 헛살았구먼. 그런데 이 정도 속도로밖에 못 움직이는 거냐?"

켈트의 질문에 뮤스는 검지손가락을 펴며 좌우로 흔들었고, 자신 앞에 위치한 둥근 모양의 방향 조절대를 꾸욱 잡으며 말했다.

"헤헤, 단단히 잡으십쇼! 손님, 출발합니다!"

더 많은 양의 뇌공력을 전뇌선으로 흘러보내자 요란한 소리와 함께 속도가 빨라지기 시작했는데 점점 빨라져 시속 40켈리 정도의 속도로 전뇌거가 움직이고 있었다. 갑자기 빨라진 속도에 떨어질 뻔한 켈트의 눈가에는 눈물이 맺혔고, 크라이츠는 예상외의 스릴에 즐거움을 느끼는지 괴성을 지르기 시작했다.

"이야호! 이거 날아가는 것과는 또 다른 재미가 있구나! 호호호홋!"

하지만 반듯하게 난 길이 아니라 좁은 산길이었기에 전뇌거의 기체는 심하게 흔들리고 있었다.

덜커덩 덜커덩!

"산길이라 조금 흔들릴 거예요! 조심해요!"

"이게 조금이냐! 아악! 혀 깨물었다!"

"호호호! 좋아좋아! 달려라, 달려!"

이세계에서 온 뮤스와 털털한 드워프인 켈트, 푼수 드래곤 크라이츠의 여행은 이렇게 시작이 되었다.

6장 드워프 광산의 운석

타닥타닥.

모닥불이 타 들어가는 아늑한 동굴. 동굴의 크기가 그리 작다고는 할 수 없었지만 습도와 온도가 적절해서인지 아주 아늑하게 느껴지는 공간이었다. 모닥불을 중심으로 둘러앉은 드워프들이 있었다. 모두 십여 명 정도의 숫자였는데 한결같이 얼굴에는 근심 어린 표정이 떠올라 있었다. 가장 중심에 앉아 있던 나이 지긋한 드워프가 먼저 말을 꺼냈다.

"이 사건은 우리 라이부크 드워프 족의 근 백여 년의 대소사 중에 가장 큰 사건이오. 더 이상 철을 채굴하지 못한다면 우리는 다른 곳으로 이동을 해야 할 것이오. 뭔가 좋은 방안들 없으시오?"

주변에 둘러앉은 드워프들에게 의견을 물어보는 라이부크 드워프 족 족장인 프란트였다. 하나 그 역시 자신이 던진 질문에 대해 뾰족한 방법이 없는 걸 알고 있어서인지 대답을 기대하는 표정은 아니었다. 다만 다른 장로들과 토론을 한다는 자체로 위안을 삼으려는 듯한 모습이었다.

"족장도 아시다시피 광산을 막고 있는 그 희귀한 광물덩이를 치우기에는 우리의 힘만으로 도저히 불가능합니다. 지반이 약한지라 다시 입구를 만들 수도 없고… 인간들의 마법사에게 의뢰를 하는 것이 어떠한지."

족장의 맞은편에 앉은 킬트로 장로였다. 그는 족장과 어렸을 때부터 막역한 사이였지만 부족의 장래가 달린 중요한 회의 자리인만큼 서로를 존중해 주고 있는 모습이었다. 그의 말에 어두운 표정을 짓던 족장은 아쉬운 듯한 목소리로 말했다.

"킬트로 장로, 장로의 말도 일리가 있지만 아무리 마법사라 해도 어지간한 레벨을 가진 마법사로는 어림도 없을 거요. 게다가 그들을 영접하는 대가 역시 만만치 않을 것 같소. 더욱 곤란한 것은 그런 마법사들이 굴러다니는 돌멩이처럼 쉽게 만날 수 있는 것이 아니란 것 아니겠소? 마법사들이 얼마나 고고한지 아시지 않소? 그 고고함 때문에 점점 그들의 수가 줄고 있으니 인과응보일 것이오. 이럴 때 케르히트 전대 족장께서만 있었어도 뭔가 방안이 있었을 터인데…….."

족장의 말에 수긍을 하는지 장로들은 서로를 바라보며 저마다 고개를 끄덕이고 있었다. 이때, 요란한 소리가 그들의 귀를 자극했다.

털거덕 윙! 털거덕 윙! 끼익!

동굴 밖으로부터 들려오는 이 기이한 소리에 모두의 이목은 동굴의 입구 쪽으로 집중이 되었는데, 아무리 생각해도 그들의 귀에 익숙지 않은 소리였다. 이어 걸걸한 목소리로 족장을 부르는 소리가 들려왔다.

"여어, 프란트, 안에 있는가?"

목소리의 주인공에 대하여 잠시 생각해 보던 동굴 안의 족장과 장로들은 한 명의 인물을 동시에 떠올릴 수 있었다.

"케르히트님의 목소리군!"

"오오, 드디어 돌아오셨군!"

오우거도 제 말 하면 나타난다던가? 켈트의 목소리에 반색을 하며 자리에서 일어난 족장과 장로들은 동굴 밖으로 서둘러 뛰어나갔다. 그들이 동굴 밖으로 나가자 켈트가 전뇌거에서 내리며 이상하다는 듯이 고개를 갸웃거렸다.

"어라? 내가 오래간만에 왔다고는 하지만 이렇게까지 반갑던가? 이렇게 다들 뛰어나오다니… 후훗, 나의 인기는 언제쯤 사그라들지……."

능청스럽게 웃고만 있는 켈트의 뒤로 크라이츠와 뮤스가 전뇌거에서 내리고 있었다. 그들과 켈트를 번갈아 보던 족장은 켈트에게 시선을 고정한 채 불만 섞인 목소리로 말했다.

"케르히트님, 이게 대체 어떻게 된 일입니까? 아무 소리도 없이 잠적하신 지 20년 만에 나타나셔서 아무렇지도 않은 듯한 표정을 짓다니요!"

머리를 긁적거리며 웃던 켈트는 족장의 어깨를 두들겼다.

"허허, 그랬나? 벌써 20년이 지났단 말인가? 미안하네. 그런데 왜 이렇게 우르르르 몰려나왔는가? 남들이 보면 산적 떼라도 몰려온 것으로 알 것 아닌가?"

시시껄렁한 농담을 던지던 켈트는 평소 같았으면 배꼽을 잡고 쓰러져야 마땅할 자신의 농담에 아무런 반응도 보이지 않는 족장과 장로들에게 의아하다는 표정을 짓고 있었다.

"왜 그런가? 무슨 일 있었는가?"

"켈르히트님이 실종되신 후 10년쯤 지나자 마을에 변괴가 생겼습니다. 별안간 운석이 철 광산으로 떨어져 입구가 막혀 버린 것입니다. 그동안은 저장된 철로 어떻게든 버텼지만 이제 그 저장량도 거의 바닥났기 때문에……."

족장의 말이 이해가 안 된다는 켈트의 표정이었다.

"그럼 그 운석을 깨버리면 되지 않는가? 그것도 무슨 문제가 있었는가?"

우물쭈물하던 족장은 자신의 무능함에 염치가 없는지 콧잔등을 긁으며 대답했다.

"그것이… 이상한 성질을 띠고 있는 운석이라서… 그 강도가 일반적인 광물과는 비교도 안 될 정도입니다. 수많은 드워프들을 동원해 그 광물을 해체하려 했으나 녹일 수도 없고 깰 수도 없었지요. 게다가 그 무게도 엄청난지라……."

족장의 말을 들은 켈트는 근심스런 표정을 짓다가 뭔가 생각나는 것이 있는지 자신의 머리를 때렸다.

"아! 그렇지!"

그의 행동에 족장과 장로들은 기대감에 찬 눈초리로 그를 응시했다.

"뭔가 좋은 생각이 나신 것입니까?"

하지만 켈트는 머리를 긁적이며 대답했다.

"내가 무슨 신이라도 되는가? 금방 좋은 생각이 떠오르게. 그게 아니라, 일행들을 소개해야겠다 싶어서 말이네."

"헤휴~ 그렇군요."

드워프들의 답답한 신음성을 아무렇지도 않은 듯 귓가로 흘려보낸 켈트는 자신의 뒤에 서 있는 뮤스와 크라이츠를 가리키며 소개를 했다.

"이쪽은 드… 아니, 투트가르에서 오신 크라이츠님이시고 이쪽은 뮤스라네. 나와 함께 여행 떠날 준비를 하려고 마을에 잠시 들렀는데 이런 일이 생기다니……."

켈트의 소개와 함께 뮤스와 크라이츠를 바라보던 족장은 짐짓 밝은 표정을 지으며 인사를 건넸다.

"케르히트님의 손님이시면 저희 부족 최고의 귀빈이십니다. 만나서 반갑습니다. 이 라이부크 드워프 족의 족장을 맡고 있는 프란트라고 합니다. 거의 켈르히트님의 손에서 크다시피 했죠. 애써 이곳까지 오셨는데 들으셨다시피 마을 분위기가 썩 좋지가 않아서 죄송하게 생각합니다."

프란트의 인사를 받은 크라이츠와 뮤스 역시 반갑게 인사를 했다.

"켈트 씨께서 이렇게 나이 든 분을 키우셨다니 믿기지가 않는걸요? 아무튼 만나서 반가워요, 프란트 씨."

크라이츠가 인사를 하는 것을 훔쳐본 뮤스는 그녀가 하는 방식대로 따라했다.

"헤헤, 저도 반가워요! 뮤스라고 합니다. 그건 그렇고 다들 켈트 아저씨랑 비슷한 몸매… 아얏!"

눈치없이 드워프들의 몸매에 대하여 이야기를 꺼내려 했지만 켈트의 눈물나는 알밤 덕에 끝까지 이어지지는 못했다. 인사가 끝나자 켈트가 인상을 찌푸리며 말했다.

"지금 걱정하면 뭐 하겠는가, 밤도 늦었는데. 그건 그렇고, 프란트, 뭐 먹을 것 좀 없을까?"

무책임한 켈트의 말에 프란트와 장로들은 한숨을 쉬었지만 멀리서 온 손님들을 접대 않는 것은 도리가 아니라 여겼기에 그의 말을 따르기로 했다.

"후우… 좋습니다. 케르히트님이 돌아오신 날인만큼 걱정은 내일로 미루기로 하고 저녁이나 같이 하시죠."

"껄껄껄! 멜 산도 식후경이라 하지 않던가. 그렇게 인상을 찡그리고 한숨을 내쉬면 뭐 하나? 내일이면 뭔가 방법이 있을 것이니, 자자, 식당으로 가자고!"

족장의 현명한 판단에 기분이 좋아진 켈트는 그들의 등을 두들기며 동굴 속으로 발걸음을 옮겼다.

드워프들의 동굴은 크라이츠의 레어와는 달리 굉장히 구조가 복잡했다. 이곳을 잘 알고 있지 못한 사람이라면 쉽게 길을 잃고 난처해하기 딱 알맞았는데, 프란트의 안내 덕분에 복잡하기 그지없는 동굴을 쉽게 찾아 들어갈 수 있었다.

식당으로 들어선 뮤스는 크라이츠와 만난 이후로 아무것도 먹지 못했음을 깨달았고, 뱃속에서 아우성치는 식충이들을 느낄 수 있었다. 식당의 내부는 아주 간소했는데 50개가량의 의자들과 커다란 석탁이 전부였다. 마침 회의를 마치고 식사를 하려 했는지 이미 몇몇 드워프가 식탁을 차리고 있었는데, 그들은 켈트를 발견했는지 고개를 깊이 숙이며 인사를 하고는 하던 일에 계속 열중했다.

"하하하! 역시 집에서 먹는 식사만큼 즐거운 게 없다네. 어서 먹자구. 언제까지 거기 서 있을 참인가? 응?"

역시나 자신이 살아온 곳이고 가장 연장자라는 인식이 확실한지 일푼의 거리낌도 없이 식탁으로 달려가 스푼을 들고 앉은 켈트였다. 그의 거리낌없는 행동에 익숙한 주변의 드워프들은 별다른 말 없이 각자 자리에 앉기 시작했고, 식사 준비를 하던 드워프들이 음식을 가져다 주자 드워프들답게 게걸스러운 식사를 시작했다. 평소의 식사 시간이었다면 시끌벅적함에 정신이 없었겠지만 마을의 중대사가 눈앞에 있는 만큼 소란스럽지는 않았다. 식사를 다 마치자 켈트는 만족스러운 표정을 지으며 배를 두들기고 있었다. 이어 입이 찢어져라 하품을 해 보인 켈트는 족장을 바라보며 말했다.

"이제 난 잠 좀 자야겠네. 어느 분들 덕분에 며칠 동안 잠다운 잠을 못 잤거든. 자네들은 이해해 주게나."

켈트가 은근히 말을 하자 크라이츠와 뮤스는 가는눈을 뜨며 켈트를 바라보았다. 그들의 시선을 의식적으로 외면한 켈트는 자리를 털며 일어났다.

"흠흠흠… 크라이츠님과 뮤스에게 방 좀 안내해 주게. 크라이츠님, 저 먼저 실례하겠습니다. 뮤스, 너도 좋은 밤 되거라."

크라이츠는 유희를 시작하자 다른 이들 앞에서는 더 이상 드래곤으로서의 모습을 보이지는 않았는데 하품을 하며 식당에서 걸어나가는 켈트를 보며 가벼운 웃음을 지었다. 또 그녀의 옆에 앉아서 게걸스럽게 식사를 하던 뮤스는 소매로 입을 닦으며 다른 접시에 손을 가져가고 있었다. 켈트가 사라지자 옆에 있던 족장이 혼잣말로 씁쓸히 중얼거렸다.

"헤휴~ 벌써 연세가 150이 넘으셨지만 아직도 어린애 같으시군. 예나 지금이나 저 낙천적인 모습은 변한 것이 없어."

옆에서 족장의 말을 듣고 있던 뮤스 고개를 갸웃거리며 물었다.

"족장 아저씨, 켈트 아저씨는 120살 아니신가요? 저한테 120년 살았다고 말씀하시던데?"

마침 그에 대해 떠오르는 것이 있는지 털털하게 웃던 족장은 버릇처럼 배를 만지며 대답했다.

"허허, 케르히트님이 120세 되시던 해부터 언제나 청춘을 유지하겠다면서 여러 해가 더 지나도 언제나 120살이라고 하신다네. 그런 지가 벌써 30년이나 지났구먼. 엄청난 괴짜시지. 음, 뮤스 군이라고 했던가? 그리고 크라이츠님은 절 따라오시죠. 숙소를 안내해 드리겠습니다."

"하지만… 전 아직……."

말을 끝맺기도 전에 자리에서 일어나 앞장서 나가는 족장을 본 뮤스는 아직 덜 먹은 음식에 아쉬움을 표했고, 그가 어떤 상황인지 이해한 크라이츠는 웃으며 프란트를 따라나섰다. 뮤스와 크라이츠가 안내받은 방은 각각 침대 하나와 작은 테이블, 그리고 안락한 의자가 있는 단출한 방이었다. 하지만 가구들은 장인의 종족인 드워프들이 만든 것임을 여실히 나타내듯 정교한 문양이 새겨져 있어 은연중에 화려함을 드러내고 있었다. 하나 드워프들의 크기에 맞췄는지 인간의 어른이 누워 자기에는 약간 작은 것이 문제였다. 뮤스의 방과 자신의 방을 비교해 보던 크라이츠가 턱을 만지며 고민했다.

"어머나! 뮤스, 네 방의 침대도 작구나. 이를 어쩌지?"

가볍게 누워 침대의 길이를 몸소 재어보던 뮤스는 침대 밖으로 뻗어나가 있는 다리를 흔들며 대답했다.

"그러네요, 정말. 여긴 객방도 없나? 다리 긴 사람들이 와서 편하게 쉴 수 있도록 그런 것쯤은 있어야 정상인데. 할 수 없이 저 의자를 붙여서 자면 되겠죠 뭐."

"호호, 그렇긴 하겠구나. 그럼 뮤스, 잘 자거라."

"누님도 잘 자요."

크라이츠가 문을 닫고 나가자 천장에서 돌 조각이 부스스 떨어졌다. 막상 혼자 있으려니 동굴이 무너지지나 않을까 하는 걱정도 되었지만 드워프의 실력을 믿는지라 금방 두려움은 잊었다. 그러나 혼자 있으면 생각이 많아지는 것이 인간이란 동물이라던가. 지난 시간 동안 겪은 일들이 주마등처럼 머리를 스치고 지나다녔다. 아버님과 어머님의 모습이 떠올랐고 그렇게 보기 싫던 잘난 척하는 개똥이와 덕구, 그리고 돌쇠까지 모두가 그리운 얼굴이 되어 있었다. 하지만 기왕 지나간 일, 모두 잊으려는 듯 고개를 세차게 흔들었다.

"에라, 모르겠다. 이왕 이렇게 되어버린 것 잠이나 자자. 언젠가는 돌아갈 수 있겠지."

혼잣말을 하며 이불을 뒤집어쓰고 돌아누웠지만 이불이 짧아 발이 이불 밑으로 튀어나온 것을 느끼며 잠이 들었다.

뮤스가 잠에서 깼을 때는 동굴이라 아침인지, 아니면 늦잠을 자서 오후인지 느낄 수가 없었다. 오직 문밖으로부터 들려오는 웅성거리는 소리만이 메아리처럼 뮤스의 귀를 때리고 있었다. 아직 잠결이라 정신이 든 것은 아니었지만 일어나야겠다는 생각이 들었기에 밖의 일에 관심을 기울일 필요가 있었다.

'또 드워프들이 모였나? 음… 그러고 보니 그 일이 아주 중요한 일처럼 보였는데. 일단 나가보자.'

옷을 대강 입고 문을 열고 나간 뮤스는 어제의 기억을 더듬으며 동굴의 밖으로 나왔다. 동굴의 입구로부터 그리 멀지 않은 곳에 드워프들이 모여 있는 것이 보였고, 그중에 켈트와 크라이츠의 모습도 얼핏 보이고 있었다. 뮤스가 드워프들이 모인 곳 가까이 다가가자 켈트의 놀라움이 담긴 목소리를 들을 수 있었다.

"이거 참, 뭐 이런 광물이 다 있지? 내 120년 인생 동안 이런 광물은 처음이군. 이 무게 하며, 이 강도, 정말 우리 부족은 이사를 해야 하는가. *끌끌끌.*"

안타까움에 혀를 차던 켈트는 여전히 120세라는 것을 강조하면서 다른 드워프들과 이야기를 하고 있었다. 뮤스는 간질거리는 머리를 긁으며 켈트에게 다가갔다.

"아저씨, 저게 어제 들었던 그 운석인가요?"

자고 있는 줄 알았던 뮤스의 목소리가 들리자 켈트는 목소리가 들려오는 쪽으로 고개를 돌렸다.

"뮤스, 이제 일어났구나. 저것이 어제 말한 그 문제의 운석이란다. 저런 물질은 처음이야. 가공하는 기술만 있으면 엄청 유용할 것 같은데 아직 치우지도 못하고 이러고 있으니… 말이 300필 정도는 있어야 움직일 수 있을 것 같은데… 이런 산중에서 말 300필 구하기는 하늘에 별 따기지."

옆에서 운석을 바라보고 있던 크라이츠 역시 동조하는 말투였다.

"나도 역시 마찬가지야. 나도 이런 물체는 처음 보거든? 아무래도 이곳의 물질은 아닌 것 같구나. 이걸 치우려면 순수한 9클래스 정도의 마법사는 되어야 할 것 같은데 무슨 방법 없겠니?"

내심 크라이츠가 본체로 돌아가 이 운석을 치워줬으면 하는 생각을 가진 켈트였지만 그녀의 성격을 대충 알고 있었기에 부탁을 포기하고 뮤스의 머리에 기대를 걸 뿐이었다. 크라이츠와 켈트가 뮤스에게 자문을 구하는 모습을 본 드워프들은 이해가 안 갈 따름이었다. 그녀의 질문에 잠시 운석을 바라보고 있던 뮤스의 머리에 한 가닥 떠오르는 것이 있었다.

"저 운석을 말 300필 정도면 끌어낼 수가 있다고 하셨죠?"

"그렇긴 하다만, 뭔가 방안이 있는 거야?"

"한 가지 방법이 떠오르긴 했는데 잘은 모르겠어요. 제 계산이 맞다면 가능할 것 같아요."

한 발자국 다가선 켈트가 그의 어깨를 붙잡으며 물었다.

"오! 정말이냐? 그래, 어떤 방법이길래?"

켈트의 물음에 천진난만한 미소를 지으며 대답했다.

"제가 살던 조선이란 곳에서는 거중기라는 기계가 있었죠. 거중기는 작은 힘으로 큰 물체를 움직일 때 쓰던 기계인데, 그 원리를 이용하면 될 것 같거든요?"

뮤스가 말을 멈추자 켈트는 주변에서 서 있던 족장과 마을 사람들을 한번 둘러보며 말했다.

"무엇들 하는가, 뮤스가 시키는 대로 일할 생각은 안 하고? 어서 모이게나! 그리고 뮤스, 자세한 설명 좀 해보라고."

뮤스는 켈트가 자신을 크게 신임하자 의기양양해져 머리 속에 들어있는 자신의 생각들을 하나씩 풀어놓기 시작했다.

"헤헤, 이제는 절 완전히 믿는가 보네요? 우선 거중기라는 것은 도르래의 원리를 이용한 거예요. 여기서도 도르래를 이용하나요?"

"도르래라면 우물에서 물을 퍼 올릴 때 많이 쓴다. 그런데 그 도르래를 가지고 뭘 할 수 있다는 거냐?"

도르래가 있음을 확인한 뮤스는 주변에 모여든 드워프들을 향해 도르래에 대하여 설명했다.

"도르래라는 것은 방향을 바꾸는 작용 말고도 여러 가지 작용을 할 수가 있죠. 지금 필요한 것은 작은 힘으로 큰 힘을 낼 수 있는 복합도르래에요. 일단 복합도르래라는 것은 도르래 3개를 서로 결합하여 보통의 힘 10배를 낼 수가 있는 것이죠. 물론 크기만 맞는다면요. 그런 복합도르래를 2중, 3중으로 설치한다면 저 정도 크기의 운석은 여러분들 정도의 힘이면 끌어낼 수 있을 듯한데요?"

주변에서 뮤스의 말을 듣던 드워프들은 그의 믿기지 않는 말에 머리만 긁적이며 서 있었다. 이때 주의를 집중시키려는 듯이 켈트가 손뼉을 치며 입을 열었다.

"자자! 설명은 다들 들었겠지? 이해가 안 가더라도 그냥 시키는 대로 해보자고! 나도 뭐가 뭔지 모르겠지만 지금까지 뮤스가 시키는 대로 해서 손해 본 건 없으니까 믿어도 좋을 거야! 내 동굴이 무너지긴 했지만. 뮤스야, 설계도나 좀 그려다오."

은근히 자신의 동굴이 무너진 것을 입에 올리며 뮤스에게 더욱 성심껏 해주기를 바라는 켈트야말로 만만히 볼 수 있는 드워프가 아니었다.

"그 이야기는 왜 또 꺼내고 그래요. 남자는 지나간 일을 빨리 잊어야 좋은 겁니다! 그건 그렇고, 우선 여분의 철은 있겠죠? 저 정도 무게를 지탱하려면 나무로는 씨도 안 먹힐 것 같으니까요."

"뭐, 족장에게 말해서 있는 철을 다 모아야겠구나. 저 광산의 입구만 확보되면 얼마든지 철은 구할 수 있을 테니 말이야."

재료가 확보됐음을 확인한 뮤스는 설계도를 그리며 계속 얘기했다.

"일단 철로 저 운석 정도 되는 기둥을 세우고 제가 그려드리는 대로 복합도르래를 여러 개 만들어주세요. 그리고 여기는 안쪽으로 쇠사슬을 걸고 여기는 쇠사슬 위에 도르래를 걸치고, 여기는……."

뮤스의 설계도를 확인한 드워프들은 자신이 맡은 일을 처리하기 위해서 뿔뿔이 흩어졌다. 수많은 드워프들이 마을 곳곳에서 자신의 전문 분야답게 능수능란한 솜씨로 철을 녹이고, 주물을 뜨고 있었지만 역시 켈트는 연륜이 있는지라 직접 일을 할 수는 없었기에 크라이츠와 함께 뮤스에게 복합도르래에 대한 설명을 마저 듣고 있었다. 한참 동안 설명을 듣던 켈트는 머리가 번쩍 뜨이는지 무릎을 치며 말했다.

"오호라! 그런 것이었구나! 허허, 지금까지 수많은 도르래를 만들면서 이런 원리를 발견 못했다니 참 한심스럽구먼."

"헤헤, 원래 발견이라는 것이 인연이 닿지 않으면 힘든 것이잖아요. 한번 알면 엄청 편하기는 하지만."

켈트가 앎의 즐거움에 감탄사를 터뜨리고 있을 때 크라이츠는 옆에서 따분한지 연신 하품만 하고 있었다. 아무리 유희 중이라 하지만 자신의 일이 아니면 끼어들기 싫어하는 종족이 바로 드래곤이었는데, 이 모든 것이 그녀와는 별개의 일이기 때문이었다. 주변을 둘러보며 뭔가 흥미로운 일을 찾아보던 그녀의 눈에 애꿎은 전뇌거가 떡하니 자리 잡고 있었다. 알 수 없는 미소를 짓던 그녀는 은근한 목소리로 물었다.

"호호, 뮤스야. 혹시 저 전뇌거 나도 운전할 수 있을까?"

크라이츠의 물음에 켈트와의 대화를 잠시 미룬 뮤스는 불안한 눈빛으로 전뇌거와 크라이츠를 번갈아가며 바라보고 있었다.

"우려했던 바가……."

"응, 뭐라고? 뭘 우려해?"

"아, 아니에요. 아! 그렇지! 전뇌거는 제 뇌공력으로 움직이는 것이라서 뇌공력이 없으면 움직일 수가 없어요."

그녀의 성격을 뻔히 알게 된 뮤스는 그녀가 전뇌거를 몰아보겠다는 말에 잔뜩 긴장하며 임기응변으로 말을 둘러대기 시작했다. 하지만 크라이츠가 자신의 말에 풀 죽은 모습을 하자 너무나 불쌍해 보였다. 애초부터 철이 덜 들어 장난은 심했지만 그만큼 마음이 여린 뮤스였기에 다른 방법을 모색해 보기 시작했다.

"휴우, 할 수 없지. 혹시 이곳에서… 마나라고 말하셨나요?"

어떤 방도를 제시해 줄 듯한 뮤스의 말투에 크라이츠는 기대에 찬 표정을 보내며 대답했다.

"응, 마나란 것은 사람의 몸이나 이 세계를 구성하는 모든 곳에 존재하는 마력의 힘을 말하는 거야. 한데 왜?"

"그럼 제 몸에 들어 있는 뇌공력과 비슷한 거죠? 그걸 저장하는 방법 있어요?"

뮤스의 말을 대강 이해했는지 크라이츠는 손뼉을 쳤다.

"아하! 네가 가지고 있는 특수한 마나를 저장해서 저 전뇌거에다가 설치를 하면 되겠구나! 호호! 물론 저장하는 방법이 있지. 바로 마나구라고 하는 건데 수정에다 마나를 저장할 수 있단다!"

역시 수천 년 동안 살아온 드래곤이어서 그런지 이해가 빠른 크라이츠였다. 그도 당연한 것이 심심해서 읽은 책만 해도 수만 권은 될 터이니 그녀가 지닌 지식들만 해도 난다 긴다 하는 현자들이 울고 갈 정도였기 때문이다.

"그런데 누님은 마법을 쓰지 않겠다고 하셨잖아요? 그럼 마나구라는 걸 어떻게 만들죠?"

피식 웃은 그녀는 그의 말을 가로막으며 궁금증을 해소해 줬다.

"호호호, 말이야 바꾸라고 있는 거고 내가 애초에 말했잖아. 내가 필요할 때 아니면 마법을 쓰지 않는다고. 하지만 지금은 내가 필요할 때 아니니? 아잉, 이 누님의 소원도 못 들어줘?"

크라이츠의 어이없는 아양에 적응이 안 된 뮤스는 멍청해짐을 느껴야만 했다. 어디 조선에 있을 때 생각이나 해봤겠는가. 주작, 백호, 봉황과 함께 4대 영수 중 하나인 용이라는 존재가 자신의 앞에서 아양을 떨고 있는 것을 말이다. 이 일이 명나라에 알려진다면 뮤스는 바로 황제로 등극할 수 있음이 틀림없었다. 그녀의 행동에 뮤스는 손을 내저으며 말리기 시작했다.

"아, 알았어요! 도와드리면 될 것 아니에요! 제발 그 울렁거리는 목소리는 그만둬요!"

"호호호, 고마워. 다음에 도시에 나가면 맛있는 것들을 많이 사주마."

크라이츠가 전뇌거 운전을 배우는 사건. 뮤스는 훗날 단순한 연민으로 저지른 이 일이 큰 골칫거리로 다가올 것이라는 것을 꿈에도 모르고 있었다. 뮤스와의 대화를 끝낸 크라이츠는 휘파람을 불며 마나구의 재료가 되는 수정을 찾기 위해 사라졌다.

잠시 후 주변을 둘러보자 드워프들의 작업이 마침 거의 끝나가고 있었다. 오가고 있는 그들을 지켜보던 뮤스는 혀를 내둘렀다.

"와우! 정말 빠르네. 드워프들은 어떻게 짧은 다리로 저렇게 빨리 일을 할 수 있죠?"

"네 녀석이야말로 정말 눈치가 꽝이구나. 다리가 짧은 만큼 인간들 두 발자국 걸을 때 여섯 발자국 걷지 않느냐. 그래서 드워프들은 다리 긴 다른 종족과 같이 다니기를 꺼려하는 것이지. 같이 다니려면 발바닥에 땀나게 걸어야 하니까 말야. 특히 엘프들은 유난히 걸음이 빠르단다."

엘프라는 처음 듣는 단어에 머리를 긁적이며 물었다.

"엘프가 뭐죠?"

"아… 너는 모르겠구나. 숲 속에 사는 요정들을 말하는데, 우리 드
워프들과는 별로 좋은 관계가 아니란다. 방금 전에 말한 이유 때문이
기도 하고, 부족의 성향이 전혀 다르기도 하니까."

"정말 신기한 세상이군요."

켈트의 설명에 고개를 끄덕이던 뮤스는 작업을 하고 있는 마을의 드
워프들을 둘러보며 입을 열었다.

"이제 거의 끝나가는 것 같아요. 아까 설계도에 그려진 것과 같이
기초 준비 좀 지시해 주세요."

"그러자꾸나. 잠시만 기다려라."

뮤스와 함께 마을을 둘러보던 켈트는 마지막 준비를 위해서 드워프
들이 모여 있는 곳으로 자리를 옮겼다. 혼자 남은 뮤스는 자신의 오른
손을 바라보며 뇌공력을 조용히 끌어올렸다.

파직!

뇌공력을 얻은 후 시간이 날 때마다 공력을 손과 발로 끌어올리는
연습을 하는 뮤스였는데, 이질적인 뇌공력의 느낌에 익숙해지기 위해
이러한 방법을 택한 것이었다. 잠시 동안 이런 연습을 하던 뮤스의 귀
에 멀리서 켈트의 목소리가 들렸다.

"뮤스, 준비 다 됐어. 빨리 와봐!"

"나참, 뭐 좀 하려고 하면 불러대네. 네! 지금 가요!"

하던 일을 방해받아서인지 약간 짜증이 나기도 했지만 더 중요한 일
이었기에 체념을 하고 마을의 드워프들에게로 발걸음을 옮기기 시작했
다.

웅성… 웅성…….

드워프들이 모여 있는 광산의 운석 앞에는 거대한 두 개의 철기둥이 세워져 있었고, 뮤스의 설계대로 수많은 복합도르래가 3중으로 철 기둥 사이에 설치되어 있었다. 사람의 신경들처럼 세밀히 연결된 수많은 쇠사슬들과 운석을 친친 감고 있는 쇠사슬이 꽤나 견고해 보였는데 이 정도면 되었다고 느낀 뮤스는 고개를 끄덕이며 켈트에게 말했다.

"준비는 잘된 것 같아요. 이제 마을 드워프들에게 모두 쇠사슬을 잡게 해주세요. 나머지는 하늘의 뜻에 맡겨야죠 뭐. 이걸 떨어뜨린 것도 하늘이니."

"흠, 그러자꾸나."

켈트가 족장을 바라보며 손을 빙글빙글 돌리며 수신호를 하자 백여 명 정도 되는 마을의 드워프들이 각각의 쇠사슬을 허리에 묶고서 시작 신호가 떨어지기를 기다리고 있었다.

"자, 준비들 됐는가? 준비!"

준비 소리와 함께 드워프들의 눈에 힘이 들어갔고, 켈트는 드워프들이 잘 볼 수 있도록 힘차게 들어 올린 손을 아래로 떨어뜨렸다. 그와 동시에 준비하고 있던 드워프들은 모두 하나처럼 허리에 묶인 쇠사슬을 끌기 시작하였다.

"영차! 영차! 영차!"

수많은 드워프들의 이마에는 힘줄들이 솟아나며 얼굴이 붉어지기 시작했지만 아직까지 운석은 움직일 생각을 않고 있었다. 초조해진 켈트는 자신의 힘이라도 보태기 위해 비어 있는 쇠사슬을 허리에 묶으며 맥주 마시던 힘까지 짜내기 시작했다.

"영차! 영차! 영차!"

전대 족장이 거들자 다른 드워프들도 더욱 힘이 나는지 혼신의 힘을 끌어내기 시작했다. 그러자 전혀 움직이지 않을 것처럼 보이던 운석이 들썩이기 시작했다. 하지만 아직 힘이 많이 모자라는 듯했다. 그것을 바라보던 뮤스는 콧잔등을 살짝 닦아내며 툴툴거렸다.

"에휴~ 아무튼 내가 없으면 되는 일이 없다니까. 조금만 더 참으세요!"

들든 말든 상관없는 말을 외친 뮤스는 서둘러 옆에 세워져 있던 전뇌거의 운전석에 올라탔다. 전뇌거를 몰고 남은 쇠사슬로 달려간 뮤스는 옆에서 구령을 맞추던 드워프에게 소리쳤다.

"아저씨, 저기 남은 쇠사슬을 여기 묶어주세요!"

워낙 급박하게 말하는 뮤스에게 뭐라 말도 못한 드워프는 시키는 대로 쇠사슬을 전뇌거에 묶어주고 다 됐다는 표시를 했다. 전뇌거에 쇠사슬이 단단히 묶인 것을 확인한 뮤스는 운전대를 다시 고쳐 쥐었다.

"자… 이제 해보자고. 이 정도면 될 거야."

서서히 뇌공력을 전뇌거로 흘려보내자 전뇌거가 진동하기 시작했다.

끼기기긱!

하지만 전뇌거가 조금 나가는가 싶더니 쇠사슬이 팽팽해지자 바퀴가 헛돌기만 할 뿐 앞으로 나갈 생각은 하지 않고 있었다. 이에 여유롭던 태도는 사라지고 마음이 조급해지기 시작했다.

"이런, 제길! 바퀴의 마찰이 부족하잖아. 아! 그렇지! 마찰을 늘리기 위해서는 무거워야 해!"

주변을 둘러보자 한쪽에서 응원을 하고 있는 드워프 아이들을 발견할 수 있었다. 더 이상 머뭇거릴 시간이 없었기에 아이들에게 소리쳤다.

"얘들아! 빨리 이쪽으로 올라타! 시간이 없어!"

뮤스가 재촉하자 응원을 하던 드워프 아이들은 서로의 얼굴을 바라봤고, 엉겁결에 전뇌거 위로 올라탈 수밖에 없었다. 묵직한 기분이 들자 이만하면 됐다고 생각한 뮤스는 다시 한 번 운전대를 고쳐 쥐었다.

"헤헤, 이제 됐어. 자, 다시 간다, 운석 녀석아! 누가 이기나 해보자고!"

호기롭게 외친 뮤스가 전뇌거로 뇌공력을 흘려보내자 무게를 늘려 마찰력을 높인 것이 효과가 있었는지 전뇌거의 바퀴가 심하게 헛돌지 않고 조금씩 굴러가기 시작했다. 이제 됐다고 느낀 뮤스는 전뇌거로 흘리는 뇌공력의 양을 조금씩 늘려가기 시작했다.

"좋아! 이대로만 버텨라. 이제 완전 출력이다! 우아아아악!"

현재 이끌어낼 수 있는 뇌공력을 모두 발휘하기 시작하자 전뇌거는 눈에 띄게 앞으로 움직이는 것이었다.

구구궁.

뒤쪽에서 들려오는 굉음 소리에 고개를 돌려보니 고집스럽게 자리 잡고서 움직일 것 같지 않던 운석이 기적과도 같이 서서히 움직이기 시작하는 것이었다. 전뇌거 위에 타고서 응원을 하던 어린 드워프들은 그 모습을 보고 환호성을 지르기 시작했고, 약 십여 분쯤 끌어내었을 때는 광산의 입구가 완전히 드러나게 되었다.

"와아!! 만세!!"

운석을 끌어내던 수많은 드워프들이 기진 맥진하여 땅바닥에 주저앉았지만 감출 수 없는 기쁨으로 모두들 서로 끌어안으며 환호하고 있었다. 마을은 순식간에 축제 분위기에 휩싸였고 허리에서 쇠사슬을 풀어낸 켈트는 흥분을 감추지 못하며 뮤스에게로 뛰어왔다.

"뮤스, 성공했어! 해냈다고! 크하하하하! 넌 정말 대단한 녀석이야!"

"헤헤… 제가 대단한 걸 이제 알았나요."

힘없이 말을 하며 전뇌거에서 내리던 뮤스는 갑작스럽게 켈트의 품 안으로 쓰러져 버리고 말았다. 아직 몸에 익숙해지지도 않은 뇌공력을 무리해서 썼기 때문에 탈진해 버린 것이었지만 그것을 알지 못하는 켈트와 드워프들은 크게 당황해했다.

"뮤, 뮤스! 정신 차리라고! 뮤스!"

드워프들과 켈트가 어쩔 줄 몰라 하고 있을 때 어느새 돌아왔는지 크라이츠가 드워프들을 헤집으며 다가왔다. 그러던 그녀는 뮤스의 이마에 잠시 손을 대어보더니 안도의 한숨을 내쉬었다.

"난 또 무슨 일이라도 생겼나 했네. 이 녀석 탈진한 거예요. 아무래도 뇌공력이라는 것을 많이 써서 그런 것 같으니 걱정은 안 하셔도 돼요. 잠시 쉬면 깨어날 테니."

크라이츠의 말에 안심한 드워프들은 다시금 축제 분위기에 휩쓸리기 시작했다. 켈트는 족장과 어깨동무를 하며 외쳤다.

"무엇들 하는가! 잔치 준비를 하지 않고! 내가 장로가 되었을 때 이후로 가장 즐거운 날이 바로 오늘이야!"

켈트의 성화에 드워프 족장과 장로들도 웃으며 마을의 드워프들에게 잔치 준비를 시켰다.

"케르히트님의 말씀이 맞네. 이 귀한 손님들을 그냥 보낼 텐가? 어서들 서두르자고! 하하하!"

"껄껄, 족장은 내 마음을 너무 잘 안단 말이야. 내 오늘 맥주 한 드럼을 제자리에서 마시겠네!"

"케르히트님, 그 연세에 무리하시는 것이 아닙니까? 이렇게 좋은 날 송장 치우기는 싫으니 좀 참아주시죠."

"날 무시하는 겐가, 자네?"

켈트는 다시 웃음을 찾은 족장과 말장난을 하며 즐거움을 나누었고, 크라이츠는 자신의 손에 들려 있는 수정과 정신 잃은 뮤스를 바라보며 들뜬 표정을 짓고 있었다.

북적북적!

수많은 술잔들은 식당이 좁다 하고 나돌아다니고 있었다. 고기의 뼈다귀들은 이곳저곳에서 작은 산을 만들고 있었고, 여기저기를 돌아다니며 시원스런 웃음소리를 내는 드워프들과 한쪽에서는 이미 시체 놀이를 벌이고 있는 드워프들의 모습이 인상적인 밤이었다. 뮤스는 아직 기력을 회복하지 못했지만 정신을 차리자마자 주인공이 빠져서는 안 된다는 켈트의 말에 이끌려 이 정신없는 잔치에 휩쓸린 것이었다.

"이봐! 뮤스, 너도 한잔하라고! 오늘은 맘대로 놀고 마셔도 좋단 말이다. 하하! 이왕 이쪽 세계로 왔는데 이 정도는 즐겨야 하지 않겠어?"

켈트는 이미 거나하게 술에 취했는지 붉어진 얼굴을 하고 있었고, 이빨 사이에 낀 고기를 뮤스에게 자랑하듯 보이며 떠들어댔다. 하지만 피곤함을 못 이기고 꾸벅꾸벅 졸고 있던 뮤스는 켈트를 보며 한심하다는 듯 말했다.

"피곤해 죽겠는 사람 불러내는 것도 모자라 술까지 마시라고요? 취했으면 잠이나 잘 것이지 왜 저한테 취사예요?"

하지만 켈트는 뮤스의 말이 끝나기도 전에 원래 관심없었다는 듯이 다른 드워프들에게 휘적휘적 걸어가고 있었다. 말이야 당차게 했지만 다른 곳으로 걸어가는 켈트의 뒷모습을 보며 알 수 없는 허전함을 느끼는 뮤스였다. 아무리 흥겨운 축제 같은 분위기라 하더라도 결국은 남의 집 잔치가 아닌가. 여기까지 생각을 끝낸 뮤스는 시끌벅적한 식당에서 살며시 빠져나와 자기의 방으로 돌아왔다. 여전히 키에 맞지 않아 발이 삐죽 튀어나온 침대에 누운 그는 천장을 보며 혼잣말을 했다.

"오늘은 기분이 이상하군. 가을의 날씨라서 그런가? 그러고 보니 이곳에 온 지도 벌써 닷새나 됐군. 이것 역시 나의 운명 중 하나겠지만 어머님, 아버님이 그리워지는군. 아니, 조선에 있는 모든 것들이 벌써 그리워질 정도야. 헤휴~ 명신아, 이게 뭔 궁상이냐. 마음 굳게 먹자."

작은 방 안에서 나름대로 멋있다고 생각하며 혼잣말을 중얼거리고 있을 때 문밖에서 인기척이 났다.

"뮤스야, 좀 들어가도 되겠니?"

크라이츠의 목소리였다. 속으로 크라이츠가 또 무슨 말을 할지 걱정이 되긴 했지만, 은근히 누군가와 이야기를 나누고 싶었던 명신이었기에 대답은 자연스럽게 흘러나왔다.

"네, 들어와요, 누님."

얼굴을 문틈으로 들이민 크라이츠는 장난스러운 얼굴을 하고 있었다.

"호호, 혼자 있었구나. 음? 얼굴을 보니 너무 안돼 보이는데? 혹시… 짝사랑하는 드워프 아가씨라도 생긴 거냐?"

"누, 누님, 무슨 말을 그렇게 섬뜩하게 해요!"

벌써부터 괜히 크라이츠를 들어오게 했다는 후회가 뮤스의 얼굴에 물씬 풍겼다. 그런 뮤스와는 상관없이 방 안으로 들어온 크라이츠는 팔짱을 끼며 물었다.

"그렇다면 너, 이쪽 세계에 아직 적응이 안 돼서 그렇구나? 아니, 그것보단 혼자라는 생각에 걱정스러운 것 같기도 한데? 그렇지 않니?"

웬일인지 크라이츠가 정상적으로 나오자 적응이 잘 안 됐지만, 어쩌면 그녀와 이야기가 될지도 모르겠다는 기대감에 솔직해지기로 했다.

"네. 사실 누님 말이 맞아요. 어떻게 해야 할지 모르겠어요. 매일 꾸중만 하시던 아버님이셨는데 지금은 그리워서 눈물이 날 정도이니 말이죠. 저 아직 많이 어리죠?"

"얘! 3,000살이나 먹은 내 앞에서 네가 어린 것은 당연한 것이 아니니? 켈트 씨도 내 앞에선 아직 애야!"

감상적이 되어버린 뮤스의 기분에 찬물을 끼얹는 크라이츠의 말이었다. 하지만 농담이었다는 듯이 손을 한번 내저으며 그녀의 이야기는 계속되었다.

"뮤스야, 내 이야기 좀 들어보지 않을래?"

"네? 누님 이야기요? 어떤?"

"음… 이런 질문이 어떻게 들릴진 모르겠는데, 네가 보기에는 내가 아무런 걱정 없이 편하게만 사는 것처럼 느껴지니?"

크라이츠의 느닷없는 질문에 잠시 의아한 뮤스였지만 계속되는 이야기에 편안한 마음으로 귀를 기울였다.

"인간이나 다른 종족들은 그렇게 생각들 하더구나. 드래곤이라는 종족들은 최강의 종족이고, 지고해서 외로움도 모르며, 이기적이라고. 하지만 말이다. 어느 종족들이나 자신들이 짊어져야만 하는 운명이라는 것이 있단다. 인간들이 길어봐야 100년이라는 짧은 시간 동안 아웅다웅하며 살아가는 것이나 드워프들이 일생 동안 자신들의 공예품에 목숨을 거는 것처럼 말이지. 드래곤들 역시 그와 다르지 않단다. 우리 드래곤들은 세계에 있는 마나의 균형을 위해서 존재하는 종족들이란다. 때문에 엄청난 양의 마나를 태어남과 동시에 지니게 되지. 이런 점이 다른 종족들에게 부러움이 될진 몰라도 우리 드래곤들에게는 짊어져야만 하는 운명이기에 기나긴 세월 동안 죽지도 못하고 많지도 않은 종족의 수로 쓸쓸히 홀로 살아가게 되는 것이지."

잠시 이야기를 멈추며 웃어 보인 그녀는 뮤스의 흘러내린 머리칼을 귀 뒤로 넘겨주었다.

"외로움도 모르며 이기적인 존재라고? 호호, 잘못된 이야기야. 오랜 시간을 혼자 살아가기에 쓸쓸함이 너무나 힘들어 아예 잊고 사는 것이지."

크라이츠의 이야기를 듣고 있던 뮤스의 눈가에는 작은 눈물방울이 맺히기 시작했다. 아직은 부모의 품을 떠나기에는 너무나 어린 나이였는지 크라이츠의 이야기에 감정이 격해진 것이었다.

"울지 말거라. 기껏해야 너도 100여 년밖에 못 사는 인간일진대 이렇게 지난 일들에 젖어 있기에는 너무 아까운 시간 아니겠니?"

"훌쩍… 헤헤, 네!"

드래곤이 이기적이기만 하다고 생각하는 인간들이나 종족들이 이 이야기를 듣는다면 자신의 귀를 의심했을 것이다. 드래곤에게 진정 따뜻한 감정이 있었던 것일까? 남들의 생각이야 어떻든 자신의 마음을 이렇게 보듬어준 크라이츠가 너무나 고마운 뮤스였다. 눈물을 옷소매로 재빨리 닦아내고선 이제 괜찮다는 듯이 웃어 보이며 말했다.

"누님, 누님이 용이라고는 도저히 믿겨지지가 않아요. 마치 친누님 같아요. 사실 친누님은 없지만 만약 있었으면 누님 같았을 거예요.

헤헤."

"호호, 그렇니? 아참! 내 정신 좀 봐. 그건 그렇고, 뮤스."

"네? 왜요, 누님?"

"아까 말하던 전뇌거 말이야. 내가 수정구를 구해왔거든? 이거 지금
하면 안 될까?"

역시 뮤스를 찾아온 이유는 이거였던가! 배신당한 듯한 느낌을 받은
그였지만 자신의 눈앞에서 웃고 있는 크라이츠를 미워할 수는 없었다.

"쩝… 알았어요. 지금 하죠. 전 어떻게 하면 돼요?"

"호호, 고마워! 간단하단다. 그냥 침대에 누워서 편안하게 있으면
돼."

"그거면 되는 거예요?"

크라이츠의 재촉에 짧기만 한 침대에 몸을 다시 누이고 있었는데,
우울함이 풀어진 후 홀가분한 마음으로 안락한 침대에 누워서인지 졸
음이 쏟아지기 시작했다. 그리고 이제 당분간은 지워야 할 아버님, 어
머님에 대한 추억이 서서히 뮤스의 머리 속에서 희미해지고 있었다.

'그래! 이제 여기서의 인생에 열중하자. 장영실 아저씨가 오시면 돌
아갈 수도 있겠지.'

7장 여정(1)

촛불 하나가 어둠을 밝혀주는 방 안. 뮤스는 아주 짧은 침대의 끝으로 다리를 내밀며 잠을 자고 있었다. 그렇지만 그것이 별 대수가 되지는 않는지 편안한 얼굴을 하고 있었다. 잠시 볼이 간지러움을 느낀 뮤스는 손을 이불 밖으로 꺼내어 볼을 긁었는데 잠을 푹 자서인지 자연스럽게 눈을 뜰 수 있었다.

부시럭.

"으음? 음? 내가 언제 잠들었지? 크라이츠 누님은?"

잠에서 깨어난 뮤스는 주변을 둘러보았다. 역시나 빛이 없는 동굴에 촛불이 흐늘거리며 켜져 있었다. 크라이츠가 눈에 안 띄는 것을 제외하면 잠들기 전의 방 안 모습과 한 점 다를 것이 없었다. 그러나 웬일인지 어제와 같은 허전함은 온데간데없었고 가뿐한 마음이 들어 그를 즐겁게 하였다.

"마나구를 만드는 도중에 잠들어 버린 모양이네. 그나저나 뇌공력은 벌써 다 회복이 되었나? 아니, 전보다 더 늘어난 것 같잖아?"

자신의 몸에 흘러 다니는 뇌공력의 양을 느끼며 놀라던 뮤스는 평소처럼 양손으로 뇌공력을 집중해 보았다. 그러자 전날의 그것은 아무것도 아니라는 듯이 더욱 강력한 스파크가 사방으로 튀기 시작했다. 이유인즉, 완전히 탈진할 정도의 뇌공력을 소비하게 되자 몸속을 흘러 다니던 뇌공력은 뮤스 자신도 모르는 사이 비어버린 단전을 메우기 위해 빠른 속도로 움직이기 시작했고, 그 속도와 힘을 이기지 못하고 팽창되어 버린 단전은 더욱 많은 양의 뇌공력을 받아들일 수 있었던 것이다.

"어라라? 이거 다른 사람 감전시켜 죽이기 딱 좋겠구나. 완전히 조절될 때까지 조심해야겠어."

뇌공력 측정을 끝낸 뮤스는 몸을 일으켜 문을 열고 밖으로 나왔다. 동굴 밖으로 나오니 처음 이 세계에 왔을 때 느낀 것처럼 이질적인 태양이 눈을 부시게 하고 있었다. 눈살을 찌푸리다가 옆을 바라보니 십여 명의 드워프들이 턱이 빠진 듯하게 입을 벌리고 있었고, 그들의 눈은 넋을 잃은 듯이 한곳을 향해 고정되어 있었다. 어째 불길한 예감이 뮤스의 등줄기를 타고 내려가기 시작했다.

우르르르르!

소리가 나는 쪽으로 급히 고개를 돌려보니 먼지를 일으키며 마을 이곳저곳을 누비며 다니는 물체를 똑똑히 볼 수 있었다.

"캬악! 이거 어떻게 멈추는 거야!"

바로 미친 망아지 날뛰듯이 전뇌거를 몰고 있는 크라이츠의 모습이 그것이었다. 크라이츠가 전뇌거를 운전하는지 전뇌거가 크라이츠를 운전하는지 모를 정도였고, 그녀의 얼굴은 창백하다고 할 수 있을 정도로 변해 있었다. 뮤스가 서 있는 곳을 겨우 본 크라이츠는 비명을 질렀다.

"살려줘, 뮤스!"

"에휴~ 아무래도 용 아닌가 벼."

골이 지끈지끈 쑤시는지 머리에 손을 얹고 고개를 절레절레 저어보는 뮤스였다. 전뇌거가 크라이츠를 몰기(?) 시작한 지 한참이 지나서야 수백 년 정도 살았을 만한 아름드리 나무에 전뇌거가 부딪쳐 박살나면서 이 사건은 일단락 짓게 되었다.

콰과과광!

부서진 전뇌거의 파편 사이로 빼꼼이 고개를 내미는 크라이츠의 모습은 마치 아궁이에 들어갔다 나온 고양이와 흡사했는데, 머리가 제멋대로 헝클어져 얼굴의 반을 가리고 있었다. 땅을 짚고 일어난 그녀는 고개를 좌우로 움직여 보며 말했다.

"에구구, 목이야. 삐끗했나 봐. 나이 먹으면 허리 조심해야 하는데."

최초의 교통사고를 내고서 엄살떠는 크라이츠의 모습에 뮤스는 할 말이 떠오르지 않고 있었다. 전뇌거의 파편을 하나 주워 올린 뮤스는 다시 그것을 내던지며 그녀를 바라보았다.

"에휴… 누님, 이거 다시 만들어야겠군요."

요즘 며칠 사이에 자신의 한숨이 부쩍 많아졌다고 느끼며 왠지 자신만이라도 철이 들어야겠다고 생각하는 중이었다. 얼굴을 가린 머리카락을 대충 정리한 크라이츠는 실실 웃으며 뮤스에게 다가왔다.

"호호, 뮤스야, 미안해. 다음번엔 꼭 너한테 배우고서 탈게. 응?"

"헉! 또 타시려고요?"

뮤스가 크라이츠의 말에 깜짝 놀라고 있을 때 숙취 때문에 잠을 못 자서 그런지 유난히 부스스한 모습을 한 켈트가 동굴에서 기어나오고 있었다. 그 역시 현장을 목격했는지 의아한 표정으로 물었다.

"어라? 크라이츠님, 이 모습은 웬 것입니까? 이크! 전뇌거는 아주 떡이 됐네요?"

켈트의 말에 부끄러운 척하며 빙글빙글 웃고 있는 크라이츠. 켈트와 크라이츠의 사이에서 멀어진 뮤스는 전뇌거의 조각들이 널려 있는 곳으로 걸어가 뭔가를 열심히 찾고 있었다. 한참을 뒤적거린 뮤스는 안도한 얼굴로 켈트를 바라보며 말했다.

"휴우, 이 자력통이 멀쩡해서 다행이네. 다음에 또 이러시면 미아가 되는 한이 있더라도 같이 안 다닐 거예요!"

뮤스의 협박에도 불구하고 크라이츠는 여유로운 모습이었다.

"그럴 수는 없을걸? 나랑 약속하지 않았니? 너의 금제를 풀어주면 나와 함께 다니기로 말이야. 드래곤 앞에서 감히 사기를 치는 건 아니겠지?"

"이럴 때만 드래곤이면 다예요?!"

이때 둘을 중재하려는 듯이 켈트가 하품을 하며 나섰다.

"하암~ 걱정 말거라. 이제는 철도 충분하겠다 이번 기회에 아예 철제로 튼튼히 만들자꾸나."

켈트의 말에 크라이츠는 무슨 생각을 하는지 새어 나오는 웃음을 참지 못하고 킥킥거리고 있었다.

어느덧 해는 중천을 지나 고개를 약간 기울이고 있었다. 아직 초가을인지 날씨가 그리 시원하지는 않았지만 덥다고 느껴지지도 않을 적당한 온도였다. 드워프들의 도움으로 철제 전뇌거를 완성한 뮤스는 마을 뒤쪽의 공터에서 크라이츠의 운전 강습에 열을 올리고 있었다.

부우웅! 끼익!

"누님! 여기서 이렇게 갑자기 멈추면 어떻게 해요?!"

시대를 넘어서서 운전 강습은 사람의 인내를 넘어선 일인 듯했다. 뮤스는 마치 마누라 운전 강습을 시키듯이 언성을 높였고, 크라이츠는 그의 잔소리가 지긋지긋하다는 표정을 지었다.

"알았어! 잘하면 되잖아? 내가 이런 걸 언제 해봤어야 알지. 확 다 부숴 버릴까 보다!"

"헉! 아, 알았어요… 화 안 낼게요……."

눈앞의 존재가 아름다운 여성만이 아닌 드래곤임을 깨닫자 자신의 흥분을 가라앉히고 다시 사근사근한 목소리로 말했다.

"다시 출발해 봐요. 이렇게 운전하다가는 마을을 초토화시키겠어요. 운전은 세밀한 기술이 그 생명이라고요."

"흥! 그럼 큰길로만 다니면 될 것 아냐? 그럼 이렇게 조심조심 운전하지 않아도 될 텐데……."

말도 안 되는 소리를 투덜거리던 그녀는 무릎을 치며 말했다.

"맞다! 뮤스야, 우리 내친김에 출발하자! 응?"

화들짝 놀란 뮤스는 어떻게 해서든 말려야겠다는 생각에 말을 둘러대기 시작했다.

"지, 지금요? 아무런 준비도 안 했는데? 게다가 켈트 아저씨는 어제의 숙취로 정신도 없단 말이에요!"

"호호, 켈트 씨야 내 말 한마디만 하면 지옥이라도 갈 건데 뭐가 문제야? 아니지. 지옥에 가기 싫어서 말을 들으려나? 아무튼 지금 당장 떠나자!"

"그, 그럼 켈트 아저씨랑 이야기해 보구요. 그래도 아저씨가 지금 가려고 할까요? 20년 만에 돌아온 마을인데… 어쨌든 마을로 돌아가 보고 정하자구요. 자, 이번엔 정말 잘해봐요."

자신의 말이 씨도 안 먹힘을 느끼자 켈트의 현명한 선택을 기대할 수밖에 없었다.

"호호, 알았어. 걱정 마!"

끼기기기긱! 부웅!

급한 성격 때문인지 크라이츠는 급출발을 유난히 즐겼다. 이슬아슬하게 마을의 중요 시설들을 피해 동굴 입구에 도착하자 짐을 바리바리 싸 들고 있는 켈트의 모습이 보였는데, 그의 행동을 대강 짐작한 뮤스는 배신감을 느껴야만 했다. 무슨 짐이 그리도 많은지 작지만 탄탄한 그의 몸이 짐 꾸러미에 가려져서 보이지도 않을 정도였다.

"아저씨, 이것들은 다 뭐예요? 설마 지금 출발하려는 것은 아니죠?"

"딸꾹! 껄껄, 왜 아니겠냐. 이제 슬슬 출발해야지! 이왕 길을 떠날 것이면 서두르는 것이 좋단 말야. 크크크."

비틀거리며 웃는 그의 입에서는 술 냄새가 풍겨오고 있었다.

"나참, 또 술 마셨어요?"

"역시 숙취는 술로 해장하는 것이 최고라고! 에구에구! 그런데 또 취하는 것 같다. 딸꾹!"

"저희 조선에는 이런 말이 있죠. '해장술 마시고 취한 놈은 지 어미, 아비도 모른다' 라는. 그리고 짐들은 왜 이렇게 많아요? 이사 가요?"

"푸헤헤, 딸꾹! 이거 말이냐? 나의 도구들이 들어 있는 짐이지. 아무래도 그 전뇌거 덕분에 힘들이지 않고도 길을 떠날 수 있을 것 같은데 내가 이것들을 두고 간다는 것이 말이 되느냐?"

뮤스 뒤의 운전석에 앉아 있던 크라이츠는 켈트의 말에 동의한다는 듯 신이 난 말투로 떠들기 시작했다.

"켈트 씨가 뭘 아시네요. 자, 뮤스, 들었지? 네가 걱정하던 켈트 씨도 나와 같은 생각이니까 너도 짐을 싸거라. 아니지, 네가 무슨 짐이 있었니? 필요한 것들은 도시에 나가서 사도록 하고 일단 떠나자. 켈트 씨, 짐이나 전뇌거에 올려요. 이번엔 제가 뮤스에게서 배운 솜씨로 전뇌거를 몰아볼 테니까요! 호호호!"

크라이츠의 말에 켈트는 술 기운이 다 달아나는지 두 눈을 부릅뜨며 말을 더듬거렸다.

"크, 크라이츠님께서 손수 전뇌거를 운전하신다고요? 허허, 설마 농담이시겠죠?"

켈트는 아침에 크라이츠가 운전하던 전뇌거와 충돌하여 편히 누워(?) 쉬고 있는 아름드리 나무를 바라보며 식은땀을 흘려야만 했었다.

"에이! 속으로는 은근히 기대하고 있으면서 그렇게 시치미 떼지 마세요! 아침보다 더 짜릿할 테니까 기대 듬뿍 하고 있으세요!"

"누, 누님!"

울상을 짓던 켈트는 어쩔 수 없이 전뇌거에 올라타고 있었다. 켈트의 짐이 전뇌거의 뒷부분에 실리는 것을 보고 있던 크라이츠가 잔뜩 부푼 표정으로 운전대를 꼬나 쥐었다. 그런 그녀를 바라보던 뮤스는 입에 침이 마르는 것을 느꼈다.

"저… 켈트 아저씨, 마을 사람들에게 인사라도……."

조금이나마 목숨을 연명하기 위하여 나름대로 잔머리를 굴려본 뮤스였지만 막 나가는 크라이츠에게는 어림 반 푼 없는 행동이었다.

"잔소리 말고! 자아, 출발합니다!"

끼기기기긱! 부웅!

바퀴가 헛도는 소리가 나며 켈트와 뮤스의 불안함을 증명이라도 하려는 듯 요란한 출발이 이루어졌는데, 오전 중에 부서진 전뇌거보다 더욱 출력 좋은 동력원을 만든 것이 뮤스의 실수라면 실수였다. 마을에서 출발한 전뇌거는 자기의 성능을 자랑하려는 듯이 엄청난 속도로 질주를 시작했다. 수많은 바위산들이 보이지도 않을 정도로 빠르게 일행의 옆을 지나쳤고, 바람에 눈조차 뜨기 힘든 상황이었다.

"우아아아악! 누님! 속도 좀 줄여요!"

"우… 우웨에에엑!"

역시나 드워프들은 무엇을 타고 달리는 일에 약해서인지 켈트는 뱃속의 내용물들을 게워내기에 바빴고, 차마 그런 모습을 보고도 어떠한 위로조차 해주지 못하는 뮤스였다.

"호호호! 이제 마을도 없으니 신나게 달릴 수 있겠구나!"

광기에 휩싸인 크라이츠의 모습에서 일행은 전율을 느껴야만 했다.

깊고 깊은 산속이었다. 옹달샘으로 새벽에 토끼가 눈 비비고 일어나 세수하러 왔다가 물만 먹고 갈 그러한 깊은 산속. 주변 풍경과는 전혀 이질적인 굉음과 함께 빠른 속도로 지나치는 물체가 있었으니, 바로 뮤스 일행이었다.

구구구구궁!

"오호호호호! 이 산 내음 정말 좋지 않니?"

이미 진이 다 빠졌는지 크라이츠의 물음에 대답할 힘도 없는 일행이었다. 불과 세 시간 만에 얼마나 긴 거리를 달려왔는지 알 수 없었지만 돌산이 마지막으로 눈에 띈 것이 두 시간 전이었던 것 같았다. 라이부크의 유명한 돌산이었던 멜 산은 높이는 그다지 높지 않았지만 그 규모로 더욱 유명했다. 말을 타고 하루를 꼬박 달려야 도착할 수 있는 거리를 불과 한 시간 만에 주파하는 기록을 자신들도 모르는 사이에 수립한 뮤스와 일행들이었다. 떨어질까 염려되어 난간을 꼭 붙잡고 있던 뮤스가 두 눈에 광기를 흘리며 운전을 즐기고 있는 크라이츠에게 조심스럽게 물었다.

"크라이츠 누님, 우리 지금 어디로 가고 있는 거예요?"

"뭐라고? 안 들려!"

그녀가 되묻자 더욱 큰 소리로 고함을 질렀다.

"우리가 지금 어디 가고 있는 거냐고요!"

그제야 그의 물음이 들리는지 고개를 끄덕이며 대답했다.

"아! 가장 가까운 도시인 투트가르로 가고 있어! 북쪽으로 달리고 있단다!"

원하는 대답을 들은 뮤스는 혼자만의 상념에 빠져들고 있었다.

'투트가르? 누님께 설명을 듣기는 했지만, 아무래도 처음 가보는 곳이니 설레는군. 그나저나 이곳의 도시들은 어떻게 생겼을지 궁금한걸?'

하지만 그의 상념은 그리 오래가지 못하였다.

끼익!

크라이츠의 갑작스런 급정거에 상념에 빠져 있던 뮤스는 정신을 차리며 깜짝 놀랐고, 켈트 역시 이런 상황에 미리 준비를 못했는지 관성의 법칙을 몸소 실천해 보이며 정면을 향해 몸을 날리고 있었다.

"으아악! 드워프 살려!"

쿵.

약 10멜리 정도 날아가서야 땅바닥의 마찰력을 사용해 관성력을 없앤 켈트가 몸을 일으키자 그가 죽지 않았음에 안심한 뮤스는 크라이츠를 바라보았다. 왜냐고 묻기 위해 입을 벌리려고 하는 사이에 크라이츠의 입에서는 먼저 대답이 흘러나오고 있었다.

"저쪽에 마차가 서 있는걸? 저 마차도 우리들처럼 투트가르로 가는 모양이야. 그런데 무슨 일이지?"

그녀의 말을 들은 뮤스가 고개를 돌려보니 마차는 평민들이 타기에는 약간 호사스런 모습을 하고 있었는데, 솜씨 좋은 장인이 만들기라도 했는지 목재들은 빈틈없이 맞물려 견고해 보였고, 외장은 빛나는 금속으로 정교하게 꾸며져 있었다. 그 주변에는 몇 명의 호위병으로 보이는 듯한 사람들이 자신의 자리를 지켰고, 마부처럼 보이는 자는 안절부절못하는 모습이었다. 그곳을 지켜보던 뮤스는 짐짓 심각한 표정을 지으며 전뇌거에서 내렸다.

"흠, 무슨 일이지?"

조금이나마 크라이츠가 운전하는 전뇌거에 타고 있기 싫었던 뮤스는 절호의 기회라 생각하고 전뇌거에서 내려 멈춰 서 있는 마차로 걸어갔다. 또 한편으로는 낯선 세계에서 누군가와의 만남이 처음은 아니었으나 켈트, 그리고 크라이츠와 같이 이 종족과의 만남이 아닌 인간과의 만남이라는 점에서 지금까지와는 사뭇 다른 설레임을 느끼고 있었다.

마차의 일행들 역시 뮤스의 다가옴을 느꼈는지 약간의 경계하는 자세를 취하고 있었다.

"누구냐!"

그들의 목소리에 뮤스는 고개를 살짝 숙이며 인사를 건넸다.

"헤헤, 안녕하신지요. 지금 저희는 여행 중인데 무슨 일이라도 있습니까?"

자신들에게 말을 걸어오는 존재를 확인하던 이들은 그가 무기를 가지지 않음에 안심했는지 허리에 매달려 있는 칼의 손잡이에서 손을 떼며 경계를 푸는 듯했다. 하지만 뮤스의 지저분함에 약간 인상을 쓰는 듯했다. 그도 그럴 만한 것이 집에서 나온 후로 근 일주일 동안 옷을 갈아입기는커녕 물에 손을 대본 적도 없었던 뮤스였기에 그들의 반응은 당연한 것이었다.

일행의 인솔자인 듯한 중년의 검사가 뮤스에게 다가오며 뮤스의 질문에 대답을 해주었다. 그 검사는 상당한 수련을 했는지 무장된 갑옷 사이로 얼핏 보이는 근육들이 단단함을 자랑했지만 전투형의 무식한 몸매와는 다르게 사람 좋은 인상을 가지고 있었다.

"음? 여행자라고 했나?"

듣기 좋은 중저음의 목소리로 말을 걸어오는 중년의 검사는 뮤스의 뒤로 보이는 크라이츠와 아직도 땅에 주저앉아 궁시렁거리고 있는 켈트를 훑어보곤 고개를 끄덕였다. 이어 전뇌거에 눈이 닿은 그는 뭔가 괴상하다는 듯한 표정을 지었지만, 곧 정색을 하며 내색을 하지는 않았다.

"자네 일행들도 투트가르로 가는 길인가?"

"네, 저희도 투트가르로 가는 길이에요. 그러는 도중에 무슨 일인가 해서요."

"아, 그렇군. 하긴 이 길이 라이부크에서 투트가르로 가는 가장 빠른 길이니까. 우리 역시 투트가르로 가는 도중이었지만 앞에 커다란 바윗덩어리가 가는 길을 막고 있어서 이렇게 지체할 수밖에 없게 돼버렸지. 아무래도 저쪽 언덕이 붕괴되면서 굴러 떨어진 것 같더군. 그런데 그것을 치우기에는 우리의 인원으로는 어림도 없어 보여 이 길을 지나가는 사람들을 모을 참이었다네."

중년의 검사가 손짓을 하며 가리킨 언덕을 바라보자 과연 그의 추측이 옳았던지 깊게 패인 누런 흙이 언덕을 따라 모습을 드러내고 있었고, 길을 가로막고 있는 바위까지 흘러내린 토사들이 길까지 이어졌다.

"아, 그렇군요."

뮤스가 중년의 검사와 이야기하는 틈에 땅바닥에서 몸을 일으킨 켈트는 욕지거리를 내뱉으며 뮤스에게로 걸어왔다.

"이런, 제길! 도대체 크라이츠님을 어떻게 교육시켰기에 내가 이런 꼴을 당해야 하냐고! 앙?"

켈트가 불만이 가득 담긴 목소리로 따지자 뮤스는 어깨를 으쓱하며 말했다.

"크라이츠 누님이 제 말을 꼬박꼬박 들을 리가 만무하잖아요. 이건 제 잘못이 아니라고요."

"헤휴~ 그렇지. 그건 그렇고, 이쪽은 누구지?"

이제야 중년 검사의 존재를 알았다는 듯한 켈트의 질문에 기사는 손을 방어하는 보호구인 건틀렛을 벗으며 악수를 청했다.

"안녕하십니까? 투트가르의 수비대장 직을 맡고 있는 페릭스 알드린이라고 합니다. 보아하니 드워프이신 것 같군요."

자신을 페릭스 알드린이라 소개한 중년 검사의 손을 잡으며 켈트 역시 호탕한 목소리로 말했다.

"허허, 그렇군. 투트가르의 수비대장이라면 꽤나 실력이 좋겠는걸?

나는 케르히트라고 한다네. 친구들은 그냥 켈트라고 부르지. 이 아이는 뮤스, 그리고 저기 이상한 수레에 타고 계신 분은 크라이츠님이시라네."

켈트가 크라이츠의 소개를 대신 했지만 더 이상 전뇌거를 운전하지 못하고 있는 것에 심술이 났는지 크라이츠는 자신을 바라보는 페릭스를 향해 건성으로 인사를 할 뿐이었다. 하지만 그녀의 기분과는 별개로 페릭스 일행이 멈추어 있는 것에 감사하고 있는 뮤스와 켈트였다. 마차를 한번 훑어보던 켈트가 물었다.

"그건 그렇고, 수비대장이라는 사람이 직접 마차를 인솔해 간다면 저 마차 안에 상당히 중요한 인물이나 물건이 있겠구먼?"

켈트의 얼렁뚱땅하지만 뼈가 있는 말에 페릭스가 흠칫했지만 그다지 큰 비밀은 아닌지 애써 감추려는 기세는 아니었다.

"그다지 비밀스러운 것은 아닙니다. 마차에는 투트가르의 영주로 계시는 클래프 후작님의 영애이신 율리아나 아가씨께서 타고 계십니다. 지금 아가씨를 모시고 투트가르로 가는 중일 뿐입니다."

"흠, 후작님의 영애라… 그렇다면 전혀 이상한 것이 아니지. 그런데 무슨 일로 여기서 지체하고 있었는가?"

"방금 뮤스 군에게 말했듯이 길을 큰 바윗덩어리가 막고 있습니다. 그래서 지나가는 여행객들에게 협조를 구해서 길을 확보하기 위해 잠시 지체하고 있었던 것이죠. 그런데 웬일인지 이 길을 지나가는 여행객들이 평소보다 없지 뭡니까."

이들의 대화가 이어지자 심심함을 느낀 뮤스는 마차 앞쪽으로 걸음을 옮겼다. 마차는 조선의 것과는 전혀 다른 모습을 하고 있었다. 얼핏 보면 화려하지 않았지만 자세하게 뜯어본다면 정교한 문양들과 세밀하게 박혀 있는 보석들을 볼 수 있었는데, 평범한 마차가 아님을 보여주고 있었다.

"흠, 후작이라는 것은 지위가 높은 건가? 하긴, 나 역시 조선에 있을 때는 이런 마차가 부럽지 않았지."

혼자 중얼거리던 뮤스는 그다지 대수롭지 않게 여기며 마차 앞을 가로막고 있는 바윗덩어리로 다가갔다. 바윗덩어리의 높이는 어른의 키보다 약간 더 커 마차 두 대가 자유롭게 왔다 갔다 할 수 있는 길을 꽉 채우고 있었다. 과연 여기 있는 사람의 힘만으로는 꿈쩍도 안 할 만했다. 바위를 만져 보던 뮤스는 켈트와 페릭스가 바위를 살펴보기 위해 다가옴을 느꼈는지 뒤를 돌아보며 말했다.

"흠, 화강암이군. 깨버리면 되겠는걸? 켈트 아저씨, 이 바위 그냥 박살 내버리죠?"

뮤스가 말하는 것을 들은 켈트와 페릭스는 서로 다른 모습을 하고 있었는데, 페릭스는 어리둥절한 얼굴이었고 켈트는 고개를 끄덕이고 있었다. 뮤스가 하는 양을 바라보고 있던 켈트가 페릭스에게 웃으며 말했다.

"저 녀석, 또 뭔가 꿍꿍이가 있는 모양인가 보군."

뮤스와 그를 번갈아 보던 페릭스는 고개를 갸웃거리며 물었다.

"그렇다면 혹시 뮤스 군이 고위급의 마법사라도 된다는 말씀입니까? 바위를 깨기 위해서는 그 방법뿐인 것 같습니다만… 저희도 마법사가 있긴 있지만 저 정도의 바위를 깨기에는 무리가 있어서 말입니다."

고개를 가로저으며 웃던 켈트는 턱으로 뮤스를 가리켰다.

"허허, 저 녀석이 마법사보다 더 신기한 녀석이니 기대해도 좋을걸세."

"네? 그게 무슨……?"

"두고 보면 알게 될 걸세."

페릭스는 아리송한 말만을 한 채 뮤스에게로 걸어가는 켈트를 보며 그가 한 말을 이해하기 위해 안간힘을 썼지만 이내 포기했고, 켈트의 말대로 두고 보기로 했는지 켈트의 뒤를 따라 뮤스에게 다가갔다.

"켈트 아저씨, 이 정도 크기면 충분히 깰 수 있을 것 같아요. 그리고 여기 있는 인원이면 금방 끝날 것 같은데요?"

팔짱을 끼고 바위를 바라보던 켈트가 물었다.

"우린 그럼 뭘 해야 하지?"

"페릭스 아저씨와 함께 이 바위를 가열시켜 주세요. 그리고 차가운 물이 있어야 하는데 어디서 구하죠?"

켈트와의 대화를 듣고 있던 페릭스가 나서며 걱정 말라는 듯이 말했다.

"물이라면 우리 쪽의 마법사가 어떻게 해줄 수 있을 듯한데."

"아, 그래요? 그럼 당장 일을 시작하도록 하죠. 마법사에게도 미리 말 좀 해주시고요."

"바위를 불에 달구란 말이지? 그건 그렇게 어렵지 않지만……."

뭔가 궁금한 것이 많은지 이것저것 물어보려 한 페릭스였지만 켈트가 그의 말을 간단히 잘라 버렸다.

"말이 더 많아봤자 시간만 더 지체되는 거 아니겠나? 그냥 뮤스가 하라는 대로 한번 해보자고. 자, 나도 거들겠네."

"아, 네……."

명색이 드워프인 켈트였기에 그의 말을 믿기로 한 페릭스는 궁금증을 접고 일행에게로 돌아가 자신의 수하들에게 바위를 달구게 하였다.

벌써 해가 지려는지 하늘은 서서히 어둠을 뿜어내고 있었다. 원래 산에서의 밤은 빨리 찾아오는 법이다. 한참을 분주히 움직인 켈트와 페릭스, 그리고 그의 수하들은 모든 준비를 마쳤다. 바위가 한참을 달 궈지자 옆에서 빈둥빈둥 일의 진행을 지켜보고 있던 뮤스가 페릭스에 게 다가가 말했다.

"페릭스 아저씨, 이제 다 달궈진 것 같아요. 이제 마법사에게 물을 저 위에 끼얹게 하세요."

"저 바위에다가 말이냐? 하라는 대로 해보마. 이봐, 레이멜! 이쪽으로 와서 저 바위에 물을 끼얹어주게!"

페릭스가 바라본 방향에는 갈색의 후드를 걸치고 있는 20대 후반의 청년이 앉아 있었다. 마법사의 일반적인 이미지와는 다르게 약간 장난스런 표정의 얼굴을 하고 있는 자였는데, 이해 못할 페릭스의 명령에 상관이 하라니 할 수밖에 없다는 표정을 지었다.

"페릭스 대장님, 애써 달구더니 이제 와서 식히라니요. 장난이 너무 심하시군요."

"레이멜, 월급을 깎이고 싶은가? 시키는 대로 하게."

"헉! 월급이라뇨. …하라는 대로 하지요!"

돈 이야기가 나오자 민감해진 레이멜은 더 이상 말도 하지 말라는 듯이 손으로 이상한 도형을 그리기 시작했다. 곧 이어 그것이 끝났는지 그의 입에서 알아듣지 못할 말들이 흘러나오기 시작했다.

"이히 몌이크테 아인 봐서… 워터 스크린!"

얼핏 듣기에도 크라이츠의 그것과 전혀 다른 마법의 시동이었는데,

사실 드래곤이 사용하는 용언 마법과 인간의 마법사가 사용하는 마법은 전혀 다른 것이었다. 그 점을 이상하게 생각한 뮤스였지만 상황이 상황인만큼 생각은 길게 가지 못했다. 레이멜의 마법 시동과 함께 자연스레 눈이 바위를 향했기 때문이다. 뜨겁게 달구어진 바위의 위에 물의 막이 형성되더니 동시에 바위를 향해 물이 끼얹어졌다.

취이익!

달구어진 바위가 차가운 물에 닿게 되자 요란한 소리를 내며 식어 갔다. 그와 동시에 신기하게도 단단하게만 보이던 바위에 균열이 생기기 시작했는데, 결국에는 그 균열이 커지며 바위가 갈라지기 시작했다.

찌쩌적—

"우와!"

"이, 이럴 수가! 어떻게 이런 일이 생기는 거지?"

찌쩍 소리와 함께 갈라지기 시작하는 바위를 보며 주변 사람들의 입 또한 그와 비슷한 모습으로 갈라지기 시작했고, 자신도 모르게 벌어진 입에선 신음성이 새어 나오고 있었다. 그때 뮤스의 입에서도 비슷한 신음성이 새어 나오고 있었는데 다른 이들과는 달리 그저 마법사가 발현한 마법이 신기하기 때문이었다.

페릭스가 나직한 목소리로 중얼거렸다.

"이런 단순한 방법으로 저 큰 바위가 깨져 버리다니⋯⋯."

그가 흘리는 감탄을 들은 켈트는 뮤스보다도 자신이 더 우쭐해졌는지 효과음을 더했다.

"이 정도 가지고 뭘 그리 놀라는가? 자네도 아직 세상을 덜 살았구먼."

켈트의 목소리를 듣고서야 놀란 표정을 추스른 페릭스는 실태를 깨달았는지 헛기침과 함께 주변의 수하들에게 걸어가 바위 조각들을 치우도록 지시했다.

"흠흠… 다들 바위 조각을 치우고 길을 열어라!"

주변의 수하들 역시 정신을 차린 후에야 페릭스의 말을 알아들었고, 그들이 분주히 움직이기 시작하자 뮤스는 만족한 표정을 지으면서 켈트에게 걸어왔다.

"헤헤, 이 뮤스의 실력이 어땠어요? 아무리 생각해도 굉장하죠?"

"녀석, 겨우 그 정도 가지고 우쭐하기는……."

"아저씨 같았으면 생각해 낼 수 있었겠어요?"

"내가 누구냐? 대 라이부크 드워프 족의 족장인 케르히트님 아니냐! 안 되면 이 도끼로라도 때려 부쉈을걸?"

손으로 도끼질하는 흉내를 보이던 켈트를 보며 웃던 뮤스는 곧 아쉬운 표정을 지었다.

"그나저나 누님이 마법만 썼다면 이렇게 수고롭지 않아도 됐을 텐데……."

"그러게 말이다. 뭐라고 할 수 있는 처지도 아니고… 이번 기회에 네가 한번 설득해 보는 것이 어때? 네 말이라면 잘 들어줄 듯싶은데……."

"과연 제 말이라고 들을까요? 누님 마음에 안 들면 죽어도 안 하는 성격이잖아요."

두 노소가 신세 한탄 성향의 대화를 나누고 있을 때, 벌써 부서진 바위 조각의 정리가 끝났는지 페릭스는 장갑에 묻어 있는 먼지를 털며 뮤스와 켈트에게 왔다.

"켈트님, 그리고 뮤스 군, 정말 수고하셨습니다. 두 분 아니었으면 큰 곤욕을 겪을 뻔했군요."

"뭘 이 정도 가지고 그러는가. 우리야 별로 한 일도 없구면."

켈트가 접대용 멘트로 페릭스를 대하자 뮤스는 입을 뾰족 내밀며 투덜거렸다.

"정말이지 아저씨가 한 건 아무것도 없죠."

하지만 뮤스에게 익숙해질 만큼 익숙해진 켈트였기에 들은 척도 하지 않았다.

"아참, 켈트님, 저희 율리아나 아가씨께서 감사하다고 인사를 하고 싶으시다는데요?"

페릭스의 말을 들은 켈트는 뮤스와 크라이츠의 얼굴을 둘러봤다. 저 뒤에 심드렁한 표정으로 전뇌거에 앉아 있던 크라이츠는 별 관심 없다는 듯했고, 뮤스는 기대에 찬 얼굴로 고개를 빠르게 끄덕였다.

"인사를 하신다는데 우리가 마다할 이유가 없지 않은가. 후작님의 영애가 어떻게 생기신 분인가 한번 볼까?"

"네. 함께 마차로 가시죠."

페릭스를 따라 마차의 앞으로 걸어가자 그들이 오기를 기다리고 있었는지 시간 적절하게 마차의 문이 열렸다. 안에는 하얀 피부에 금발을 가진 여자 아이가 앉아 있는데 굉장한 미녀라고 하기에는 무리가 있었지만 나름대로 귀엽게 생겼기에 사람들의 관심을 끌 만한 외모를 가진 소녀였다. 얼핏 보기에 나이는 뮤스보다 조금 많아 보였는데 태극청심단, 즉 청명뇌단을 복용한 후로 뮤스의 몸이 성장했기에 겉보기로는 비슷해 보였다. 순간 기대에 차 있던 그의 모습은 온데간데없고 쑥스러워 볼이 붉어져 있었는데, 이런 분위기를 그냥 흘려보낼 켈트가 아니었기에 꼬투리를 잡기 시작했다.

"호오! 뮤스, 왜 그러느냐? 율리아나 아가씨께 한눈에 반하기라도 했느냐?"

켈트의 말에 더욱 얼굴이 빨갛게 변한 뮤스는 손을 휘휘 저으며 말을 더듬었다.

"누, 누가 반했다고 그래요!"

한참 당황하고 있을 때 율리아나의 목소리가 들려왔다.

"저… 켈트님, 그리고 뮤스님이라고 하셨지요? 그렇게 밖에 서 있지 마시고 마차로 들어오세요."

"껄껄, 귀여운 아가씨, 그럼 실례하겠습니다."

켈트의 넉살스런 말과 함께 마차에 올라탄 뮤스는 이런 형태의 마차는 처음이었기에 시골에서 상경한 촌놈처럼 고개를 두리번거리며 구경하기에 여념이 없었다. 그런 뮤스가 재미있어 보였는지 율리아나는 참지 못하고 웃음을 터뜨렸다.

"푸훗!"

율리아나의 웃음소리를 들은 뮤스는 멀뚱한 표정으로 그녀에게 고개를 돌렸는데 왜 웃는지 모르겠다는 듯한 얼굴이었다. 겨우 입을 가리며 웃음을 멈춘 그녀는 자신의 실수에 사과를 했다.

"호호, 죄송해요. 뮤스님의 모습이 너무 남달라서… 정말 죄송합니다. 그건 그렇고 뮤스님은 현자 수업을 하는 분이신가 봐요? 페릭스 아저씨께 이야기를 들으니 현묘한 지혜로 저 커다란 바윗덩어리를 깨뜨리셨다고 하던데."

"겨, 겨우 그 정도 가지고 현묘하다고 할 수도 없죠 뭐."

율리아나의 말에 겸손한 말을 하는 뮤스를 보곤 켈트가 의외라는 듯이 말했다.

"정말 놀라운데? 이거 정말 내가 알고 있던 뮤스 맞냐? 툭하면 잘났다고 떠들어대더니 이게 무슨 일이래?"

"케, 켈트 아저씨!"

그의 반응을 재미있게 바라보던 켈트는 율리아나에게 설명을 하기 시작했다.

"현자 수업이라… 뭐, 그렇게 생각하셔도 되겠죠. 어려서부터 혼자 산에서 공부를 해오던 아이라서 옷차림이 제멋대로입니다. 조금 우습더라도 이해하시죠. 이 녀석이 원래 이런 녀석이 아닌데 이상하네."

뮤스의 정체를 밝힐 수는 없었기에 켈트가 어설프게 둘러댔지만 켈트의 말을 전적으로 믿는지 율리아나는 쉽게 수긍을 하고 있었다.

"아, 그렇군요."

뮤스에 대해 더 물어보고 싶었지만 여행자들에게 이것저것 물어보는 것은 예의에 어긋남을 알고 있는 그녀였기에 더 이상 그에 대한 언급은 자제하며 화제를 돌렸다.

"투트가르로 가시는 길이라고요? 괜찮으시다면 저와 함께 이 마차를 이용하시는 것이 어떠세요? 저 역시 혼자 마차 안에서 지내는 여행인지라 지루했었거든요."

마침 크라이츠의 운전 실력에 목숨이 위험함을 뼈저리게 느낀 켈트였기에 율리아나의 제의가 구세주의 손길과 같이 느껴졌다.

"껄껄! 저야 대찬성이지요! 뮤스야, 넌 어떻게 할 것이냐? 전뇌거를 타고 가는 것보다 이쪽이 장수하는 데 좋을 듯하다만?"

하지만 켈트의 질문에 대한 대답은 뮤스의 입이 아닌 마차의 문밖에서 들려왔다.

"켈트 씨, 지금 뭐라고 하셨죠? 제가 운전하는 전뇌거가 어떻다고 요?"

크라이츠는 어느새 마차가 있는 곳으로 다가와 있었는지 마차 밖에서 켈트의 말을 듣고서 뮤스를 대신해 대답했던 것이었다.

"아, 아닙니다. 크라이츠님의 전뇌거가 편안하기 그지없다는 말이었죠."

켈트는 자신 입을 손바닥으로 때리며 말실수를 후회했지만 별다른 응징이 내려지지는 않자 속으로 안도의 한숨을 내쉬고 있었다. 마침 뮤스는 혼자 살겠다는 생각으로 상황 굳히기에 들어갔다.

"전 누님이 운전하는 전뇌거가 더 좋습니다. 켈트 아저씨는 정녕 원하신다면 어쩔 수 없지요. 마차 타고 천천히 따라오세요. 헤헤헤."

라고 말하며 율리아나의 마차에서 서둘러 내려섰던 것이었다. 혼자 남은 켈트는 뮤스의 배신에 뭐라 말도 못하고 은근슬쩍 눈치를 살피고 있었는데, 아무 일 없었다는 듯이 웃음을 머금은 크라이츠가 마차로 올라타고 있었다.

"율리아나 아가씨라고 하셨나요? 이렇게 만나게 되어 반가워요. 저는 크라이츠 드라켄이라고 해요."

율리아나는 켈트가 굽신거리고 있는 상대가 뜻밖에 아름다운 여인임을 알게 되자 의아함을 느꼈지만 사정이 있을 것이라고 생각하며 반갑게 인사를 건넸다.

"크라이츠님이시군요. 저는 율리아나 하이만 폰 투트가르라고 합니다. 이렇게 만나뵙게 되어 영광이에요."

"호호! 참으로 예의 바른 아가씨군요. 혹시 지루하시면 저희 마차로 함께 이동하시는 편이 어떨까요?"

"저는 상관이 없답니다. 그럼 그렇게 하도록 하죠."

율리아나가 흔쾌히 승낙을 하자 모두는 마차에서 내려 전뇌거로 걸어갔고 켈트는 다시 악몽 같은 시간을 예감하며 크라이츠를 설득하기 위해 애쓰기 시작했다.

"크, 크라이츠님, 설마 율리아나 아가씨까지 저 세상으로 보낼 생각입니까?"

불안해하는 켈트의 말에 신경 쓸 것도 없다는 듯이 무시하며 율리아나와 뮤스에게 손짓을 하며 말했다.

"호호, 율리아나 아가씨는 절 따라와요. 뮤스야, 뭐 하니? 레이디께서 가시는데 전뇌거 자리나 정리하렴."

"아… 네!"

이상하게 돌아가는 상황을 보고만 있던 뮤스는 그녀의 말에 전뇌거로 뛰어가 자리를 정리하기 시작했고, 율리아나는 페릭스에게 뮤스 일행과 함께 이동하겠다는 의사를 전하며 전뇌거에 올라탔다. 하나 안심이 안 되는지 페릭스는 자신의 말을 끌고서 전뇌거의 옆으로 다가왔다. 뮤스와 일행의 옆으로 말을 세운 그는 전뇌거를 바라보며 입을 열었다.

"제가 옆에서 호위하겠습니다. 애초부터 궁금했는데 이 마차에 말은 어디 있죠?"

전뇌거에 타고 있던 율리아나 역시 그 점이 궁금한 듯 켈트에게 시선을 고정시켰다. 질문이 자신에게 쏠린 것을 느낀 그는 죽음을 각오한 듯 힘없는 모습으로 대답해 주었다.

"이건 전뇌거라고 해서 말이 없이도 가는 마차라네. 말이 이끄는 마차보다 휘얼씨인 더어 빠르게……."

불안한 뉘앙스가 한껏 풍기도록 말끝을 흐리자 크라이츠가 나름대로 그를 다독거리기 시작했다.

"켈트 씨, 너무 걱정 말아요. 다른 동행이 생겨 아까와 같이 달리지는 못할 테니까요."

진심으로 켈트를 위로하는 크라이츠였지만 그녀가 운전석에 앉아 있다는 사실 하나만으로도 켈트는 두려움에 떨어야만 했다. 이때 전뇌거의 뒷자리에 앉아 있던 율리아나가 크라이츠를 불렀다.

"크라이츠님, 정말 궁금하네요. 어떻게 움직이는지 빨리 보여주세요."

율리아나 역시 호기심이 한참 많을 십대여서인지 적극적으로 궁금함을 표시하고 있었다. 뮤스의 머리에는 그 순간 '모르는 게 약이다'라는 속담이 떠오르고 있었다. 율리아나의 말에 고개를 끄덕인 크라이츠는 말을 타고 율리아나의 옆에 서 있던 페릭스를 향해 말했다.

"페릭스 씨, 잘 따라오세요. 저희 먼저 출발할 테니."

당부의 말과 함께 그녀의 발 아래 있던 마나구가 자줏빛의 광채를 발하기 시작했고, 조금의 진동이 일어나기 시작하면서 전뇌거가 서서히 움직이고 있었다.

구구구구.

전뇌거가 움직이자 뮤스의 일행들 앞에서 출발할 준비를 하던 호위병들과 마부는 홀로 움직이는 이 기괴한 수레를 바라보며 또 한 번 넋을 놓고 말았다. 그들의 모습을 보던 페릭스는 고함을 질렀는데, 그의 목소리에는 전뇌거를 타보지 못한 아쉬움이 담긴 듯했다.

"이봐! 놀라고만 있지 말고 우리도 출발! 늦는 녀석은 일당을 깎는다!"

또다시 돈 이야기가 거론되자 정신을 바짝 차린 호위병들과 마부들은 서둘러 말에 올라타고서 뮤스 일행을 뒤따르기 시작했다.

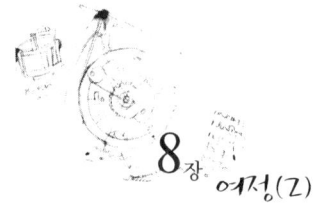

8장 여성(2)

투트가르를 향하여 출발한 뮤스 일행들은 얼마 가지 못한 채 가던 길을 멈추어야만 했다. 기울어져 가던 해가 산등성이로 완전히 모습을 숨기자 주변이 어두워졌기 때문이다. 아무리 큰길이라 해도 숲 속의 밤은 위험한지라 쉬어가는 것이 여행의 기본이었는데, 이들 일행 역시 그 기본을 어길 생각이 없었기 때문이다.

끼익!

"와아! 이것의 이름이 전뇌거라고 하셨나요? 정말 신기하고 편안하네요! 마차는 덜컹거려서 속도 안 좋고 그랬는데… 우리 성내에는 왜 이런 것도 없지?"

전뇌거를 타고 한 시간가량 달린 율리아나의 시승 소감이었다. 이곳까지 오면서 몇 마디를 나누게 된 뮤스 일행과 율리아나는 서로에 대해 조금씩 알게 되었는데, 예상외로 율리아나의 성격이 까다롭지 않고 천진난만하다는 것을 알 수 있었다. 그녀가 전뇌거에 대해 감탄하자 켈트가 뮤스를 띄워주기 위해 입을 열었다.

"껄껄, 이건 뮤스가 만든 것이지. 제작은 내가 했지만 뮤스가 일러준 대로 만든 것이니까 뮤스가 만들었다고 해도 되겠지."

그의 말에 어깨에 힘이 들어간 뮤스는 엄지손가락을 가슴으로 향하며 웃었다.

"나 생각보다 대단한 것 같지 않아?"

"그래그래, 대단하다. 이런 걸 만들 생각을 다 하다니… 역시 현자 수업 하는 사람다워."

뮤스와 율리아나는 만난 지 한 시간밖에 되지 않은 사이였지만 아직 어렸기에 쉽게 친해질 수 있었고, 지금은 켈트나 크라이츠와 함께 서로 존칭을 쓰지 않고 있었다. 이때 따분하게 운전을 하던 크라이츠가 페릭스를 향해 외쳤다.

"여기쯤에서 오늘은 야영을 해야겠는걸요? 이대로 가기에는 해가 너무 저물었네요."

뮤스 일행에서 대장 격인 크라이츠가 의견을 내놓았다. 그러자 뒤에서 따라오던 페릭스의 일행들 역시 그녀의 의견에 동의하는지 잠시 멈춰 섰고, 전뇌거의 옆으로 말을 몰아온 페릭스가 입을 열었다.

"음, 이곳 주변에 물이 있을 만한 곳이 있을까요? 제가 알기로는 이 주변에는 물이 흐르는 곳이 없습니다만……."

역시 투트가르 성의 수비대장답게 여행에 능숙한 면을 보이고 있었다. 사실 야영할 곳을 정할 때 가장 중요한 것이 물이었는데, 야영을 하려면 당연히 식사 문제를 해결해야 하기 때문에 물이 꼭 필요한 것이었다. 물론 사냥을 하여 고기를 먹는 방법도 있겠지만 사냥을 하기 위해 병력을 분산시킨다는 것은 지극히 위험한 일이기에 사냥은 생각할 수도 없었고, 중요 인물을 수행하는 호위병이었으니 더 더욱 그랬다. 물론 굶을 수도 있겠지만 여행자들은 영양을 충분히 공급해야만 다음날의 여행에 무리가 없지 않겠는가.

이때 뒤에서 듣고만 있던 뮤스가 끼어들었다.

"저 마법사 아저씨께 물을 만들어달라고 하면 되잖아요? 아까 바위 부술 때처럼요."

뮤스의 말을 들은 페릭스는 그의 천진난만한 질문에 실소를 터뜨릴 수밖에 없었다.

"하하, 뮤스 군, 마법으로 만든 것은 마나가 사라지면 그것 역시 사라져 버린단다. 마나를 사용해서 떠돌아다니는 수분을 잠시 모은 것밖에 안 되거든. 그렇다고 마법사가 음식을 다 만들어 먹을 때까지 마법을 지속시킬 수도 없지 않느냐. 정령술사들이면 몰라도 말이지."

"아! 그렇군요."

전뇌거의 뒷좌석에 앉아서 이야기를 듣고만 있던 율리아나 말했다.

"저기… 투트가르까지도 얼마 남지 않은 것 같은데 비록 밤이라고 하지만 그냥 계속 가면 안 될까요?"

"아가씨, 그건 안 됩니다. 아무리 호위병들이 있다고 해도 밤이 되면 숲 속에 있는 마물들이 활동을 하게 됩니다. 그렇게 되면 정말 위험천만해지게 되죠. 차라리 한 끼를 굶는 것이 더 현명합니다. 그럼 여기서 오늘 야영을 하기로 하죠."

켈트는 페릭스가 그런 결정을 내릴 것을 미리 예감했는지 이미 전뇌거에서 짐을 내리고 있었다.

"뮤스야, 나 좀 도와다오. 우리도 잠잘 자리 정도는 만들어야 하지 않겠냐? 그렇다고 크라이츠님이 도와줄 리도 없으니⋯⋯."

"전 뭘 할까요? 아저씨, 정말 이것저것 많이도 가지고 오셨네. 이게 다 뭐예요?"

"헐헐, 나 혼자 다닐 때면 나무 밑에서 나뭇잎만 깔고 자면 된다만, 들고 다닐 고생도 없는데 이 정도는 챙겨와야 되지 않겠냐?"

뭐냐고 물어보는 뮤스의 질문에는 딱히 알맞은 대답은 아니었지만 두고 보면 알겠지 하는 마음으로 더 이상 물어보지는 않았다. 켈트가 짐을 풀어 이것저것 세우고 끼우고 하더니 몇 사람 정도는 충분히 들어갈 수 있음직한 텐트가 완성되었다. 이런 야영 장비를 처음 본 뮤스는 신기해하며 텐트에 들어갔다 나왔다를 반복하고 있었다.

이십여 분의 시간이 지나자 다른 일행들의 야영 준비도 끝나게 되었고, 야영장의 중심에는 모닥불이 타오르고 있었다. 모닥불을 둘러싸고 호위병 몇 명과 마법사인 레이멜, 자신의 검을 손질하고 있는 페릭스, 노래를 흥얼거리고 있는 켈트, 그리고 주변의 일행들을 살펴보고 있는 뮤스가 앉아 있었다. 율리아나와 크라이츠는 피곤하다면서 둘만의 텐트에서 잠을 청했는데 텐트를 함께 쓰고 있는 존재가 드래곤이라는 것을 안다면 편안하게 잠을 잘 수만은 없었을 것이다. 문득 나뭇가지 하나를 들고 땅바닥에 뭔가를 끄적거리고 있던 레이멜이 인상을 쓰며 투덜거렸다.

"배고파요, 대장님! 아무리 우리가 고용된 사람이라고는 하지만 식사 정도는 해결해 주셔야 하는 거 아닙니까?"

레이멜의 말에 검을 닦던 페릭스는 한숨을 내쉬며 대답했다.

"자네도 알다시피 물이 없지 않은가? 건육들은 이미 다 먹었고⋯ 시간이 이렇게 지체될 줄 알았겠는가?"

"에휴! 다 먹고 살자고 하는 짓인데… 점심도 굶고, 저녁도 굶고, 이게 뭐야!"

레이멜은 스스로에게 화풀이라도 하는 듯 자신의 머리를 헝클며 괴성을 질렀다. 주변에 있던 호위병들 역시 레이멜의 말에 동의를 하는지 자기들끼리 수군대기 시작했다. 레이멜처럼 당당하게 말할 용기는 없었던 것이다. 이때 무슨 생각을 하는지 혼자 생각에 빠져 있던 뮤스가 갑작스레 켈트에게 물었다.

"켈트 아저씨, 땅 잘 파죠?"

뜬금없는 뮤스의 말에 어정쩡한 표정으로 뮤스의 얼굴을 바라보는 켈트였다.

"졸다 잠꼬대하냐? 갑자기 뭔 삽질하는 소리야?"

하지만 켈트의 대답은 들으나마나 상관없다는 듯이 이야기를 계속했다.

"제가 수맥을 찾을 테니까 아저씨는 삽질이나 하라고요. 이곳은 숲이니까 많이 파지 않아도 물이 나올 거예요."

"흠… 수맥을 말이냐? 땅 위에서 수맥을 찾는다는 것이 쉽진 않을 텐데?"

"그건 걱정 말고요. 아직도 절 못 믿어요?"

켈트와 뮤스의 말에 귀를 쫑긋 세우고 있던 나머지 일행들도 제발 뮤스가 수맥을 찾아주기만을 고대하고 있었다. 이렇게 하여 점심까지 굶은 그들을 행복하게 해줄 저녁의 행방은 뮤스의 기술과 켈트의 삽질에 달리게 되었다. 일행들의 이목이 뮤스에게 집중된 채로 뮤스는 주변을 둘러보며 무엇인가를 찾고 있었는데, 차 한 잔 마실 정도의 시간이 지나자 뭔가를 주워 들었다. 뮤스의 손에 들려 있는 것은 'Y' 자 모양의 나뭇가지였다.

"이건 저희 할아버지께 배운 거예요. 이렇게 벌어진 끝을 잡고 손에 힘을 빼며 돌아다니다 보면……."

뮤스는 말을 하며 이곳저곳을 돌아다니기 시작했다. 물론 먼 거리는 아니었고 일행의 시야에 확보될 만큼의 거리는 유지하고 있었다. 그러기를 한참, 갑자기 뮤스의 손에 들려 있던 나뭇가지가 보일 듯 말 듯 아래위로 흔들리기 시작했다. 그것을 느낀 뮤스는 땅을 가리키며 웃었다.

"헤헤, 수맥이 흐르는 곳에서 이렇게 나뭇가지가 흔들리게 되죠. 켈트 아저씨, 여기 좀 파주세요."

"내참……."

이제는 적응이 됐는지 더 이상 아무것도 물어보지 않고서 준비해 온 삽을 놀려 땅을 파기 시작했다. 과연 드워프답게 순식간에 사람 한 명이 들어갈 만큼 땅을 팠는데, 조금 더 파 들어가자 바닥으로 물이 조금씩 고이기 시작했다. 물이 솟아나는 것을 지켜보던 일행은 환호성을 질렀다. 뮤스의 옆으로 다가와 그의 어깨를 두들기던 페릭스가 혀를 내둘렀다.

"이것 참… 뮤스 군, 자네의 스승이 누군지 정말 대단한 제자를 키운 것 같군. 그건 그렇고 이 흙탕물을 어떻게 이용하지?"

페릭스의 물음에 물을 손으로 만져 보던 켈트가 자신있게 대답했다.

"그건 걱정 말게. 증류를 시키면 될 테니."

손에 들린 나뭇가지를 저 멀리 던지던 뮤스는 켈트의 말을 듣고 답답한 목소리로 말했다.

"에휴, 아저씨, 이걸 언제 다 증류해요. 조금씩 모아서는 내일쯤 되어야 마실 만큼 모일걸요?"

"하긴 그렇군. 그럼 어떻게 한단 말이냐?"

"이번 기회에 정수하는 법을 가르쳐 드리죠."

이들을 모르는 사람들이 들으면 뮤스가 켈트를 무시한다고 생각할 수도 있겠지만 켈트는 그것이 단순한 어린아이의 우쭐거림 이상이 아니란 것을 알고 있었기에 전혀 개의치 않고 있었다. 앞으로 빠르게 제 나이를 찾아가겠지만 적어도 지금 뮤스의 정신 연령은 10세 미만이었던 것이었다. 전뇌거로 걸어가 켈트의 짐을 뒤적이던 뮤스는 바가지만 한 깔때기를 꺼내 들고 이리저리 분주하게 움직였다. 가끔 흙을 파기도 했고 돌을 줍기도 했는데 켈트와 일행들은 말없이 지켜보기만 했다. 그렇게 십여 분이 지나자 뭔가 잔뜩 들어 있는 깔때기를 들고 일행들 앞으로 돌아왔다.

"저기 있는 물을 여기 깔때기에 부어보세요."

"엥? 깔때기에 뭔 모래와 자갈들이 그렇게 들어 있냐?"

"빨리 부어보세요. 그럼 저절로 알게 될 것이니까."

더 이상 물어봤자 고집스러운 뮤스가 대답을 해주지 않는다는 것을 아는 켈트였기에 입을 다물고 웅덩이에 고여 있는 물을 퍼다가 깔때기에다 부었다. 그러자 부어진 물은 깔때기 위 부분에 잠시 고여 있다가 조금씩 아래에 있는 자갈과 모래 사이로 스며들었다. 잠시 후 깔때기 아래로 물이 조금씩 흘러나오기 시작했는데, 처음 몇 분 간은 황색의 흙탕물이 나왔지만 점차 물이 맑아지더니 나중에는 맑고 투명한 물이 흘러나왔다.

"우와! 깨끗한 물이 나온다!"

깔때기에서 나오는 맑은 물을 손으로 받아 목을 축인 켈트는 혀를 내두르며 놀랐다.

"이것 참, 정말 내가 살아온 120년, 아니, 150년이 허무하구먼. 이건 어떻게 된 것인지 설명 좀 해다오."

"켈트 아저씨, 제가 설명하면 그동안 굶어 죽은 시체 몇 구 치울 듯한데요? 이 아저씨들 얼굴 좀 보라고요!"

과연 뮤스의 말대로 배고픔이 극에 달한 병사들의 눈은 퀭하니 들어가 있었는데 살아 있는 사람의 그것 같지는 않았다.

"그, 그렇겠군. 일단 저녁을 먹고 해결 보자고."

이렇게 마련된 물로 음식을 준비한 뮤스와 일행들은 행복에 겨운 비명을 지르며 허기진 배를 채우기 시작했다.

저녁을 배불리 먹은 일행들은 이제 이차적인 본능에 순응을 해야 할 때인지 하나둘 하품을 하고 있었으나 그중 재수없는 몇 명은 불침번을 서야 할 운명이었기에 서로 더 피곤한 척하면서 페릭스의 눈치만 보고 있었다. 마침 페릭스 역시 잠을 자야 할 시간이라는 것을 느꼈는지 긴장을 잔뜩 하고 있던 일행들에게 말했다.

"흠흠, 이제 불침번 설 사람을 뽑을 때가 온 것 같다. 다들 알다시피 여행 중의 피치 못할 사건으로 인하여 미리 불침번을 뽑지 못한 터, 어떤 방법이 좋을지 곰곰이 생각해 봤다. 일단 뮤스와 켈트님은 손님이시니 제외를 하고……."

이때 페릭스의 말에 이의를 제기하는 뮤스였다.

"페릭스 아저씨, 그건 불공평한 거예요! 초대를 받은 것도 아니고 같이 여행을 하는데 어떻게 우리가 손님이라는 거죠? 우리도 똑같이 할 거예요!"

옆에서 이빨을 쑤시며 뮤스의 말을 들은 켈트는 무슨 봉창 두들기는 소리냐는 듯이 억지 기침을 해가며 뮤스의 말을 가로막았다.

"콜록! 콜록! 이봐, 뮤스. 무슨 말이냐! 난 이미 나이가 120살이나 됐다고! 이런 나이에 잠을 자지 않으면 치명적이란 말이다!"

라고 고래고래 소리를 지르며 텐트 속으로 들어가 버렸다. 켈트가 들어간 텐트와 뮤스의 얼굴을 번갈아 바라본 페릭스는 고개를 끄덕이면서 하던 말을 계속했다.

"음, 그럼 뮤스, 너 혼자 불침번 정하기에 동참하거라. 음, 그럼 무슨 방법이 좋을까. 좋아좋아, 우리 제비뽑기를 하자고. 그럼 다들 불만없겠지?"

페릭스의 말에 모두 동의하는지 아무런 이의를 제기하는 이가 없었다. 모두의 동의를 확인하자 페릭스는 주변에 떨어져 있는 나뭇잎을 일행의 수만큼 주워 들었다. 그리곤 그중에 두 장의 나뭇잎을 반을 자른 후 나머지 반을 다른 나뭇잎들과 손아귀에 쥐었다. 그리곤 씨익 웃으며 앞으로 내밀었다.

"하나씩 뽑으라고. 두 명이 걸리는 거야. 나는 마지막 남은 걸로 하겠네. 그럼 공평하지? 누구부터 할 텐가?"

페릭스의 물음에 마법사인 레이멜이 먼저 나섰다.

"저부터 뽑죠, 대장. 음음… 어떤 것이 좋을까… 음… 그래, 이걸로……."

쓱.

레이멜이 뽑은 나뭇잎은 완전한 하나였다.

"휴우! 그럼 저부터 잡니다요. 다들 잘 뽑으라고. 행운을 비네."

"설마 탐지 마법을 쓴 건 아니겠지?"

"농담이 심하네요, 대장님. 제가 주문 외우는 걸 봤나요? 그럼 전 들어갑니다."

마치 놀리는 듯이 자신의 텐트를 찾아간 레이멜을 보고 아무 반응을 하지 않는 일행들이었다. 그에게 화를 내기에는 자신의 눈앞에 놓여 있는 오늘 밤 행복의 기로가 더 소중했기 때문이었다. 이어 그의 옆에 칼을 보물 단지인 듯 안고 앉아 있던 병사가 나뭇잎 하나를 뽑았다. 그 역시 완전한 나뭇잎임을 보고 안도의 한숨을 내쉬며 레이멜의 뒤를 따라갔다. 이렇게 모든 병사들이 하나씩 나뭇잎을 뽑아갔고 페릭스의 손에 남은 나뭇잎은 오직 두 장이었다. 지금까지 당첨된 병사는 없었기에 페릭스의 표정은 약간 일그러졌다. 뮤스는 식은땀만 흘리며 페릭스의 표정을 살피고 있었다.

"이, 이거 페릭스 아저씨의 농간 아니에요?"

"뮤스 군, 자네 같으면 스스로 불침번을 서고 싶어서 사랑스런 부하들에게 이 밤의 달콤함을 양보하겠나?"

"아뇨."

"제길! 다들 들어가 자라고! 난 뮤스 군과 함께 이 멋진 밤을 지새울 테니까 말야!"

속으로야 키득거리면서 좋아 날뛰고 싶은 병사들이었지만 대장의 눈앞에서 그런 짓을 할 만큼 저능한 병사는 없었는지 다들 미안한 듯한 접대용 표정을 지으며 텐트 속으로 들어갔다. 페릭스는 뭔가 아쉬운 듯한 눈빛을 뿌리며 이미 병사들이 다 들어간 텐트에서 눈을 떼지 못하고 있었다. 이때 페릭스의 뒤에서 뮤스의 목소리가 들렸다.

"에휴, 이미 다 지나간 일이에요. 그냥 잊는 것이 상책이라고요. 한데 이곳에서부터 얼마나 더 가야 투트가르라는 곳에 도착하죠?"

"흠, 이곳에서라… 이 숲에 들어온 지 21켈리 정도 됐으니까 우리 일행들의 속도면 여섯 시간 정도 더 가서 투트가르의 외각에 진입할 수 있을 거야. 아참, 그건 그렇고 자네는 언제부터 공부를 했길래 그런 것들을 다 배웠는가?"

페릭스의 물음에 뮤스는 쓴 미소를 한번 지어 보이며 대답했다.

"글쎄요… 배웠다 하면 배웠다 할 수 있고, 아니라 하면 아니라 할 수도 있어요. 자세한 것은 크라이츠 누님이 비밀로 하라고 하셔서 더 이상 말해 드리지는 못하거든요."

"흠… 그럼 어쩔 수 없지."

이렇게 둘의 짧은 대화가 오고 간 이후로 한참 동안이나 둘의 사이에 어색한 공기만 감돌고 있었다. 문득 아무도 방해하지 않을 때 뇌공력을 사용하는 데 익숙해지자고 생각한 뮤스는 페릭스가 화풀이하듯이 구겨 던진 반쪽짜리 나뭇잎을 주워 들었다. 그리곤 나뭇잎이 들려 있는 손으로 뇌공력을 집중시키기 시작했다.

찌직! 화륵!

스파크와 함께 잘 마른 나뭇잎은 빠른 속도로 타 들어가기 시작했다.

'흠… 역시나 뇌공력을 높이면 온도가 높아지는군. 이를 이용하여 발열 기구를 만들어도 될 거야. 아직까지 내 몸에 흐르는 모든 뇌공력을 사용하기는 무리가 있겠구나. 더욱 수련을 해야겠어.'

뮤스가 자신의 뇌공력에 대하여 숙고를 하고 있을 때 이를 곁에서 지켜보고 있던 페릭스는 헛것을 본 것처럼 눈을 비비고 있었다. 마법사라 해도 마법어를 시동하지 않으면 뮤스와 같이 나뭇잎에 불을 붙이기가 불가능하다는 것을 이미 알고 있던 페릭스였기 때문이다.

"뮤스 군, 이건 어떻게 한 건가? 마법은 아닌 것 같은데……."

"네, 마법은 아니에요. 제 몸속에 흐르는 기이한 기운을 발현한 것뿐이에요. 좀 특이 체질이거든요. 헤헤, 밤이 정말 긴데 이러고만 있기엔 너무 무료한 것 같지 않나요?"

더 이상 다른 사람들에게 알려봤자 귀찮은 일만 생길 것 같은 기분에 얼렁뚱땅하게 화제를 돌리는 뮤스였다.

"얼굴에 '나 엄청 심심하다' 라고 쓰여 있는데 같이 놀이나 해보실래요?"

"놀이? 이 나이에 무슨……."

하지만 페릭스의 대답에는 아랑곳하지 않고 소매를 뒤지기 시작했다. 그러자 크라이츠의 레어에서 주워온 듯한 금화가 손에 잡혀 나왔다. 그리고는 옷소매를 주욱 찢어 여러 갈래를 만들기 시작했다. 옆에서 하지 않겠다고 대답을 했지만 무슨 놀이인지 궁금했던 페릭스는 뮤스의 행동을 유심히 지켜보고 있었다. 뮤스는 자신의 손에 들고 있던 여러 갈래의 천 조각을 금화에 꼼꼼이 묶기 시작했고 묶기가 어느 정도 끝나자 다시 끝을 가늘게 찢기 시작했다. 한참 동안 무언가를 만들던 뮤스는 자신의 손에 든 물체를 유심히 살펴보며 만족스런 웃음을 띠었다.

"하하, 이제 다 됐어요. 아마 세상에서 제일 비싼 제기가 될 것 같네요. 이건 제기라고 하는 거예요. 어른들이 아이들의 놀이라고 무시하는데 하체를 단련하는 데는 이만한 것이 없죠. 이렇게 하는 거예요."

자리를 털며 일어난 뮤스는 손에 든 제기를 던진 후 발을 놀려 하나 둘 차기 시작했다. 페릭스는 처음 몇 번은 유치하게 생각했으나 수십 번이 넘도록 떨어뜨리지 않는 뮤스를 보곤 점차 신기함을 느꼈다.

"뮤스 군, '제기'라고 했던가? 그거 나도 한번 해봐도 되겠나? 정말 수련에 도움이 될 것 같군. 검술은 하체 단련이 가장 중요하거든."

놀이를 해보고 싶다는 것이 부끄러웠는지 수련을 들먹거리며 변명을 하는 페릭스였다.

"헤헤, 물론이죠. 여기 있어요."

뮤스에게서 제기를 건네받은 페릭스는 제기를 던져서 차려 했지만 마음처럼 되지 않았다. 무거운 갑옷을 입고서 제기 차는 일이 쉽지는 않으리라. 하지만 불침번은 언제나 적에 대한 대비 상황이기에 갑옷을 벗을 수는 없었다. 한참을 제기와 씨름하던 페릭스는 주저앉아 버리고 말았다.

"헥헥… 힘들다. 이거 정말 힘들군. 자네는 어떻게 그렇게 찰 수 있는 거지? 헥헥."

"헤헤, 저야 어려서부터 계속 해왔으니 잘 차는 것은 당연한 노릇이죠. 아저씨도 연습하면 점차 좋아질 거예요."

"그래도 꽤 재미는 있군. 다리 단련에도 많이 도움이 될 듯하고, 엄청난 집중력도 요하는 놀이니 훈련에 도움이 크게 되겠어. 이것을 우리 수비병들 훈련 메뉴로 추가해야겠군. 에구, 힘들다."

어느덧 밤이 물러가려는지 동쪽으로 짐작되는 곳에서 붉은 태양이 떠오르고 있었다. 비록 하룻밤을 뜬눈으로 지샜지만 공학뇌동심결의 덕분인지 피로함을 그다지 느끼지 않는 뮤스였다.

"다들 기상!"

페릭스의 목소리에 잠자리에서 일어난 일행들은 야영지를 정리하기 시작했는데 그들의 손놀림에 불필요한 동작이 없어서 정리하는 모습이 깔끔했다. 뮤스와 켈트 역시 늘어놓았던 짐을 꾸리기 시작했지만, 크라이츠는 나무에 기대어 느긋한 자세를 취하고 있을 뿐 도와줄 생각은 없는 듯했다. 해가 제 모습을 보일 때 즈음해서 모든 일이 정리되자 페릭스와 뮤스의 일행들은 서둘러 길을 출발했다.

해가 머리 위에 떠 있을 때는 이미 기나긴 숲을 빠져나온 후였다. 사방에는 드넓은 초원이 펼쳐져 있었는데 조선만 해도 이러한 광경을 연출할 만한 곳이 거의 전무했기에 낯선 광경에 넋을 빼앗기고 있는 뮤스였다.

"이렇게 넓은 초원이 있다니… 대단해!"

뒷자리에 앉아 있던 율리아나가 말했다.

"호호, 뮤스, 너는 어디서 현자 수업을 했길래 이런 평범한 광경에 놀라는 거야?"

"아… 저… 그게……."

율리아나의 갑작스런 물음에 운전을 하고 있는 크라이츠를 바라보며 도움을 청했다. 그녀는 뮤스의 난처함을 눈치 챘는지 느긋하게 말했다.

"뮤스는 대단한 스승을 모시고 엄청난 산골에서 수업을 받았단다. 다만 뮤스의 스승님께서 자세한 것은 비밀로 하라고 하셔서 스승님에 대해서 말해 주지는 못하겠지만, 라이부크에서 어려서부터 살았다는 건 말해 줄 수 있겠구나. 그러니 이런 초원은 처음이지. 라이부크에는 너도 알다시피 돌산밖에 없으니까."

"아, 그렇군요. 그건 그렇고, 뮤스! 그 머리 있잖아… 남자가 하기에는 이상하지 않니?"

"댕기머리 말이야? 내 머리가 어때서?"

율리아나의 말에 뮤스는 뭐가 이상하냐는 듯이 자신의 댕기를 빙글빙글 돌리고 있었지만, 그녀의 시점에서는 이상하게 보이는 것이 지극히 당연했다.

"우리 집에 가면 솜씨 좋은 이발장이가 있거든? 그 사람에게 부탁해서 깔끔하게 자르는 게 어때?"

율리아나의 말에 뮤스는 대경실색하며 놀랐다.

"안 돼! 내 몸은 부모님께서 물려주신 보물인데 어떻게 함부로 잘라 낼 수가 있나? 차라리 내 목을 잘라라!"

"어머나! 왜 그렇게 기겁하는 거야? 겨우 머리 좀 자르는 것 가지고 뭘 그래?"

이들의 말에 켈트가 끼어들었다.

"그래, 율리아나 말도 일리가 있다. 그런 머리는 여행하기엔 너무 불편하거든. 이번 기회에 율리아나한테 부탁해서 머리 좀 짧게 자르는 것이 어떠냐?"

'아무리 그래도… 부모님이 물려주신… 소중한 신체의 일부분인데… 어쩐다… 그래! 집에서 의절을 하고 나왔으니 이미 부모님과는 상관없는 놈이야.'

힘든 결심을 한 뮤스는 고개를 살짝 끄덕여 보이고는 씁쓸한 눈빛을 다시 먼 초원의 지평선으로 돌렸다. 이때 전뇌거 옆에서 말을 몰고 가던 페릭스의 목소리가 뮤스의 귀에 들려왔다.

"거의 다 왔군요. 저곳이 투트가르의 가장 외곽에 있는 쟈녠이라는 마을입니다. 저 마을부터 한 시간만 더 가면 투트가르 성이 나오지요."

페릭스의 말을 들은 뮤스는 길 앞쪽으로 고개를 돌렸다. 조선의 마을과는 사뭇 다른 모습을 하고 있었는데 조선에서의 건물들이 동녘을 향하여 수평으로 늘어서 있다고 하면 이곳의 건물들은 대로를 중심으로 양 옆으로 늘어서 있었던 것이다. 물론 건물의 모습 역시 달랐지만 이미 이 세계로 건너온 이상 그 정도는 예상하고 있어 그다지 놀라워하지는 않았다.

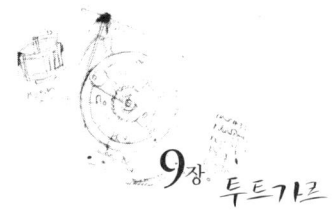

9장 투트가르

마을로 들어가자 길가에서 놀고 있는 아이들과 잡담을 하고 있는 마을의 아낙들, 그리고 낮부터 한잔했는지 붉어진 얼굴로 어그적어그적 길을 걸어가는 아저씨까지 조선과는 그다지 달라 보이진 않았다.

'여기도 사람 사는 곳은 틀림없나 보네. 왠지 정감이 드는걸?'

이때 페릭스가 말했다.

"여기서 때늦은 아침 식사나 하고 성으로 들어가시죠."

페릭스의 말을 들은 율리아나는 어젯밤 식사를 하지 않았던 것이 타격이 컸는지 일행 중에 가장 반가운 표정을 지었다. 쟈넨 마을은 불과 이십여 가구가 살고 있는 작은 마을이었기 때문에 큰 규모의 식당을 갖추고 있지 못했다. 어쩔 수 없이 일행을 둘로 나누어 식사를 하기로 했는데 병사들은 길 건너편의 '이슬의 정'이라는 식당에, 그리고 뮤스 일행과 율리아나, 페릭스는 가까이 있는 '누갈의 정'이라는 식당으로 들어갔다.

끼익.

마침 점심때라서 그런지 몇몇 테이블은 이미 손님들로 차 있었는데, 그들 대부분은 여행자 차림이었다. 워낙 작은 마을이기에 마을의 주민들은 각자 집에서 점심을 해결했기 때문에 이 시간에 식당에 주민들이 있을 리는 거의 없었다.

"페릭스님, 오셨군요! 아이쿠. 이쪽은 율리아나 아가씨네요! 방학이 시작되셨나 보군요?"

사람 좋아 보이는 반대머리에 노란 콧수염이 인상적인 중년의 남자가 걸레로 손을 닦으며 카운터에서 나왔다. 이미 페릭스와는 구면인지 상당히 반가운 목소리로 반겼다.

"하하, 누갈 씨, 오랜만입니다. 요즘 장사는 잘되죠?"

"저도 오랜만이에요, 누갈 아저씨!"

페릭스, 율리아나와 인사를 나눈 누갈이라 불린 사내는 익살스런 표정을 지으며 말했다.

"언제 제가 이윤을 보며 장사하는 것 봤습니까? 하하하! 여행자들이 점차 늘어나는 추세이니 수입도 나쁘진 않습니다. 율리아나 아가씨께서 돌아오셨으니 후작님 얼굴에 웃음이 떠나질 않겠군요? 한데……."

말끝을 살짝 흐리자 궁금한 표정으로 율리아나가 물었다.

"누갈 아저씨, 무슨 일이 있었나요? 무슨 일인데요?"

"흠, 요즘 크리스티앙 도련님께서……."

"오빠가요?"

"허허, 별일은 아닐 겁니다. 몸이 좀 안 좋으시다고 하더군요."

"그런 일이 있었군요. 많이 아프다고 하던가요?"

순간 흐려진 율리아나의 표정을 본 페릭스는 분위기 전환이라도 하려는 듯 말했다.

"율리아나 아가씨, 걱정하지 않으셔도 될 겁니다. 누갈 씨의 말대로 별일 아니거나 헛소문일 수도 있죠. 그보다 굶어서 초췌해진 아가씨의 모습을 본다면 크리스티앙 도련님께서 더 마음 아프실 겁니다."

"푸홋! 그럴까요?"

그의 장난스런 말에 조금 기분이 나아진 율리아나는 미처 생각지 못하고 있던 일행들을 바라봤다.

"아… 죄송해요, 뮤스, 크라이츠님, 켈트님. 저쪽에 마침 알맞은 테이블이 있네요. 저쪽으로 가시죠."

자신의 실수에 대하여 사과를 한 율리아나는 식당의 중간에 위치한 테이블로 걸음을 옮겼다.

"여기는 수프가 정말 일품이랍니다. 모듬 생선 요리도 맛있고요. 언제나 스윈 제국에 있는 학교에 가려면 이 마을을 지나야 하거든요. 그때마다 매번 이 식당에 들러서 모듬 생선 요리와 수프를 먹곤 했죠."

율리아나의 말에 침을 삼키고 있던 켈트가 말했다.

"헐헐, 그렇단 말이지? 그럼 난 율리아나 양이 추천하는 모듬 생선 요리로 정했어! 크라이츠님은 어떻게 하실 생각이시죠?"

"호호, 저도 좋아요. 뮤스도 특별히 다른 것 없으면… 어떠니?"

크라이츠가 물어오자 낯선 환경에 두리번거림을 멈춘 뮤스가 대답했다.

"저도 좋아요. 율리아나가 추천한다고 하니 괜찮겠죠 뭐."

"누갈 아저씨, 여기 모듬 생선 요리로 통일해 주세요."

누갈은 율리아나의 경쾌한 목소리에 안심했는지 웃으면서 주문서를

써 내려가기 시작했다.

"후훗, 그럼 잠시만 기다리세요."

주문을 다 받은 누갈은 휘적휘적 주방을 향해 걸어가는 것을 바라보던 율리아나는 식당의 내부를 둘러보며 말했다.

"이곳은 언제나 같은 모습이군요."

그녀의 말을 듣고 있던 페릭스 역시 동감을 하는지 고개를 끄덕였다.

"후훗, 그러게 말입니다. 시간이 날 때 한번씩 와봐야겠다고 매번 생각하지만 좀처럼 마음같이 안 되더군요. 정말 이렇게 아가씨를 모시러 갈 때가 아니면 와볼 기회가 없군요."

"호호, 그렇게 말씀하시고 저 몰래 오셔서 식사를 하시는 건 아니겠죠?"

"하하하, 절대 아닙니다."

페릭스와 율리아나가 화기애애한 농담을 주고받고 있을 때 누갈이 주방에서 다급히 나오며 한쪽 테이블에 앉아 농을 주고받던 사람들을 향해 급하게 말했다.

"이봐! 어망이 찢어졌네! 그렇게들 있지 말고 나 좀 도와주게나!"

"엥? 그럼 어망에 있던 고기들이 양어장으로 빠져나갔단 말인가?"

"찢어졌으니 별수있겠는가?"

"자네, 장난하나? 그 넓은 양어장에서 고기 몇 마리 잡기가 가능하다고 보는가?"

"그럼 어떻게 하지? 다시 물을 뺄 수도 없고… 율리아나 아가씨 일행에게 대접을 해야 하는데……."

누갈과 사람들의 대화를 얼핏 들은 페릭스가 뒤를 돌아보며 말했다.

"누갈 씨, 무슨 문제라도 있습니까?"

그의 목소리를 듣고 누갈은 올 것이 왔구나 하는 표정을 지으며 대답하기 난처해했다.

"저… 그게 오늘 조리용으로 미리 준비해 놓은 물고기들이 어망이 찢어지는 바람에 양어장으로 들어갔지 뭡니까. 어제는 물갈이를 위해 물을 다 빼놓고 잡았지만, 다시 물을 빼려면 시간이 여간 오래 걸리는 것이 아니라서 말이죠."

"그럼 다른 물고기들도 없습니까?"

"이번에 다른 물고기들이 들어오기로 해서 남은 것은 그 녀석들밖에 없었죠."

율리아나는 반년 동안 기다리며 먹고자 했던 모듬 생선 요리를 맛볼 수 없다고 하자 울상을 지으며 안타까워했다.

"아, 그럼 모듬 생선 요리를 맛볼 수 없다는 건가요? 꼭 먹고 싶었는데……."

앉아서 듣기만 하던 뮤스가 대수롭지 않다는 말투로 말했다.

"그냥 생선이 없으면 다른 요리 먹으면 될 걸 울먹거리기까지 하냐?"

"네가 모듬 생선 요리를 못 먹어봐서 그래! 얼마나 먹고 싶었는데……."

뮤스는 율리아나의 울먹거리는 말에 뭐라 대꾸할 말이 떠오르지 않자 의자에서 일어나 누갈에게 걸어가서 말했다.

"아저씨, 고기만 잡으면 되는 거죠?"

"응? 그, 그렇다네."

"까짓 제가 잡아드릴 테니 안내 좀 해주세요. 좀 탈지도 모르겠지만."

"자네가 무슨 수로 그 넓은 양어장에 있는 고기를 잡는다는 말인가?"

"에휴… 배가 고파서 대답해 드릴 힘도 없네요. 그냥 보시면 알아요."

"그래, 알았네. 이쪽으로 따라오게나."

누갈을 따라 건물의 뒤뜰로 돌아가자 폭과 길이가 30멜리씩은 됨직한 꽤 큰 양어장을 볼 수 있었다. 그의 뒤로 다른 일행들도 뮤스가 무슨 수로 고기를 잡을지 궁금했기에 봄 소풍 가는 병아리마냥 따르고 있었다. 물속을 들여다보던 누갈이 손가락으로 헤엄치는 물고기들을 가리켰다.

"자, 이곳일세. 여기 느긋하게 수영하고 있는 물고기들이 보이지? 그것들을 모두 잡으면 되는 걸세."

"뭐, 그 정도야 간단하죠. 다들 뒤로 물러서세요. 잘못하면 크게 다칠지도 몰라요."

뒤에서 구경하던 이들에게 주의를 준 뮤스는 오른팔의 소매를 걷어 올리고는 물속으로 집어넣었다. 그 모양새를 본 켈트가 피식 웃으며 한마디 했다.

"이봐, 뮤스. 이번에는 손을 늘려서 우리를 놀라게 하려고 하느냐? 껄껄껄!"

"보고만 계시라고요. 놀라서 양어장에 빠지지나 마세요. 이이압! 뇌공력 방출이다!"

기합 소리와 함께 뮤스의 팔을 타고 엄청난 스파크가 튀기 시작했으며, 얼마 안 있어 출렁이는 수면 위로 생선들이 허연 배를 내밀며 떠오르기 시작했다. 뮤스의 기행을 보더라도 크게 놀라지 않던 크라이츠마

저 놀란 눈으로 바라보고 있었기에 그들이 얼마나 놀랐는지 쉽게 알 수 있었다.

"빨리 건지세요. 힘 좀 썼더니 배고파 죽겠네."

"아, 알겠네!"

뮤스가 투덜거리며 식당으로 다시 들어가자 다른 이들도 멍한 눈을 하고선 다시 병아리 떼처럼 따라 들어왔다. 이때부터 페릭스의 질문 공세를 받기 시작했는데, 뮤스의 고쟁이 치수까지 알아내려는지 끈덕지게 질문은 계속되었다.

"대체 어떻게 한 것이지? 어제도 자네가 말했지만 마법은 아닐 테고."

"마법은 아니에요. 어제 말씀드린 대로 제가 특수 체질이라서 그런 거죠."

"그럼 그 위력은 얼마나 낼 수 있는 것이냐?"

"아저씨, 저 배고픈데 그만 하면 안 될까요? 말할 기운도 없어요."

정말이지 물고기 몇 마리 잡은 것에 대한 후회가 물밀듯이 밀려오고 있었다. 때마침 누갈이 두 손에 접시를 잔뜩 들고 나타났는데 큰 접시 다섯 개를 두 손에 올리고서도 안정적인 모습이 하루 이틀 일한 솜씨가 아님을 보여주었다.

"껄껄껄, 음식 나왔습니다요. 하하. '누갈의 정' 특별 모듬 생선 요리입니다. 뮤스 군과 율리아나 아가씨를 위해 특별히 맛있게 만들었으니 마음껏 드세요!"

사람 좋은 웃음소리를 흘린 누갈은 손에 든 접시를 하나씩 내려놓기 시작했다. 접시에 가득 얹어져 있는 생선살에서 따뜻한 김이 모락모락 나는 것이 입 안 가득 군침을 돌게 했다. 함께 나온 수프 역시 옥수수

가 잔뜩 들어 있어 구수한 냄새가 일행들의 코를 자극했다. 율리아나
가 감탄하며 말했다.

"바로 이거예요. 이게 얼마 만이람?"

옆에서 앉아서 음식이 차려짐을 보던 뮤스는 포크를 들고 이리저리
돌려보고 있었다. 그동안 스푼으로만 음식을 먹었던 뮤스의 눈에 처음
선보인 포크였다.

'이건 뭐 하는 거지? 찍어 먹을 때 쓰는 건가? 무기 같기도 하고. 설
마… 이걸로 싸워서 이긴 사람만 식사를?'

꽤나 귀여운 상상을 하던 뮤스는 궁금함을 참지 못하고 크라이츠를
향해 속삭이듯이 물었다.

"이건 뭐에 쓰는 물건이에요?"

"호호, 포크라고 하는 것이란다. 고기 등을 찍어 먹을 때 쓰는데 여
긴 아직 작은 마을이라서 두 갈래로 나뉘어진 것을 사용하지만 귀족들
은 세 갈래로 나뉘어진 것을 쓴단다. 두 갈래는 너무 위협적으로 보이
기 때문에 세 갈래로 바뀌어가는 추세거든."

"아하!"

뮤스는 주변 사람들의 눈치를 살피며 하는 대로 따라했다. 물론 사
용 방법이 간단했기 때문에 쉽게 따라할 수는 있었지만 어색한 것은
어색한 것이었다. 이때 율리아나가 말했다.

"음식 맛이 어떤가요? 달콤한 수프에 싱싱한 생선살들의 조화! 굉장
하지 않나요?"

음식을 먹느라 열중한 켈트는 율리아나의 말에 아랑곳하지 않고 포
크를 이리저리 휘두르고 있었다. 일순간 포크가 움직임을 멈추며 켈트
의 목소리가 흘러나왔다.

"한 접시 더!"

켈트의 목소리를 어느새 들었는지 누갈이 준비된 접시를 하나 더 가지고 나오며 웃었다.

"하하, 난 잘 먹는 손님들이 좋다니까!"

반면 뮤스는 큰 곤욕을 치르고 있었다. 매운맛 하나 없이 느끼하기만 한 음식이 통 입맛에 맞지 않았기 때문이다. 하지만 어떻게 하겠는가, 조선에서의 조미료를 구할 길이 없는 것을. 이를 보던 페릭스가 말했다.

"뮤스 군은 별로인가 보군? 생선을 싫어하나?"

"아뇨. 이런 생선 요리는 처음이라서 입맛에 맞지 않는군요."

"후훗, 그렇다면 어쩔 수 없지."

가볍게 웃은 페릭스는 말을 하지는 않았지만 이렇게 맛있기만 한 요리가 입맛에 맞지 않는다고 하는 뮤스를 이상하게 생각하고 있었다.

일행들은 점심 식사를 즐긴 후 누갈의 아쉬워하는 모습을 뒤로한 채 다시 투트가르로 향하는 길을 재촉했다. 지나다니던 사람들은 전뇌거의 기괴한 모습에 놀라워하는 모습이었지만 일행은 반응을 예상했던지라 별 신경을 쓰지 않았다. 점차 투트가르의 중심으로 들어가고 있는지 건물들의 수가 많아졌고, 눈에 띄는 사람들 또한 많아져 도시의 활력이 느껴졌다.

"와! 이곳이 투트가르라는 도시인가요?"

뮤스의 말을 듣고 있던 페릭스가 자랑스럽게 가슴을 펴며 말했다.

"후훗, 이곳은 내가 치안을 담당하고 있는 투트가르의 시내란다. 중심지는 조금만 더 가면 되니까 거기 가서 놀라거라. 라이부크의 신속에서만 살았다고 하니 구경할 것들도 많을 것이야."

상당한 자부심이 느껴지는 목소리였다. 투트가르는 약간 구릉진 언덕에 자리 잡고 있는 도시였는데 인구 약 30만 정도의 대형 도시였다.

전뇌거를 타고 10분 정도 달리자 일행은 투트가르의 중심지, 소위 투트가르 시내에 도착할 수 있었다. 넓은 대로의 주변에는 일렬로 서 있는 수많은 가로수들이 보였고, 반듯한 돌들로 포장된 거리 위로는 마차들과 사람들이 오가고 있었다. 또 대로 주변에 들어서 있는 건물들은 상당히 고급스럽고 고풍스러웠는데, 평균적인 높이가 삼, 사층은 되어 보였다. 수많은 건물들이 빼곡이 서 있는 언덕의 가장 높은 곳에는 상당한 크기의 위용을 자랑하는 투트가르 성이 거만한 듯 서 있었다. 오랜만에 돌아온 고향의 정취라도 느끼려는 듯이 율리아나는 큰 숨을 들이쉬는 모습이었다.

"하! 이 도시의 냄새! 언제나 생각해도 정말 좋아요. 전뇌거를 타고 포장된 도로에서 달리니 정말 좋은데요?"

앞 좌석에서 운전을 하던 크라이츠 역시 부드러운 주행감에 크게 만족을 하고 있는 중이었다.

"호호, 정말 그런걸. 이곳을 원없이 쌩쌩 달려봤으면 좋겠어!"

크라이츠의 말에 뮤스와 켈트는 간이 쪼그라들고 있었다. 이때 켈트가 율리아나에게 말했다.

"음, 이제 대강 투트가르까지 왔으니 헤어져야겠는걸?"

"어머나! 이대로 헤어지는 건가요? 바쁘신 일이라도?"

"허허, 그런 건 없단다. 그냥 여행 중인걸. 원래 목적지가 투트가르였지 않니? 도착했으니 이별을 하는 것이 당연한 것이지."

그의 말을 들은 율리아나의 얼굴에는 아쉬움이 피어나고 있었다.

"그럼 이렇게 하죠? 오늘 저녁을 저희 집으로 초대를 할게요. 하루 정도는 묵어가서도 괜찮을 듯한데요? 그렇게 하는 편이 더 편하지 않을까요?"

앞에서 운전을 하던 크라이츠가 그녀의 말을 기다렸다는 듯이 대뜸 끼어들었다.

"어머나! 그래도 되겠어? 만난 지 며칠 되지도 않았는데 신세를 지는 것이 아닌지……."

"아닙……."

"호호, 그렇다면 정말 고맙지! 그럼 오늘은 율리아나의 집에서 신세를 지도록 할게!"

율리아나가 뭐라 말을 하기도 전에 상황을 종료시킨 크라이츠가 그 뻔뻔함을 뽐내고 있었다. 지금까지 크라이츠가 조용하고 현숙한 이미지로 율리아나의 눈에 비춰져 왔었지만 한순간에 그런 그녀의 생각이 깨져 버리고 있었다. 의견의 일치를 본 일행은 투트가르 성의 성문을 지나쳤고, 성문을 지키던 병사들은 율리아나와 페릭스를 향해서 웃으며 가벼운 목례를 했다. 그리고 또 한참을 달려 성안으로 들어가자 여러 채의 성채가 보이고 있었는데 그중 가장 웅장하고 높은 성채의 화려한 문 앞에 일행들은 멈추었다.

말에서 내린 페릭스는 전뇌거에서 내리고 있는 율리아나를 부축했고, 곧 뒤에 서 있던 병사들에게 큰 소리로 외쳤다.

"그동안 수고 많았다! 다들 숙소로 가서 편히 쉬도록. 오늘 저녁은 특별히 푸짐한 음식을 지급하도록 하지."

"와아!"

잠시 고함을 지르는 병사들을 바라보던 그의 눈은 후드를 입고 짐을 챙기는 마법사를 향했다.

"레이멜, 자네도 수고했네. 그럼 내일 보기로 하지."

"에휴, 저는 이만 떠나렵니다."

"하하, 벌써 몇 번째인가, 떠난다는 말도. 이만 해산!"

"네!"

그 자리에 서서 해산 명령을 기다리고 있던 병사들은 짧고 시원스런 대답을 하고 뿔뿔이 흩어져서 자신들의 숙소로 돌아가기 시작했다. 다들 피곤한 모습이었지만 오랜만에 자신을 기다리는 가정으로 돌아간다는 한 가닥의 기쁨이 보이고 있었다.

뮤스의 일행이 전뇌거에서 내리고 있을 때, 성채의 문이 열리면서 한 명의 중년 남성이 만면에 미소를 머금으며 걸어나왔는데, 그의 뒤로 하인들이 따르고 있었다. 얼핏 눈에 띄는 값비싼 장식들로 봐서 꽤 지체가 높은 사람이라는 것을 알 수 있었다. 그의 두꺼운 입술을 열리며 듣기 좋은 음성을 흘러나왔다.

"오! 율리아나, 돌아왔구나!"

자신을 반갑게 맞이하는 목소리에 율리아나는 그 중년에게 뛰어들며 안겼고, 얼굴을 다시 한 번 확인하며 웃음 지었다.

"아버지, 오랜만이에요! 그동안 별고없으셨죠?"

"허허, 무슨 별일이 있겠느냐. 오느라고 정말 수고가 많았구나. 그건 그렇고 페릭스와 함께 계신 분들은?"

고개를 돌려 뮤스 일행을 바라본 율리아나는 아버지의 품에서 빠져나오며 그를 이끌었다.

"오는 길에 저희를 도와주신 분이세요. 제가 소개해 드릴게요."

아버지의 손을 꼭 붙잡고 뮤스 일행들에게로 걸어온 율리아나는 아버지에게 일행들을 소개하기 시작했다. 그녀의 소개를 듣고 있던 율리아나의 아버지는 자신의 딸과 함께 온 손님이었기에 호감이 가는 표정이었다.

"이쪽은 드워프이신 켈트님, 이쪽 레이디께서는 투트가르에서 온 크라이츠님이시고, 이쪽은 저와 동갑내기인 뮤스예요."

율리아나의 소개를 받은 일행들은 그녀의 아버지에게 가벼운 목례를 했고, 그 역시 가볍게 고개를 끄덕이며 인사를 건넸다.

"허허, 여러분, 반갑습니다. 전 여기 율리아나의 아비 되는 클래프 하이만 폰 투트가르 후작입니다. 반갑군요."

클래프 후작의 인사를 들은 뮤스가 크라이츠에게 귓속말로 물었다.

"누님, 원래 이곳의 이름은 저렇게 긴 거예요?"

재미있는 물음에 빙그레 웃던 크라이츠는 이해하기 쉽도록 그의 이름을 풀이해 줬다.

"저 사람은 귀족이라서 그렇단다. 클래프 하이만까지는 자신의 이름과 성이고 '폰'은 '어디어디에'라는 뜻으로 자신의 영지 이름을 그 뒤에 넣는단다. 그러니까 해석하면 이렇게 되겠구나. '투트가르의 영주인 클래프 하이만'이 되는 거지."

"아!"

이해가 간다는 듯이 뮤스의 고개가 크게 끄덕여질 때 클래프 후작의 말이 이어졌다.

"율리아나의 여행에 도움을 주셨다고요? 감사드립니다. 저희 성에서 편히 쉬고 가시죠. 이쪽 집사가 여러분의 숙소를 안내해 드릴 테니 여장을 푸시고 저녁 식사를 함께하도록 하지요."

"껄껄, 감사합니다, 후작님."

언제나 그랬듯이 능청맞은 웃음을 흘리며 대답을 하는 켈트였다. 집사를 따라 성채의 내부로 따라 들어간 뮤스는 또 한 번 놀라야만 했다. 내부의 엄청난 규모 하며 처음 보는 건축 양식이 뮤스의 눈을 압도했기 때문이다. 뮤스가 안내받은 방은 삼층에 위치하고 있었는데, 입구의 왼쪽에는 벽난로가 있었고 방의 오른쪽에는 커다랗고 푹신해 보이는 침대가, 그리고 고풍스런 가구들이 이곳저곳에서 어우러져 절묘한 분위기를 연출하고 있었다.

　"우와! 여기가 오늘 하루를 보내는 방이군. 그런데 방 안에 신발을 신고 들어가다니, 이곳 사람들은 꽤나 지저분한데?"

　아무래도 뮤스는 거지가 형님으로 모실 만큼 더러워진 얼굴과 원래는 흰색인 듯했지만 지금은 누가 봐도 회색이라 할 만한 복장을 하고 있는 자신의 모습에 대한 인식이 전혀 없는 듯했다. 혼잣말을 하던 그는 생전 처음으로 정상 크기의 침대에 몸을 쓰러뜨렸다.

　"이야! 굉장히 푹신한걸? 조선의 금침보다 훨씬 편한 것 같아!"

　하지만 감탄도 잠시, 누워 있다 보니 허리가 아파옴을 느낀 뮤스는 더 이상 참지 못하고 몸을 일으켰다.

　"조금만 누워 있어도 허리가 엄청 아픈데 여기서 어떻게 자란 말이지? 그냥 뛰어놀기에 좋겠네."

　그때부터 이것은 딱 장난감이라 생각한 뮤스는 침대 위에서 뛰어놀기 시작했는데, 머리가 천장에 닿을락 말락 하는 것이 기분이 상당히 좋았다.

　똑똑!

　뮤스가 침대 위에서 널뛰기를 하고 있을 때 노크 소리가 들려왔다. 침대 위를 이리저리 뛰어다니던 그는 자신의 행동을 들킬까 두려웠는지 서둘러 침대에서 내려와 앉으며 대답했지만 헝클어진 침대 시트가 그의 행위를 증명하고 있었다.

"네, 들어오세요."

끼익.

문소리와 함께 방으로 들어온 사람은 손에 뭔가를 든 중년의 여성이었다. 그녀는 들고 들어온 것들을 테이블에 내려놓으며 뮤스를 바라보았다.

"율리아나 아가씨께서 이 옷을 전해드리라고 했습니다. 그리고 머리를 좀 자르라고 하셨는데요."

말을 전하던 그녀는 불현듯 앞치마에서 칼을 꺼내 들었다. 비록 머리를 자르기로 마음을 먹고 있긴 했지만 이렇듯 준비없이 찾아오리라고는 생각하지 못했기에 뮤스의 목소리는 조금씩 떨리고 있었다.

"제, 제 머리 말씀이신지……?"

그의 물음에 대답도 하지 않은 그녀는 냉정한 목소리로 자신 앞의 의자를 가리켰다.

"어서 이쪽 의자에 앉으세요. 저도 상당히 바쁜 사람이랍니다."

"그게 저……."

중년 여성에게 뭐라고 말을 하기 위해 뮤스는 입술을 달싹거렸지만, 그녀가 꺼내 든 칼을 보자 서슬이 너무 시퍼래서인지 본능적으로 의자에 앉아버렸다. 그런 그의 마음을 아는지 모르는지 그녀는 뮤스의 목에 흰색의 천을 둘렀고 서슴없이 댕기를 잘라내기 시작했다.

투트가르 성 중앙 성채의 식당. 약 서른 명의 인원이 동시에 식사 가능한 거대한 테이블과 가죽으로 덧댄 고급 의자들이 길게 나열되어 있었고, 천장에는 화려한 샹들리에가 휘황찬란하게 불빛을 뿜어내고 있었다. 이미 테이블에는 수많은 음식들이 올려져 있었는데, 그 양은 스무 명 정도가 배부르게 먹을 수 있을 엄청난 양이었다. 식탁에는 율리아나와 그의 아버지 클래프 후작, 그리고 크라이츠와 켈트가 자리하고 있었다. 서로들 이야기가 오가는 중에 씹고 있던 음식을 목으로 넘기며 클래프 후작이 크라이츠에게 물었다.

"음, 그러고 보니 뮤스 군이 조금 늦는군요? 식사도 하지 않고 자는 건가요?"

"호홋, 아니에요, 후작님. 워낙 더러워서 단장을 좀 시켰거든요. 곧 내려올 거예요."

"흠, 그랬군요. 그래도 음식이 식기 전에 왔으면 좋겠는데… 아무래도 음식이 식는 건 참으로 안타까운 일이죠. 다시 데워도 그만한 맛이 안 나오니까요."

클래프 후작이 고개를 끄덕이며 안타까워하자 켈트가 입 안에 들어있는 음식물들을 튀기며 대화에 끼어들었다.

"허허허, 후작님의 말에 전적으로 동의합니다. 음식은 제때 먹는 것이 최고죠. 정말 이곳의 요리장 실력은 대단한걸요. 제 입맛에 딱 맞습니다!"

하지만 지금 크라이츠의 눈에는 그의 행동이 별로 좋아 보이지 않았는지 심드렁한 표정을 지었다.

"언제 켈트 씨의 입맛에 맞지 않는 음식도 있었나요?"

"저도 나름대로 미식가입니다, 크라이츠님."

끼이익.

크라이츠와 켈트의 신경전이 벌어지려 할 때, 큼직한 식당의 문이 열리며 한 미소년이 걸어 들어왔다. 그가 입고 있는 옷은 허벅지가 약간 달라붙는 팬츠에 고급스럽게 재단이 되어진 셔츠, 마지막으로 감촉이 좋은 가죽 신발까지 완벽한 조화의 한 벌이었다. 거기다가 깔끔하게 다듬어진 검은 머리와 까만 눈동자는 보는 이에게 아주 깊은 인상을 새겨주고 있었다. 이는 바로 율리아나의 뜻대로 새롭게 단장을 하게 된 뮤스였는데, 성으로 들어오기 전과는 전혀 다른 모습이었다. 그의 모습을 보던 켈트는 입의 음식물이 튀도록 호들갑스럽게 소리치기 시작했다.

"와우! 이게 아까 그 뮤스 맞냐? 아까 그 꼬질꼬질하던 모습이 완전 사라졌네? 역시 옷이 날개는 날개인가 보군!"

음식물을 입 밖으로 튀기는 켈트의 외침에 인상을 잠시 찡그리던 율리아나 역시 뮤스의 변한 모습에 놀라는 표정이었다.

"뮤스, 거봐! 그렇게 하니까 아까보다 훨씬 좋잖아!"

그는 일행들의 열렬한 반응에 쑥스러웠는지 얼굴이 절로 붉어졌지만 칭찬으로 들렸기에 그리 나쁜 기분은 아니었다. 하지만 행동은 전과 다름없었는데 팬츠를 손으로 잡아당기며 투덜거렸다.

"이거 꽤 불편하군요. 너무 몸에 붙어요. 조금 민망하기도 하고."

식사를 잠시 멈춘 크라이츠가 흐뭇한 듯 뮤스를 보며 말했다.

"호호, 조금 있으면 익숙해지겠지. 정말 잘 어울리는구나. 이쪽으로 와 앉아서 식사를 하렴."

"빨리 익숙해졌으면 좋겠네요."

고개를 끄덕이며 그녀 옆의 빈 의자에 앉은 뮤스는 테이블 위의 음식들을 바라보았다. 그리곤 이내 우려했던 바와 같이 느끼한 종류의 음식만이 가득 있음을 확인하고는 아쉬운 표정을 짓고 말았다. 마침 클래프 후작이 뮤스를 보며 말했다.

"뮤스 군도 차린 것은 별로 없지만 많이 들게나."

"헤… 이 정도면 진수성찬인걸요."

별로 그의 입맛을 끄는 음식은 없었지만 클래프 후작에게는 듣기 좋은 소리로라도 그렇게 말할 수밖에 없었다. 이때 식사를 하던 율리아나가 뭔가 이상하다는 억양으로 클래프 후작에게 물었다.

"아버지, 그런데 크리스티앙 오빠는 저녁 생각 없대요? 이상하게 보이지 않네?"

율리아나의 물음에 고기를 썰어 입으로 넣던 클래프 후작은 안색을 조금 어둡게 하며 대답했다.

"음, 그게 말이다… 네가 없는 동안 난처한 일이 생겼단다."

"난처한 일이라니요? 무슨 일인데요?"

말을 해야 할지 말아야 할지 잠시 고민을 하던 클래프 후작은 그녀의 얼굴을 보며 천천히 입을 열었다.

"흠… 네 오빠가 라이델베르크의 영주인 하버만 후작의 첫째 딸에게 반해서 청혼을 하러 갔다가 거절을 당해서 상사병이 난 게지. 알다시피 하버만 후작이 딸들에게만은 끔찍하다 보니 아무리 내 친우라 하지만 어쩔 도리가 없더구나."

클래프 후작의 말을 듣던 율리아나는 포크를 내려놓으며 되물었다.

"페릴 언니 말인가요? 그 언니가 오빠의 어디가 마음에 안 든다고 한 거예요?"

자신의 오빠가 거절을 당했다고 하자 마음이 상했는지 조금은 흥분한 말투였다. 주변을 둘러보며 손님들의 얼굴을 바라보던 클래프 후작은 그녀의 행동을 지적했다.

"흠, 다른 손님들도 있는데 이런 이야기는 실례란다."

그의 말에 식사를 하고 있던 크라이츠는 손을 내저으며 말했다.

"후작님, 저희는 괜찮습니다. 계속 이야기하시죠."

"이거 이해를 해주서서 감사하군요."

잠시 양해를 구한 클래프 후작은 율리아나에게 오빠에 대한 이야기를 해주기 시작했는데, 발단부터 시작하여 청혼을 할 때까지의 이야기도 빼놓지 않고 있었다.

"…했었지. 그런데 그 아이가 크리스티앙에게 어이없는 것을 부탁한 모양이더구나. 그것을 이뤄주기 전엔 혼인할 수 없다면서……."

이야기를 쭉 듣고 있던 율리아나는 클래프 후작이 잠시 말을 멈추자 마음이 답답한지 뒷이야기를 묻고 있었다.

"설마 엄청난 보물을 원한 건가요? 물론 페릴 언니의 성격에 그것은 아닐 텐데… 도대체 뭔데 그러죠?"

이 정도 이야기가 진전이 되자 궁금증 많은 뮤스와 흥밋거리에 약한 크라이츠는 식사하는 것도 잊은 채 둘의 대화에 귀를 기울였다. 켈트역시 그 부녀의 이야기에 귀를 기울이고 있었는데 다른 점이 있다면이미 식사를 끝낸 이후라는 것이었다. 율리아나가 재촉하자 잠시 한숨을 쉰 클래프 후작은 그녀의 궁금증을 풀어주었다.

"허허, 정말 어이가 없지, 하늘에 별을 따 달라는 것이었단다."

"어머나! 그런 일을 어떻게 부탁을 하죠? 아니지. 페릴 언니라면 그럴 만해요. 워낙 낭만을 즐기는 사람이니."

고개를 가로저어 보이던 클래프 후작은 답답한 듯 물 한 모금 마셨다.

"그렇게 해서 어쩔 도리가 없게 되었으니 크리스티앙이 저렇게 식음

을 전폐하고 누워 있는 것이지. 쯧쯧… 제 어미만 있었어도 더 좋은 신
붓감을 얼마든지 찾아줄 수 있을 것인데."

"아버지, 어머니 이야기는 또 왜 하세요."

"흠흠, 미안하구나."

눈시울을 잠시 붉힌 클래프 후작은 자신을 바라보고 있는 뮤스 일행
들과 눈이 마주치자 부끄러움을 느꼈는지 헛기침을 했다.

"흠흠, 이런! 손님들께 추태를 보였군요. 들으신 대로 이 아이의 어
미는 오래전에 세상을 떠났죠. 그래서 제가 어미 노릇하랴, 아비 노릇
하랴 정말 힘들었습니다. 이제 이렇게 반듯하게 커줬으니 더 이상 바
랄 것이 없죠. 껄껄."

그의 말을 듣던 크라이츠가 미소를 지으며 고개를 끄덕였다.

"네, 영애께서 정말 훌륭해 보이시네요. 밝아 보이기도 하고요."

이런 접대용 말들을 너무나도 자연스럽게 하는 크라이츠를 바라보
던 켈트는 수십 개의 얼굴로 돌변하는 그녀가 정말 존경스럽다는 듯이
바라보고 있었다.

10장 뇌동체술법

식사를 마치고 방으로 돌아온 뮤스는 방 안을 둘러보았다. 이미 벗어둔 옷들은 하인들이 들고 나갔는지 그 자리에 없었는데, 이제 자신의 몸에 조선의 자취가 하나도 남지 않았음을 느낀 그는 조금 허전한 기분을 느끼고 있었다. 하지만 드워프 마을에서 크라이츠와 진솔한 대화를 나눈 이후로 마음이 강해져서인지 금방 본래의 기분을 회복할 수 있었다. 손으로 얼굴을 쓸며 허전함을 떨쳐 내던 그는 문득 전신 거울에 자신의 모습을 비춰보았다. 결코 익숙하다고 말할 수 없는 모습이었지만 만족스럽긴 한지 얼굴을 만지며 말했다.

"후훗, 이 정도면 꽤 잘생겼지? 그리고 보니 키도 꽤 큰 것 같은데? 그나저나 이 옷은 좀처럼 적응이 안 되네. 으… 답답해!"

자신의 허벅지에 달라붙어 있는 팬츠를 계속 손가락으로 잡아당기며 투덜거리던 그는 다리를 이리저리 움직여 보았다.

"아무래도 적응을 시키려면 많이 걸어다녀야겠는걸. 그럼 조금이라도 늘어나겠지?"

그렇게 생각한 뮤스는 내친김에 방 밖으로 나와서 성채 안 이곳저곳을 살펴보기 시작했다. 그는 초대받은 손님이 아무 곳이나 돌아다닌다는 것이 실례라는 것을 알지 못했기에 전혀 거리낄 것이 없었는데, 성채의 내부를 거의 다 둘러봤음에도 불구하고 팬츠에 탄력이 여전히 그대로이자 성에 차지 않는 듯 아쉬워하고 있었다. 삼층의 계단에 앉아서 자신의 허벅지를 조이는 팬츠를 내려다보던 그는 고개를 내저었다.

"이렇게 걸었는데도 아직 덜 늘어났잖아. 탄력 한번 엄청 좋군."

팬츠를 몇 번 더 잡아당겨 보던 그는 몸을 일으켜 주변을 둘러보며 말을 이었다.

"이제 어디로 가지? 아! 이제 성채 주변 구경이나 하면 되겠구나. 앞쪽은 들어오면서 봤으니 뒤쪽으로 가볼까?"

또 다른 목적지가 생긴 그는 어색한 발걸음을 옮겨 계단을 내려가기 시작했다.

성채를 빠져나오고도 한참을 걸은 후에야 성채의 뒤뜰에 닿을 수 있을 만큼 성은 거대했다. 그곳에 닿은 뮤스는 팬츠가 늘어나기 전에 다리 근육이 먼저 늘어날 것이라고 생각하고 있었는데, 다행스럽게도 팬츠는 알맞게 늘어났는지 더 이상 허벅지를 조이지 않고 있었다. 이제 만족하며 방으로 되돌아가려 할 때 잠시 스친 그의 눈에는 놀라운 광경이 들어오고 있었다. 바로 엄청난 규모의 정원이 그곳에 있었는데, 높지 않은 수목들이 끊임없이 줄지어 서 있었고 누군가가 손질이라도 하는지 그 높이와 크기가 일정하게 반듯했다.

"우와! 이 성채의 안 보이는 곳에 이렇게 엄청난 정원이 있을 줄이야……."

이런 엄청난 정원을 본 이상 그냥 돌아갈 수 없다는 생각을 한 뮤스는 계속해서 발걸음을 옮기기 시작했다.

"역시 조선과는 전혀 다른 풍미인데? 흥미로운 곳이야. 클래프 후작이라는 사람은 우리 아버님보다 높은 분이신가? 우리 집도 이렇게 크지는 않았는데. 하긴 조선이야 땅덩어리가 워낙 작으니."

감탄을 하는 건지, 재산 비교를 하는 건지 모를 말을 내뱉으며 정원을 거닐고 있던 뮤스의 발걸음은 어느새 정원의 중앙부에 닿아 있었다. 그곳에는 뮤스의 탄성을 자아내는 아름다운 연못이 있었는데, 정원의 외부에서는 나무들에 가려 보이지 않던 것이 가까이 다가가자 발견할 수 있었던 것이었다.

"오… 역시 성이 크니까 이런 것도 있구나! 하긴 경복궁에도 있었으니……."

뮤스가 머리를 내밀어 연못을 들여다보니 어른의 팔뚝만한 관상용 고기들이 헤엄을 치고 있었다. 문득 어렸을 때 동네 아이들과 물고기를 잡으러 다니던 생각이 떠오른 뮤스는 입맛을 다시며 상념에 빠져들고 있었다. 하나 이것을 방해하는지 연못의 반대쪽에서 인기척이 들려왔다.

첨벙!

"어라? 나 말고도 다른 사람이 있나 보네? 이 야심한 시간에 누구지?"

궁금함을 느낀 뮤스는 호기심을 충족시키기 위해 연못의 반대쪽으로 걸어가기 시작했다. 잠시 후 인기척이 나는 곳에 가까이 이르자 근심이 듬뿍 담겨 있는 남자의 목소리가 들려왔다.

"오! 나의 페릴. 그대의 별 같은 두 눈은… 별 같은… 별 같은… 후우……."

별이라는 단어를 몇 번 되씹다가 한숨을 쉬어버린 청년은 손에 든 돌멩이를 연못으로 던지고 있었다.

첨벙!

그의 머리는 율리아나와 같은 금발이었고 몸은 약간 유약해 보였지만 상당히 호감이 가는 외모였다. 하지만 무슨 일인지 그의 얼굴은 수심으로 가득했다. 잠시 그를 지켜보던 뮤스는 호기심을 충족시키기 위해 그 청년에게 말을 걸었다.

"저 실례지만 처음 뵙는 분이시네요. 하긴 이 성이 워낙 크니… 왜 이런 시간에 여기서 그렇게 한숨만 쉬고 있으세요?"

지나가는 말투의 인사에 금발의 청년은 대꾸도 하지 않고 연못만 바라보고 있었다. 그의 태도에 어깨를 으쓱한 뮤스는 투덜거리며 혼잣말을 중얼거렸다.

"이곳의 사람들은 다들 왜 이런지 모르겠군. 사람이 말을 걸었으면 대꾸라도 해야지. 켈트 아저씨도 처음 만났을 때 그러시더니 말이야. 아무튼 삭막한 세상이라니까."

뮤스가 한동안 불만을 토로하며 계속해서 중얼거리자 그제야 금발의 청년은 고개를 돌려 뮤스를 바라보며 입을 열었는데, 뮤스의 말을 듣지도 못한 듯한 얼굴이었다.

"누구시죠? 처음 보는 얼굴 같은데……."

자신이 무시를 당한 것이 아니라는 것을 알게 된 뮤스는 기분을 풀며 그의 옆에 앉았다.

"제 말조차 못 들으셨다니 완전히 넋이 나가 있었군요. 저는 뮤스라고 해요. 그쪽은 누구시죠?"

그의 소개를 듣던 청년은 뮤스라는 이름에 대해 미리 들은 바가 있었는지 아는 척을 하며 자신의 소개를 했다.

"율리아나와 함께 오신 분이군요. 전 크리스티앙이라고 합니다."

이제야 뮤스는 식사 시간에 들었던 것이 기억나는지 무릎을 쳤다.

"아하! 율리아나의 오라버님 되시는 분이군요. 그나저나 초면에 실례지만 몰골이 말이 아닌걸요?"

연못의 물에 자신의 모습을 비춰보던 크리스티앙은 쓴웃음을 지었다.

"후훗, 그렇습니까? 저의 모습이야 어떻든 무슨 상관이겠습니까. 겉이 번지르르 해봤자 마음은 황폐한걸요."

모든 것을 체념한 듯한 그의 말에 조금 못마땅해진 뮤스는 혀를 차며 말했다.

"쯧쯧, 사내대장부가 한낱 아낙 때문에 이런 몰골로 있으면 됩니까?"

그의 말과 함께 죽어 있던 크리스티앙의 눈이 순간적으로 반짝이며 흥분한 모습으로 외쳤다.

"페릴 양은 한낱 아낙이 아닙니다! 그녀는 아주 특별한 여인입니다!"

무심코 그를 위로하기 위해 말을 던진 뮤스는 크리스티앙이 얼굴에 핏대까지 세우며 흥분하기 시작하자 크게 당황하고 있었다.

"아, 알았어요. 제가 잘못했어요."

뮤스에게 사과를 받은 후에야 크리스티앙은 화가 수그러드는지 구겨진 얼굴을 폈다. 한숨을 내쉬며 그의 안색을 살피던 뮤스가 조심스럽게 입을 열었다.

"듣자 하니 크리스티앙님이 사모하는 분께서 별을 갖고 싶다 하셨다면서요?"

크리스티앙은 뮤스의 물음에 어두운 하늘을 바라보며 대답했다.

"아버님께 들은 모양이군요. 하나 그것은 사람의 능력으로 불가능한 일. 설득을 하려 해도 그녀의 결심이 결코 가볍지 않아서 말입니다."

그의 말을 들은 뮤스는 잠시 생각에 잠겼다. 문득 뮤스가 아무런 말도 하지 않자 의아해진 크리스티앙은 눈을 돌려 그를 바라보았다.

"혹시 제가 방금 화를 내서 심기가 상하신 건가요? 그렇다면 죄송합니다. 워낙 예민해져 있는 터라서요."

크리스티앙의 목소리를 들으며 상념에서 깨어난 뮤스는 뭔가가 떠오르기라도 했는지 자리에서 일어나며 자신감 넘치는 모습으로 웃었다.

"하하, 그게 아니에요! 제가 그 일을 해결해 드릴 수 있을 것 같은데, 혹시 도와드려도 될까요?"

사과를 하다 말고 의외의 상황이 연출되자 크리스티앙은 놀라며 되물었다.

"네? 뮤스님께서 절 도와주신다고요? 신이 아닌 다음에야 어떻게 저 하늘의 별을 딴단 말입니까?"

믿어지지가 않는 듯 눈을 크게 뜨며 뮤스를 바라보고 있을 때, 그는 손가락을 둥글게 말아 하늘을 향해 뻗어보며 대답했다.

"설마 제가 별을 따겠습니까? 그건 절대 아니지만 제가 시키는 대로만 하면 이번 일이 잘 성사될 것 같습니다."

"그렇게만 된다면야……."

고개를 내려 크리스티앙을 쳐다본 뮤스는 쑥스러운 듯 머리를 긁적이며 말했다.

"헤헤, 그럼 내일 오전에 뵙도록 하죠. 저는 이만 준비 좀 하러 가볼게요."

"아… 네!"

뮤스가 하려는 일이 뭔지는 몰랐지만 아무것도 할 수 없던 상황에서 그나마 일말의 희망이 생긴 크리스티앙은 그에게 모든 것을 걸어볼 수밖에 없었다. 뮤스는 황급히 대답하는 크리스티앙에게 인사를 하며 자리를 옮겼다.

밤임에도 불구하고 무엇인가를 하느라 바쁜 시간을 보내던 뮤스는 하던 일을 마치고 켈트의 방문 앞에서 그를 부르고 있었다.

"켈트 아저씨, 주무세요?"

"아니, 아직 안 잔다. 들어오거라."

켈트가 아직 자지 않음에 안도의 한숨을 쉬던 뮤스는 조심스럽게 방문을 열고 들어갔다.

끼익.

방 안으로 들어가자 켈트는 잠옷 차림으로 침대에 누워 있었고, 이제 막 잠자리에 들려던 참이었는지 잠자리용 모자를 뒤집어쓰고 있는 중이었다. 미안한 표정을 떠올린 뮤스는 켈트에게 다가가며 친근한 목소리로 말했다.

"헤헤, 아저씨. 부탁 좀 할 게 있어서요."

그의 목소리를 듣고 뭔가 있구나 싶었던 켈트는 잠시 생각을 해보며 대답했다.

"흠… 어렵지 않은 것만 부탁하거라. 오늘 밤에는 푹 자둘 생각이거든? 내일부터 정말 길을 떠나야 하니 마지막으로 잠을 즐길 생각이야."

"밥 먹은 지 얼마나 됐다고 벌써 자요? 위 속에 음식물이 많으면 체내의 힘이 소화 작용에 들어가서……."

그의 잔소리가 길어질 듯 보이자 그것을 걱정한 켈트는 손을 뻗어 그의 말을 멈췄다.

"그만! 너 잘났다는 것은 알겠으니 그만 하고! 부탁할 것만 이야기해라."

이제야 자신이 켈트를 찾아온 이유가 생각난 뮤스는 주머니에서 종이 한 장을 꺼내 들었다.

"이것 좀 제작해 주시면 고맙겠는데요?"

"음… 어디 보자."

"한번 보세요."

뮤스는 미리 준비해 온 도면을 켈트에게 내보이며 크리스티앙의 일과 자신이 계획한 것들을 설명하기 시작했는데, 조금의 시간이 지나자 잠을 잔다고 말하던 켈트가 더 열성이었다.

"호오, 정말 좋은 생각인데? 이 재료는 수정으로 하자꾸나."

"여기는 볼록해야 하고 반대쪽은 오목한 거예요. 그런데 수정을 어디서 구하죠?"

"후작님께 말씀드려 보지. 설마 이만한 성에 수정 몇 조각 없으려고? 만약 없다고 해도 구해주실 게다. 다른 사람 일도 아니고 아들의 혼사가 달린 문제인데. 안 그래?"

"하긴 그렇죠. 그럼 내일이나 되어야 완성할 수 있겠네요?"

"흠, 별수있나? 지금 찾아뵙는 것도 실례이니."

고개를 저으며 종이를 내려놓는 켈트를 보던 뮤스는 미안한 듯 말을 꺼냈다.

"헤헤, 그럼 저는 이제 필요없으니 제 방으로 건너가 볼게요. 아저씨는 필요한 것들을 준비하고 계시면 되겠네요."

"네 녀석은 매번 일만 떠넘기고 노닥거리는구나."

머리를 긁적이던 뮤스는 그의 비위를 맞춰주기 위해 입을 열었다.

"저에게는 아저씨 같은 훌.륭.한. 기술이 없잖아요."

"흠흠… 하긴 나만한 기술을 가진 드워프도 드물지. 그럼 내일까지 준비해 놓으마. 잘 자거라."

"헤헤, 아저씨도 좋은 꿈 꾸세요."

몇 마디의 칭찬으로 켈트를 달래고 자신의 방으로 돌아온 뮤스는 힘이 드는지 침대에 몸을 뉘었다. 그리곤 모처럼 만의 여유에 자신의 생활을 한번 되짚어봐야겠다고 생각한 그는 혼잣말을 하기 시작했다.

"이쪽 세상으로 온 다음부터 별것이 다 불편하단 말이야. 음식도 그렇고, 이제는 잠자리까지… 드워프의 동굴에서는 피곤해서 그랬다 치지만 차라리 땅바닥이 더 좋지."

여기까지 말을 한 뮤스는 역시 침대는 안정이 안 되는지 카펫으로 내려와 엉덩이를 붙였는데, 아직까지는 어디에 걸터앉는다는 것보다는 주저앉는다는 것이 훨씬 편안했기 때문이다. 이제 몸이 편해지자 자연스럽게 묻어뒀던 생각들이 하나씩 떠오르기 시작했다.

"여행이라… 그런데 장영실 아저씨가 이쪽 세계로 왔다면 어떻게 만나지? 보아하니 조선보다 훨씬 큰 나라인 듯한데."

그가 가진 가장 큰 걱정거리는 뭐니 뭐니 해도 장영실과 만나는 것이었는데, 그가 언제 이곳으로 올지, 또 온다고 해도 어떻게 장영실과 만날지가 문제였다. 뮤스는 그 방도를 모색하기 위해 골똘히 생각에 잠기기 시작했다. 한 시간 정도가 지났을까? 허공을 멍하니 응시하던 뮤스의 두 눈에 갑자기 초점이 생기더니 호들갑스럽게 말했다.

"그래! 내가 유명해지면 장영실 아저씨가 날 찾기 쉽겠구나!"

하지만 뮤스는 다시 난감해져 안색을 흐렸다.

"한데 무슨 방법으로 유명해진단 말인가. 내가 가진 능력이래 봐야… 내가 가진 능력? 그렇지! 내 머리 속에 들어 있는 지식 정도면 유명해진다는 것은 아무것도 아니겠구나!"

그때부터 한번 터지기 시작한 생각의 봇물은 멈출 생각을 하지 않고 계속되었다.

"아무래도 이곳은 조선보다는 기술력이 떨어지는 듯하니 이곳에서 공학원을 만드는 거야! 백성들에게 유용한 기구들을 제공하는 공학원! 물론 돈도 벌고!"

생각만 해도 기분이 좋아지는지 뮤스의 얼굴은 설레임으로 물들기 시작했다. 투트가르 성의 작은 방에서 떠오른 그의 생각이 훗날 도이첸 제국의 앞날을 이끌어 나갈 공학원의 시초가 될 줄은 그 누구도 모르고 있었다.

"그러려면 떠돌아다니는 것보다 어느 한곳에 뿌리를 내리는 것이 좋을 것 같은데… 켈트 아저씨와 크라이즈 누님께 부탁을 드리는 거야. 비록 처음에는 신세를 지겠지만 훗날 곱절로 갚아드리면 되니까."

이렇게 결심한 뮤스는 한결 마음이 편해졌는지 그 자리에 벌렁 누워 버렸다.

"이제 대강 진로를 정했으니 두 분만 설득하면 되겠구나."

이제 한 가지의 걱정거리를 해결한 그는 다음 걱정거리를 찾고 있었는데, 이것저것 생각을 하다 보니 결국 뇌공력에까지 생각이 미치고 있었다.

"음… 그것은 그렇고 내가 사용할 수 있는 뇌공력은 점차 늘어만 가는데 이를 어쩌지? 아무리 생각해 봐도 내 몸에서만 돌고 있는 것은 아까워. 어떻게든 유용하게 사용해야 할 텐데……."

이렇게 생각한 뮤스는 두 눈을 감으며 숨을 고르자 뇌리를 스치는 일정한 음률을 느낄 수 있었다. 평소에는 느끼지 못하고 있다가 이렇게 혼자 조용히 있을 때에는 온몸으로 음률을 느꼈는데, 그럴 때마다 몸이 가벼워지고 피로가 가시곤 했다. 뮤스는 지금 이것에 대한 생각을 떠올리고 있었다.

'음… 뇌동심결은 참으로 대단한 것 같아. 이렇게 자연스럽게 뇌공력이 유도되다니 말야. 명나라의 사람들은 이를 근육 등으로 흘려 무공을 쓴다지? 그럼 뇌공력을 근육으로 흘린다면?'

눈을 번쩍 뜬 뮤스는 자신의 생각대로 뇌공력을 팔 근육에 응축시키기 시작했다. 그러자 놀랍게도 뮤스의 팔은 스파크를 튀기며 노란 빛으로 둘러싸여 버렸다. 새로운 능력을 깨우치게 된 그는 희열에 찬 모습으로 손을 내려다보았다.

"이, 이게 어떻게 된 거지? 빨리 기억을 더듬어보자… 이런 것에 대한 언급이 없을 리가 없어."

아직 뮤스는 자신의 머리 속으로 이전된 지식들에 대한 자각이 부족한 모습을 보이고 있었는데, 평소에 아무런 생각이 없다가 옛일을 떠올리고자 마음을 먹고서 기억을 더듬어보는 것과 같은 이치였다. 잠시 기억을 떠올려 보던 뮤스는 손으로 이마를 치며 외쳤다.

"아! '뇌동체술법'이라는 것이 있었나! 공학도들이 자신의 신변을 보호하기 위해 익히던 무예!"

그리곤 잠시 머리 속에서 흘러 다니는 지식을 더듬어보자 '뇌동체술법'의 교본을 떠올릴 수 있었다. 그 교본은 십여 가지의 움직임과 익히기 방법을 표시했는데, 이 뇌동체술법의 기본은 택견의 그것과 동일했고 다른 점이 있다면 뇌공력으로 사지를 감싼다는 것이었다.

"음, 처음은 품 밟기를… 이렇게 하는 것인가?"

뮤스는 제자리에 서서 머리에 떠오르는 그림대로 몸을 움직이기 시작했다.

"빗 밟기… 길게 밟기… 눌러 밟기… 제품 밟기."

동작의 이름을 중얼거리며 한참 동안을 연습하던 뮤스는 별 어려움이 없는 모습이었다. 처음 해보는 사람들에게는 어색한 발놀림이었지만 뮤스는 오랫동안을 수련했던 사람인 양 능숙하기만 했다.

"내가 어려서부터 하던 비사치기를 좀 할 줄 알면 이 정도야 누워서 떡 먹기인걸? 다음 동작이나 해봐야겠다. 뇌공력을 운용하랬지?"

뮤스는 새로운 마음으로 뇌공력을 사지로 흘렸는데, 그러자 팽팽한 긴장감이 몸으로 느껴졌고 품 밟기와 함께 다음 동작들을 펼쳐 내기 시작했다. 뇌동체술법의 동작들은 다리의 움직임이 그 주였는데 어려서부터 제기차기 등으로 발 재간을 연마한 그로서는 그리 힘들지 않았고, 그래서인지 쉽게 진도가 나가자 신이 났다. 사실 뇌동체술법의 고수가 봤다 하더라도 그 익숙한 발놀림에 혀를 내둘렀으리라.

"하하, 이거 정말 재미있군. 가끔 몸을 단련할 때 연습해야겠어. 혼자 하니 조금 심심하긴 하지만 이 정도면 뭐."

시간이 가는 줄도 모르고 연습하던 뮤스는 방의 이곳저곳을 누비고 다녔다. 이젠 그 역시 무아지경에 빠졌는지 자신의 발에 걸리는 족족 부서져 나가는 가구들을 인식도 못하고 있었다.

빠직! 빠각! 우지끈!

새벽이 되어서야 무아지경에서 돌아온 뮤스는 자신의 초토화된 방을 바라보며 할 말을 잃고 있었다.

"헉! 괴룡이라도 지나갔나? 아냐! 크라이츠 누님은 자기 방에 있을 텐데. 그렇다면 내가 이런 짓을? 내가 실성했던 모양이야. 그나저나 이 일을 어쩐다."

고민에 빠진 뮤스는 한동안 아무런 말을 하지 않고 있었다. 하지만 곧 한숨을 내쉬며 어쩔 수 없다는 듯이 고개를 저었다.

"휴우… 어쩔 수 없지 오늘 밤은 그냥 자고 내일 성주님께 비굴하게 빌 수밖에."

편안하게 생각하기로 한 뮤스는 자신의 발에 맞아서 네 개의 받침 다리 중 두 개를 잃어 기울어진 침대에 몸을 실었다. 하나 성 내부에 존재하는 가구의 대부분은 내구성을 위해서 일반 목재와는 강도가 상대도 안 되는 특수 목재를 사용한다는 것을 모르고 있는 뮤스였다.

똑똑. 똑똑.

"뮤스님, 들어가도 되겠습니까?"

끼익.

방문 앞에서 노크를 하고 있던 하녀는 인기척이 없자 실례를 무릅쓰고 방문을 열었다. 그러자 쑥대밭이 된 방 안의 광경이 하녀의 눈에 들어왔고, 안색이 새파래진 그녀의 입에서 나온 말은 단 한 마디뿐이었다.

"까아!!"

성내의 응접실은 여느 방들과 같이 우아하게 꾸며져 있어 성의 얼굴이라 할 만했다. 손님들이 성에 초청되어 왔을 때 가장 먼저 접하게 되는 곳이 응접실이기 때문에 응접실의 분위기가 성의 첫인상을 좌우하게 되는 것이다. 그래서인지 보다 세심하게 꾸며져 있었는데, 선반과 가구들에는 먼지 한 올 앉아 있지 않았고, 바닥은 고급스런 대리석으로 아름다운 문양을 그려내고 있었다.

응접실에는 하녀의 비명에 요란한 아침을 보낼 수밖에 없었던 뮤스의 일행들과 율리아나의 가족들, 그리고 수비대장을 맡고 있는 페릭스 등 모두가 한자리에 모여 있었다. 쑥대밭이 된 방에서도 잘만 자고 있었던 뮤스가 대단하다는 듯이 켈트가 말했다.

"도대체 어떻게 된 게냐? 한밤에 드래곤이 짓밟고라도 간 거야? 아앗……."

켈트에게 눈치를 한번 주던 크라이츠는 걱정스런 표정으로 묻기 시작했다.

"뮤스, 그 일에 대해 설명 좀 해줄 수 있겠니? 후작님과 다른 분들도 들어보고 싶어하겠구나."

역시 레이디의 말투였다. 그녀의 말투야 어떻든 간에 주변의 모든 이들이 자신을 바라봄을 느낀 뮤스는 더욱 위축감을 느껴야만 했다. 어제 밤까지만 해도 별일이 아닌 걸로 생각되어졌지만 막상 뚜껑을 열어보니 쉽게 넘어갈 문제가 아니었던 것이다. 그중 가장 걱정을 하고 있는 사람은 클래프 후작이었다. 만일 어떤 침입자가 있어서 뮤스에게 그런 일을 저질렀다면 자신의 명예가 걸린 문제였던 것이기 때문이다.

"흠, 뮤스 군, 자세히 좀 말해 보게나. 우리 성의 보안이 걸린 문제야. 아무리 성의 경비를 페릭스에게 전권하고 있다고는 하지만 이런 일이 또 일어난다면 내 체면이 말이 아닐걸세."

클래프 후작의 말에 자신의 잘못인 양 고개를 푹 숙이고 있는 페릭스의 모습이 뮤스의 눈에 비춰졌다. 사실을 숨길 만한 일이 아니라 생각했는지 뮤스는 사실을 그대로 주변에 있는 이들에게 말했다.

"사실… 제가 저지른 일인데요. 그 방의 가구가 비싸다면 제가 어떻게든 물어드릴게요."

그의 말에 무슨 뜻이냐는 듯이 더 의아함을 느끼는 일행들이었다. 이때 페릭스가 끼어들며 말했다.

"뮤스 군이 한 일이라고 했나? 저 방의 가구들은 웬만한 해머로 내려쳐도 저렇게 부서지지는 않을걸세. 오우거쯤 되어야 맨손으로 부술 수 있을걸? 만약 오우거들이래도 저 정도는 아닐걸세. 성이라는 곳은 전쟁 시 수많은 침입을 받기 때문에 약한 재질의 목재는 사용하지 않기 때문이지."

페릭스의 말에 깜짝 놀란 것은 오히려 뮤스 쪽이었는데, 자신의 발 휘두름에 그런 위력이 실려 있다는 것이 믿겨지지가 않았기 때문이다.

"그, 그런가요? 그렇지만 정말인데……."

페릭스와의 대화를 듣고 있던 클래프 후작이 손가락으로 턱을 괴면서 말을 했다.

"흠… 그럼 자네가 한번 더 보여주면 되지 않겠는가? 만약 자네 말이 사실이라면 이번 일은 아무런 문제 없이 넘어가도 좋을 테니 말일세."

"그것이라면 상관없어요!"

뮤스가 동의하자 더 기다릴 것도 없었다.

"페릭스, 방의 가구들과 같은 목재로 좀 준비해 주겠나?"

"예, 알겠습니다!"

잠시 후 페릭스는 방의 가구들을 만드는 목재를 준비해 왔다. 가구들의 색보다는 조금 더 진한 빛을 띠고 있었는데 가구를 만들 때는 목재를 특수 처리하여 고급스럽게 보이게 했기 때문이었다. 페릭스는 그 목재를 벽돌 위에 올려놓았다.

"뮤스 군, 준비는 다 되었으니 한번 해보게."

그의 말을 들은 뮤스는 땅바닥에 놓여 있는 목재 앞에 서서 뇌공력을 손으로 집중시키기 시작했다.

파직!

처음엔 스파크가 일더니 방출되는 양이 많아지자 근육에 농축되면서 어젯밤과 같은 노란 광채가 일기 시작했고 동시에 주변에서는 놀람의 목소리가 들려왔다.

"마, 마법이다! 스트렝스 마법인가?"

그들의 목소리를 뒤로한 뮤스는 일정량이 되었다 느끼며 그 손을 휘둘러 가볍게 목재를 내려쳤다.

파각!

그러자 목재는 썩은 감나무마냥 힘없이 으스러지며 깨져 버렸고, 뮤스의 손에 가격당한 부분은 새카맣게 타버린 흔적이 생겼다. 이를 지켜보던 사람들 중 크라이츠를 제외한 모두는 눈이 휘둥그레졌다. 그중 가장 놀란 사람은 누가 뭐래도 페릭스였으리라.

"뮤스 군, 이 어찌 된 일인가? 내 무도의 길을 걸은 지 30년 가까이 됐지만 이런 일은 들어본 적도 없네."

손에서 뇌공력을 풀던 뮤스는 페릭스의 물음에 뭐라 대답할 수 없어 우물쭈물거리고만 있었다. 그의 모습을 보던 크라이츠가 이번에도 일을 해결하기 위해서 입을 열었다.

"페릭스 씨, 보시다시피 뮤스는 평범한 아이가 아니랍니다. 태어나면서부터 신비한 능력을 가지고 있고, 아직도 숨어 있는 능력들이 많죠. 오늘에서야 이런 능력도 있다는 것을 알았네요. 앞으로 크게 될 녀석이거든요."

어영부영한 대답으로 끝맺음하려는 크라이츠의 아쉬운 대답이었지만 그녀가 의식적으로 숨기려 한다는 것을 눈치 챈 클래프 후작은 더이상 그에 대한 언급을 하지 않았다. 이제야 상황이 정리되었다는 것을 느낀 크리스티앙은 어제부터 마음 졸이고 있던 자신의 혼사 문제에 대해서 말을 꺼내기 시작했다.

"저… 뮤스님, 어제 말씀하신 제 일은……."

모두 아는 사실이라지만 역시나 쑥스러웠던지 조심스런 목소리였다. 그가 말을 꺼내자 잠시 기가 죽어 있던 뮤스가 웃으며 대답했다.

"아, 크리스티앙님. 어제는 재료가 없어서 끝내지 못했거든요? 하지만 오늘이라도 금방 제작할 수 있으니 염려 마세요."

그를 안심시킨 뮤스는 클래프 후작을 바라보며 물었다.

"후작님, 수정을 좀 구하고 싶은데… 투명할수록 좋습니다."

클래프 후작이 고개를 갸웃거리며 말했다.

"그렇지 않아도 아침에 일어나 보니 크리스티앙이 난리를 피우더군. 뮤스 군이 혼사 문제를 해결해 준다 했다고 말이지. 그런데 방금 전 이야기를 들어보니 무엇을 만들려고 하는 것 같은데 혹시 마법의 물건이라도?"

"헤헤, 그런 것은 아니에요. 지금 설명드려 봐야 이해하기 힘드실 테니 이후에 크리스티앙님께 설명을 들으시는 것이 더 나을 듯싶네요."

"음… 그럼 참을 수밖에. 성내에 수정으로 된 것이라면 이 아이들의 어미가 남긴 수정 접시밖에 없네. 나와 혼인을 할 때 장만한 것인데, 아무래도 오늘 같은 일이 있을 것을 이 아이들의 어미가 짐작했나 보군. 그것을 쓰도록 하게나."

"그리 소중한 것을 써도 되겠어요?"

걱정스런 뮤스의 말에도 불구하고 고개를 가로저은 클래프 후작은 웃으며 말했다.

"허허, 어차피 뒤봤지 그냥 접시 아니겠는가? 주신의 품에 안겨 있는 아이들의 엄마도 그것을 원할 게야."

"음… 정 그러시다면 그 접시를 사용하도록 할게요."

하인을 불러 수정 접시를 가져오도록 한 클래프 후작은 켈트와 뮤스가 하고 있는 작업을 흥미롭게 지켜보고 있었다. 우선 켈트는 미리 준비해 둔 두 개의 나무 원통을 정성스럽게 세공하고 있었다. 아무래도 청혼에 사용할 물건인만큼 그 겉모습에도 신경을 쓰기로 했기 때문이다. 켈트의 손놀림이 점차 진행되어 감에 따라 두 개의 나무 원통에는 아름다운 무늬가 새겨져 가고 있었다. 옆에서 구경하던 사람들 역시 켈트의 손놀림에 매료된 듯이 침묵으로 일관하며 켈트의 세공을 감상하고 있었다. 얼마의 시간이 흐르자 세공 작업을 마쳤는지 켈트의 손 움직임이 멈췄고 그제야 주위 사람들은 눈을 뗄 수가 있었다.

"허허, 드워프 족들의 공예 솜씨가 대단하다는 소문은 들었지만 이정도일 줄은 상상도 못했습니다. 잘은 모르겠으나 켈트님 정도면 드워프 족에서는 상당한 솜씨인 것 같습니다?"

비록 귀족이었지만 켈트에게 존대를 해주는 클래프 후작이었다. 사실 후작 정도 되는 귀족이라고 하지만 그것은 인간들 사이에서의 지위일 뿐이지 다른 종족에게까지 해당되는 상황이 아님을 알고 있었기에 켈트에게 존대를 해주는 것은 지극히 당연한 것이었다.

"껄껄, 감사합니다. 뮤스, 이제 수정을 세공해 보자. 이 정도면 충분할 것 같군."

켈트의 말에 씨익 웃은 뮤스는 자신의 손에 들려 있는 수정 접시를 켈트에게 넘겨주며 말했다.

"살펴보니 두께도 이 정도면 딱 좋아요. 우선 접시 하나는 볼록하게 세공해 주세요. 원통의 한쪽 크기에 맞게요. 그리고 반대쪽은 오목하게 해주세요. 이건 반대쪽 원통의 크기에 맞게요."

"흠, 그러지."

사각사각―

켈트의 손에서 접시 모양이던 수정은 점차 그 모습이 변해 볼록하고 오목한 모양으로 변하고 있었는데, 마지막 잡티 제거 과정이 끝나자 투명 무결한 두 개의 둥근 렌즈가 완성되어 있었다.

"헤… 역시 켈트 아저씨의 솜씨는 천하제일이에요! 이제 나무 원통에 하나씩 끼우죠."

머리를 끄덕거리며 아름답게 세공되어진 나무 원통에 잘 손질된 수정을 끼워 넣었고, 두 개의 원통을 조립하여 길이를 조절할 수 있는 하나의 나무 원통을 완성하였다. 완성된 원통을 뮤스에게 넘겨준 켈트는 허리를 두들기며 바닥에서 일어났고, 뮤스는 받은 원통을 눈에 대며 이리저리 둘러보고 있었다. 지켜만 보고 있던 크리스티앙이 말했다.

"저… 뮤스님, 그게 뭐죠? 그 물건으로 제 혼사를 해결할 수 있다는 겁니까?"

크리스타앙의 표정에서 불안함이 기어나오고 있었다. 하지만 당연하다는 표정을 한번 지어 보인 뮤스가 말했다.

"하하, 밤이 되면 저절로 알게 될 거예요. 이것이 어디에 쓰는 물건인지."

"그러면 언제 떠나야 하죠? 라이델베르크까지는 상당한 거리입니다. 마차로 이틀을 달려야 하는 거리인데……."

이때 크라이츠가 웃으면서 끼어들며 말했다.

"호호, 크리스타앙님, 저희와 함께 지금 떠나도록 하죠. 전뇌거의 속도면 오늘 밤이 되기 전에 도착할 듯하네요. 어차피 저희도 라이델베르크를 지날 예정이니까요."

"전뇌거요? 아… 여러분이 타고 오셨다는 그 이상한 기물 말씀이군요. 그 기물이 그렇게 빠릅니까? 저야 하루라도 빠른 것이 좋습니다만."

"호호호, 잘됐군요. 그럼 준비되는 대로 함께 출발하도록 하지요."

"네, 알겠습니다, 크라이츠님."

이상하게 서두르는 둘의 대화를 듣고만 있던 켈트와 뮤스는 출발 예정이 잡히자 똥 씹은 표정을 하고 있었다.

II장 크리스티앙의 청혼

    일행은 모든 짐을 챙겨 전뇌거 앞에 모여 있었다. 올 때와 달라진 것이 있다면 뮤스의 짐이 늘어 있다는 것인데 율리아나의 성화에 옷 여러 벌을 얻어가는 것이었다. 사양하려는 모습을 보이긴 했지만 율리아나의 고집을 이겨낼 재간이 없었는지, 아니면 필요한 것이라 못 이기는 척 받은 것인지는 알 수 없었다.

    크리스티앙은 평소와는 다르게 화려한 옷으로 단장을 하고 있었는데 사모하는 사람을 만나러 간다는 설레임과 걱정스런 마음이 교차되고 있는 미묘한 표정을 짓고 있었다. 후작과 율리아나는 크리스티앙과 뮤스 일행을 마중하기 위해서 나와 있었다. 크라이츠가 전뇌거의 운전석에 올라타며 말했다.

    "자, 다들 타세요. 이제 출발해야지요?"

    언제부터인가 전뇌거의 운전은 자연스럽게 크라이츠의 것이 되어버렸다. 이곳에서 얻을 것은 모두 얻었기에 더 이상 거칠 것이 없어진 그녀가 뜻깊은 미소를 짓기 시작하자, 이제 올 것이 왔다는 표정으로 창조와 망치의 신인 말스에게 조용히 기도를 올리고 있는 켈트의 모습이 사뭇 신성해 보였다.

하나 그 말스도 켈트를 도와주지는 못하는지 전뇌거에 올라탈 수밖에 없었다. 아무것도 모르는 크리스티앙은 설레는 마음 하나로 서둘러 전뇌거에 올라탔고 뮤스는 이제 초탈했는지 크라이츠의 옆 자리에 힘없이 올라탔다. 이때 혼사의 기로에 선 아들을 바라보며 클래프 후작이 말했다.

"크리스티앙, 잘될 게다. 너무 심려 말거라."

"네, 아버지. 율리아나, 다녀오마."

"오빠, 힘내! 꼭 페릴 언니와 결혼할 수 있을 거야!"

"그래, 고맙다."

가족들과의 인사가 끝났음을 확인한 뮤스 일행은 클래프 후작과 율리아나에게 가볍게 인사를 전하고 다음 목적지인 라이델베르크를 향해 빠른 속도로 전뇌거를 몰기 시작했는데, 남아 있는 자들만 번개같이 지평선 너머로 사라져 가는 전뇌거의 뒷모습을 보며 땀을 쓸어 내릴 뿐이었다.

이곳은 라이델베르크의 외곽 지역. 투트가르와 달리 평지대인 이곳 역시 드넓은 초원이 펼쳐져 있었고, 잘 익은 홍시와 같이 붉은 일몰이 지평선 끝으로 아름답게 펼쳐지고 있었다. 하늘과 땅이 만나는 곳, 그곳에서 뿌연 흙먼지가 머리꼭지만 남은 태양을 희미하게 가리우고 있었다.

"오호호호호! 역시 이렇게 달려야 화끈하지! 그동안 이 좋은 것을 참고 있느라고 혼났는걸?"

투트가르로부터 전뇌거를 달려 라이델베르크 외곽까지 이른 뮤스 일행들이었다. 무려 200여 켈나나 되는 거리를 불과 두 시간 반 만에 달려온 크라이츠는 운전 솜씨를 뽐내듯이 전뇌거의 뒤로 뿌연 먼지를 날리고 있었다. 뒷좌석에서 하얗게 질렸지만 먼지 때문에 누렇게 보이는 크리스티앙이 입만 뻥긋거릴 뿐 아무런 행동도 취하지 못한 채 의자에서 얼어 있었는데, 도착한 후에 상당량의 흙을 그의 입에서 퍼내야 할 듯싶었다. 크라이츠의 곁에서 뮤스가 말했다.

"누, 누님… 이제 속도 좀 줄이는 것이 어때요?"

"그건 그렇구나. 그럼 천천히 가지 뭐. 인간으로 폴리모프했을 때는 좀 얌전히 지내려고 했는데, 전뇌거만 타면 본성이 나오니 이거 큰일인걸?"

크라이츠의 중얼거림이 그리 작은 소리는 아니었지만 혼백이 이미 몸에서 떠난 크리스티앙은 그 중얼거림을 듣지 못하였다. 크리스티앙이 떨어지지 않도록 꼭 붙잡고 있던 켈트가 말했다.

"에고에고… 크라이츠님의 운전은 언제나 적응이 안 되는군요. 그건 그렇고, 이제 조금만 더 가면 라이델베르크 시내로 들어가겠는걸요?"

"네, 앞으로 십여 분만 더 달리면 되니 어두워지기 전에 도착하겠군요. 시내로 들어간 다음에 숙소를 정하고 크리스티앙의 일을 해결하도록 하죠."

"그게 좋겠군요. 아참, 뮤스, 어떻게 해서 그런 힘이 생긴 것이냐? 지금까지 묻고 싶었지만 참느라 혼났다. 크리스티앙이 제정신이 아니니 이야기해도 될 것 같은데?"

그의 물음에 뮤스가 뒤를 돌아보며 말했다.

"아! 그 일요? 제가 방으로 돌아온 후 심심해서 뇌공력을 근육에 집중시켰더니 몸에서 변화가 생기더라고요. 혹시나 해서 기억을 더듬어보니 호신 무예라는 것을 찾아낼 수 있었는데, 바로 그 호신 무예의 결과물이 그 모양이 된 방이죠."

"흠… 그렇다면 그건 상당한 수확이야. 아무래도 여행할 때 자신의 몸을 지킬 수 없다면 무리거든. 크라이츠님께서는 마법을 쓰지 않겠다고 하셨으니 너와 나밖에 없는 것이 되니까 말이지. 그럼 영락없이 레이디를 수행하는 두 명의 여행자가 되는 건가? 이런… 음유 시인들의 영원한 레퍼토리군. 달갑지 않은걸?"

"전 그리 뛰어난 실력이 아니라고요. 아시다시피 어젯밤에 처음 시작한걸요."

"후훗, 차차 나아지겠지. 저기 건물들이 보이는군."

켈트의 말에 뮤스가 정면을 응시하니 차츰 눈에 건물들의 윤곽이 잡히기 시작했다.

라이델베르크는 린 강의 지류로서 인구 약 14만의 관광의 도시이자 학문의 도시로 유명했는데, 한 도시에 두 개의 대학이 존재하는 유일한 도시였다. 그래서인지 라이델베르크는 언제나 유학생들로 북적였고 두 개의 대학 주변에 군소의 아카데미들이 들어서 있었다. 또 하나의 특징이 있다면 국경과는 멀리 떨어져 있는 위치적 특성으로 인하여 시내의 치안 유지를 위한 병력들 이외의 병력은 보유하고 있지 않다는 것이었다.

라이델베르크의 시내로 진입한 뮤스 일행은 전뇌거 때문인지 뭇 사람들의 뜨거운 시선의 환영을 받으며 시내를 달리고 있었다. 어느새 정신을 차렸는지 의관을 다시 정비한 크리스티앙은 아무런 일도 없었다는 듯이 앉아 있었으나 눈빛은 아무런 일이 있었을 때의 그것이었다.

이미 여러 번 와본 적이 있는 듯이 크라이츠는 유유자적하게 전뇌거를 몰고 있었다. 이윽고 전뇌거가 멈추었는데, 전뇌거가 멈춘 곳은 '쉐퍼드의 정'이라는 상당한 규모를 가진 여관 앞이었다. 크라이츠가 운전석을 정리하며 말했다.

"자! 짐을 가지고 내리죠. 제가 와본 곳 중에 라이델베르크에선 여기가 제일 괜찮았어요."

그런 그녀를 보며 뮤스가 물었다.

"전뇌거는 이대로 두어도 될까요?"

"너는 똑똑한 건지 멍청한 건지 도무지 알 수 없구나. 누가 전뇌거를 가지고 가겠니? 겉으로 봐선 말도 없는 마차인데. 안 그래?"

"그러고 보니 그 말도 일리가 있군요."

여관은 모두 4층으로 이루어져 있었다. 1층은 식당과 카운터로 이용되었고, 나머지 층은 숙박 시설로 되어 있었다. 여관으로 들어가자 저녁 식사 시간이어서인지 많은 사람들로 붐비고 있었다. 사람들도 여러 가지 부류였는데 신관들의 모습과 떠돌이 용병의 모습, 아카데미 학생들의 모습이 대부분이었다. 다른 일행은 내부의 모습에 정신을 빼앗겨 있는 뮤스를 지나쳐 카운터로 걸어갔고, 일행들이 스쳐 지나감을 느낀 후에야 뮤스는 뒤따라 걸어갔다. 카운터의 친절해 보이는 중년 아주머니가 뮤스 일행을 반겼다.

"어서 오세요, '쉐퍼드의 정'입니다. 무엇을 원하시죠, 손님?"

모든 재정을 담당하고 있는 크라이츠가 카운터의 아주머니에게 필요한 것들을 이야기했다.

"여기서 가장 큰 방 두 개만 주시겠어요? 설마 이미 차버린 건 아니겠죠?"

"호호, 물론 아니죠, 아름다운 손님. 제일 큰 방 두 개면 하룻밤에 2겔피 되겠습니다. 식사는 식당에서 하시면 되고 식사 세 끼는 숙박비에 포함됩니다. 401호와 402호입니다. 좋은 하루 되세요."

"네, 고맙습니다. 올라가서 짐이나 풀고 와서 식사를 하든지 하죠. 올라가자꾸나, 뮤스."

"아, 네."

뮤스, 켈트, 크리스티앙 세 명이 한 방을 쓰기로 했고, 크라이츠는 여자였기에 혼자 방을 쓰기로 했다. 방은 가격의 가치를 보여주는 듯이 넓고 잘 꾸며져 있었는데 넓은 2인용 침대가 놓여 있었고, 테이블의 위에는 입가심용의 과일이 놓여 있었다. 크리스티앙은 저녁 이후부터 라이델베르크 영주의 성에서 묵기로 했기 때문에 2인용 침대밖에 없었지만 아무 문제가 없었다. 방에 짐을 풀어놓은 뮤스와 켈트, 크리스티앙이 식당으로 내려오자 먼저 내려와서 기다렸는지 테이블을 차지하고 있는 크라이츠가 보였다.

"어서들 앉으세요. 많이 시장한데 빨리 주문들 하시죠."

"껄껄껄, 나는 정식!"

"전 감자 으깬 거면 충분합니다."

"전 켈트 아저씨와 같은 걸로요."

각자의 취향대로 주문한 음식들이 서빙되자 일행들은 식사를 시작했지만 크리스티앙은 큰일을 앞두고 있어서인지 먹는 둥 마는 둥 하고 있었다. 그런 크리스티앙이 안쓰러워 보였는지 뮤스가 위로의 말을 전했다.

"크리스티앙님, 잘될 거예요. 심려 말고 식사나 맛있게 해요. 그래야 건강한 모습을 페릴님께 보이지 않겠습니까?"

"고맙습니다, 뮤스님."

뮤스의 말이 약간이나마 위로가 되었는지 크리스티앙은 조금씩 음식을 먹기 시작했다. 그럭저럭 즐거운 분위기는 아니었지만 맛있게 식사를 마친 일행은 후식으로 나온 푸딩을 먹으며 본격적으로 크리스티앙의 일에 대해 상의를 했다. 말캉말캉한 푸딩이 마치 묵과 같다고 느끼는 뮤스였지만 이미 세계의 큰 차이에 익숙해져서인지 그것에 생각을 빼앗기지는 않았다. 뮤스의 설명을 들은 크리스티앙은 기대 반 걱정 반으로 뮤스를 향해 물었다.

"과연 그녀가 이렇게 해서 승낙을 할까요? 이 '천체만리경'이 대단하고 신기한 물건이기는 하지만 과연……."

하나 대답은 뮤스가 아닌 크라이츠의 입을 통해 나왔다.

"만약 페릴이라는 아가씨가 뭘 아시는 분이라면 충분히 가능할 거예요. 어쨌든 우리는 크리스티앙님께 모든 준비를 해드렸으니 나머지는 크리스티앙님이 얼마나 분위기있고 멋진 말로 페릴 아가씨를 설득하느냐죠."

크라이츠의 말에 수긍했는지 크리스티앙은 각오 서린 눈빛만 빛내고 있었다.

라이델베르크라는 지명에서 베르크는 언덕을 뜻하는 단어였다. 그래서인지 이 높은 언덕에는 그림같이 아름답고 일반 성만큼 거대한 저

택이 자리하고 있었는데 라이델베르크의 전역을 한눈에 내려다볼 수 있는, 라이델베르크 최상의 자리에 세워진 이 아름답고 거대한 저택의 소유자는 결코 평범한 인물이 아님을 알 수 있게 하였다. 저택의 한 켠에 있는 화원엔 수많은 종류의 꽃들이 흐드러지게 피어 있었고, 작은 두 개의 벤치가 산책로를 따라 놓여 있었다.

이때 화원의 어두운 곳에 몸을 숨기고 있는 네 명의 인영이 있었는데, 한번 거부당한 청혼을 다시 한다는 것이 부끄러워 몰래 저택으로 침입하게 된 뮤스 일행과 크리스티앙이었다.

꽃들 뒤에 숨어 있는 뮤스가 고개를 살며시 내밀며 말했다.

"여기를 지나는 건 확실하겠죠?"

"네, 확실합니다. 그녀가 10살을 넘긴 이후로 하루라도 산책을 거른 날이 없죠."

"그럼 천체만리경은요?"

뮤스의 질문에 자신의 가슴 어림을 만져 보던 크리스티앙은 고개를 끄덕였다. 바로 뒤에서 함께 몸을 숙이고 있던 크라이츠도 한마디 거들었다.

"크리스티앙님, 지금부터 저희는 도와드릴 수 없겠네요. 잘하실 거예요. 힘내세요."

"네, 감사합니다."

뒤에서 서 있던 켈트 자신도 뭐라 한마디 해야겠다고 생각했지만 별달리 생각이 안 났기에 그냥 멀뚱히 있을 수밖에 없었다. 키가 작은 드워프였기 때문에 허리를 굽힐 필요가 없었던 켈트는 상대적 편안한 자세로 고개를 좌우로 돌리며 파수를 보고 있었다.

"아! 저기 누군가가 오는군요!"

켈트의 말과 동시에 일행들이 화단의 반대 편으로 고개를 돌리자 한 여성의 모습이 보였다. 진한 갈색의 머리에 하얀 얼굴, 그런 모습과 어울리는 간편한 드레스가 그녀의 분위기를 한껏 살려주고 있었다. 비록 경국지색까지는 아니더라도 상당한 미녀임에는 두말할 나위가 없었다.

그녀를 발견하자 뮤스 일행은 크리스티앙의 등을 떠밀기 시작했다. 물론 밀려서 나가는 기분이 유쾌하지는 않았지만 자신의 다리가 마음대로 움직이지 않음을 느끼자 등을 떠미는 뮤스 일행들이 고맙게 느껴졌다. 자의든 타의든 간에 결국 크리스티앙은 밝은 곳으로 나가게 되었고, 그 모습이 페릴의 시야에 들어왔는지 그녀는 사뭇 놀라는 표정을 지었다.

"어머! 혹시 크리스티앙님 아니신가요? 이 시간에 어떻게 이곳에……."

갈색으로 빛나는 페릴의 눈을 바라보자 하늘이 노래지는 크리스티앙이었으나 여기서 굽히면 평생 후회 속에서 살 것이라는 굳은 심정으로 무겁게 굳어 있는 입을 애써 열기 시작했다.

"그동안 안녕하셨습니까, 레이디. 이런 늦은 밤에 놀라게 해드려 죄송합니다. 용서하세요."

크리스티앙의 예의 바른 인사에 놀람이 덜어졌는지 그녀는 가벼운 미소를 띠었다.

"용서랄 것이 있나요, 크리스티앙님. 이런 시간에 저를 찾아오신 걸로 봐선 뭔가 하실 말씀이라도 있으신 것 같은데……."

잠시 머뭇거리다 뮤스 일행이 있는 곳을 바라보며 난처한 표정을 지었지만 뮤스와 크라이츠가 손짓을 하며 계속하라는 신호를 보내고 있었다. 그러자 이제 더 이상 물러날 수 없다는 것을 깨닫고 두 눈을 꾹 감으며 말했다.

"페릴 양, 저와 혼인해 주십시오! 말씀드렸다시피 처음 본 그 순간 당신의 아름다운 자태가 저의 미천한 가슴으로 들어와 떠나질 않고 있습니다. 사랑합니다! 제 청혼을 받아주십시오!"

화단 뒤에서 구경을 하고 있던 켈트가 두 남녀를 보며 한마디 했다.

"헐… 저 친구, 느끼한 말을 잘도 하는군. 우리가 도와줄 필요도 없었던 것 아냐?"

뮤스 역시 동감을 하는지 켈트의 말에 찬성표를 던졌다.

"제가 살던 조선에선 장부가 아녀자에게 저런 말을 한다는 것은 상상도 못할 일이죠. 기침 두 번만 하면 혼인을 하니……."

"엥? 정말 기침 두 번만 하면 혼인을 한단 말이냐?"

"말이 그렇다는 거죠. 조용히 하고 계속 보기나 하죠."

그러나 둘의 대화에 신경도 쓰지 않고 두 남녀의 로맨틱한 모습에 반한 듯 눈을 떼지 못하고 있는 크라이츠였다. 그녀의 귀에 페릴의 대답 소리가 들려왔다.

"크리스티앙님, 크리스티앙님은 참으로 좋으신 분이세요. 모든 것이 완벽하지요. 하지만… 저는 이미 말씀드린 대로 저 하늘의 별을 사랑하는 사람으로부터 꼭 받고 싶답니다. 물론 허황된 것일지도 모르지요. 하지만 어렸을 적부터의 결심이었답니다. 만약 이렇게 혼자 늙어간다 하더라도 전 저의 결심을 저버리고 싶진 않습니다. 용서하세요."

이때다 싶었는지 크리스티앙이 눈을 빛냈다.

"페릴 양, 만약 제가 저 하늘의 별을 드린다면 저의 청혼을 받아주시겠습니까?"

생각지도 못한 크리스티앙의 말을 들은 페릴의 얼굴에는 당황하는 모습이 잠시 떠올랐지만 일말의 기대 역시 함께 떠올랐다.

"사실 전 세상의 남자들을 믿지 못한답니다. 저희 아버님만 봐도 그렇지요. 언제나 일에만 바쁘신 모습을 볼 때마다 홀로 외로워하며 힘들어하시는 어머니가 불쌍하게 느껴졌죠. 남자들은 다 똑같다고 생각합니다. 이기적이고, 경쟁심 많고, 명예에만 한평생 매달려 살죠. 제가 바라는 건 그런 것이 아니에요. 명예, 권력, 부귀보다 제게 작은 사랑을 베풀 수 있는 분을 기다리고 있답니다. 하늘의 별을 저에게 줄 수 있을 정도로 제게 사랑을 주시는 분이라면 저는 기쁜 마음으로 결혼하겠어요. 만약 그런 분이 있다면요."

"제가 저 하늘의 별을 페릴 양께 선물해 드리겠습니다. 바로 옆에 두고 바라보실 수 있도록 말입니다."

놀란 표정으로 자신을 바라보는 페릴을 향해 부드러운 미소를 지으며 가슴에 품고 있던 천체만리경을 꺼내어 그녀에게 건넸다. 이 정체 모를 둥근 원통을 건네받은 페릴은 의아한 표정으로 크리스티앙과 천체만리경을 번갈아 바라보았다. 크리스티앙은 떨리는 가슴을 진정시키며 준비했던 말을 읊기 시작했다.

"그것은 '천체만리경' 이라는 것이죠. 제가 페릴 양을 위해 준비한 것은 오직 그것뿐입니다. 그 작은 쪽의 구멍을 통해서 저 하늘의 별을 바라보십시오."

고개를 살짝 갸웃거린 페릴은 크리스티앙의 설명에 따라 천체만리경의 한쪽에 눈을 대고 하늘의 별을 바라보기 시작했다. 그러자 수십 개의 확대된 커다란 행성들이 그녀의 눈앞에서 자태를 뽐내고 있었다.

자신의 눈을 통해 보던 별들과는 사뭇 다른 모습으로 각진 모습도 아니었고 보석처럼 빛나는 모습도 아니었다. 그것들은 알록달록한 색의 구슬들이었다.

"어머나! 이렇게 아름다울 수가!"

그 아름다움에 눈을 떼지 못하던 페릴은 감탄성만 조금씩 내뱉을 뿐이었다. 그녀의 놀라고 있는 모습을 바라보며 크리스티앙이 조용히 말했다.

"페릴 양, 저는 저 하늘의 별들을 페릴 양에게 가져다 드릴 수는 없습니다. 제 능력으로는 불가능한 일이지요. 하지만 페릴 양이 들고 있는 그 '천체만리경' 처럼 저를 통해 세상을 다시 보여드리겠습니다. 모두 같아 보이는 별들이 사실상 모두 다른 것처럼 세상의 남자들이 모두 같지만은 않다는 것을 보여드리겠습니다. 아니, 최소한 저만은 다르다는 사실을요."

크리스티앙의 말이 끝나자 페릴은 황홀한 표정으로 천체만리경에서 천천히 눈을 떼며 이내 크리스티앙을 향해 웃음 지으며 말했다.

"크리스티앙님, 크리스티앙님의 청혼을 받아들이겠습니다. 저를 위해 이렇게 귀한 것까지 준비해 주셔서 고맙습니다."

그제야 크리스티앙은 긴장이 풀렸는지 페릴의 앞에서 볼썽사납게 주저앉았고, 페릴은 놀라며 그를 부축하였다.

"어머나, 크리스티앙님! 몸이 안 좋으신가요?"

그녀의 놀람에 크리스티앙은 자신의 얼굴에서 나올 수 있는 가장 밝은 표정을 지으며 고개를 흔들었다.

"고맙습니다, 페릴 양. 평생 행복하게 해드리겠습니다. 고맙습니다. 그리고 사랑합니다."

이제 일이 다 해결됐다고 생각한 뮤스가 아직도 두 연인을 감상하고 있는 크라이츠와 켈트에게 작은 목소리로 말했다.

"이만 우린 숙소로 돌아가죠. 저 두 분 오붓한 시간 가지게 말이에요. 이렇게 두 눈 시퍼렇게 뜨고 지켜보면 크리스티앙님이 영 불편할걸요."

이렇게까지 말했지만 크라이츠와 켈트는 눈을 떼지 못하고 무엇을 기대하는지 침만 삼키고 있었다.

"이봐요, 두 분. 다 늙어서 주책이네요. 16살 먹은 나만도 못하게! 빨리 가자고요!"

소리를 빽 하고 지른 뮤스는 크라이츠와 켈트의 뒷덜미를 잡고 전뇌거 쪽으로 끌기 시작했다. 둘의 반발도 꽤나 거셌지만 어제 알게 된 뇌공력을 운용하였기에 그리 어렵지는 않았다.

"나참, 이 아까운 뇌공력을 이런 데다가 쓰다니… 두 분 다 철 좀 드시라고요!"

갑작스럽게 들려온 고함 소리에 어리둥절해진 크리스티앙과 페릴이 뮤스 일행들이 있는 곳으로 고개를 돌리자 바둥거리는 크라이츠와 켈트, 그리고 그들을 끌고 가는 뮤스가 눈에 들어왔다. 뮤스는 크리스티앙에게 한번 손을 흔들어준 후 손에 들려 있는 두 명의 짐짝(?)들을 전뇌거에 태우고 빠르게 숙소를 향해 사라졌다. 한 쌍의 청춘이 맺어져 도이첸 제국의 인구 증가에 기반을 제공하는 아름다운 밤이었다.

"룰루… 루루룰루……"

켈트의 입에서 흥겨운 흥얼거림이 흘러나오고 있었다. 뭐가 그렇게 즐거운지 숙소에 돌아온 이후로부터 흥얼거림을 멈추지 않고 자신의 도끼를 손질하고 있었다. 침대에서 팔베개를 하고 천장을 주시하고 있던 뮤스가 문득 말을 꺼냈다.

"켈트 아저씨, 혹시 말이에요… 이곳에 공학원을 열어보면 어떨까요?"

뜬금없는 뮤스의 말에 켈트는 도끼를 닦던 천을 멈추며 뮤스를 바라보았다.

"공학원이라니? 대장간 같은 거 말이냐?"

"뭐, 대장간이라고 생각하자면 그럴 수도 있겠네요. 하지만 다루는 범위가 그보다 훨씬 다양하겠죠."

"흠, 그렇다면 자금이 어지간해서는 어림도 없을 텐데? 게다가 인력은?"

켈트는 머리를 긁적이며 곰곰이 생각하는 표정을 지어 보이고 있었다.

"켈트 아저씨와 크라이츠 누님께서 도와주신다면 충분히 할 수 있을 거예요. 물론 두 분께 염치없는 부탁일 수도 있겠지만 지금처럼 아무런 목표도 없이 여행만 하는 것보다는 그쪽이 더 괜찮을 듯한데요."

뮤스의 말이 끝나자 켈트는 손에 들고 있던 수건을 물끄러미 바라보다가 문득 혼자 씰룩씰룩 웃기 시작했다.

"껄껄껄, 뮤스, 이 녀석. 정말 변하긴 많이 변했군. 철이 들었는지, 아님 똑똑해져서 그런 건지… 하지만 나는 상관없다. 어차피 갈 곳도 없고 너와 함께 여행을 하면 재미있을 것 같아서 따라 나온 거니까. 대신 어영부영한 일을 하려고 하거든 일찌감치 포기하거라. 알겠냐?"

켈트의 동의에 뮤스는 벌떡 일어나 켈트를 바라보며 기분 좋은 미소를 한껏 지어 보였다. 그런 그를 바라보던 켈트는 손에 든 수건을 뮤스의 얼굴에 집어 던졌다.

"그렇게 멍청한 표정으로 웃지 말고 크라이츠님께 말씀드리러 가야 하지 않겠나?"

"헤헤, 네!"

뮤스는 얼굴에 걸쳐져 있는 수건을 떼어내며 켈트와 함께 크라이츠의 방으로 향했다.

똑똑.

"네, 누구세요?"

"켈트와 뮤스입니다."

"아! 들어오세요."

뮤스와 켈트가 방문을 열고 들어가자 크라이츠는 침대에 앉아서 언제 챙겨왔는지 모를 두꺼운 책을 보고 있었다.

"아직 안 주무셨네요? 안 그래도 무료해서 책을 읽고 있었는데 잘됐네요."

"크라이츠님, 뮤스가 드릴 말씀이 있다고 해서 말입니다. 뮤스야, 어서 말씀드리거라."

"뮤스가요? 설마 전뇌거를 내가 운전하지 말란 말은 아니겠지? 그런 것이라면 사양하겠어."

사뭇 진지하게 말을 던지던 크라이츠는 뮤스가 할 말이라는 것이 무엇인지 궁금한 모습으로 바라보고 있었다. 뮤스가 어떻게 말을 꺼내야 할지 몰라 우물쭈물하자 켈트가 옆구리를 쿡쿡 찌르며 재촉했다.

"아, 알았어요, 아저씨. 저… 크라이츠 누님, 부탁이 하나 있는데요.

…공학원을 열고 싶어요."

그의 말에 의아한 표정을 지으며 고개를 갸웃거리던 크라이츠가 말했다.

"공학원? 그것이 뭐 하는 곳인지는 모르겠지만 계속 말해 보렴."

"제가 고향으로 돌아갈 날이 언제인 줄도 모르니 여기서라도 공학자의 꿈을 이루어보고 싶거든요. 혹 제가 유명해지기라도 한다면 조선에서 오는 분들과 만나기도 수월하지 않을까 해서요."

"음… 그 말을 하고 싶었구나? 나야 상관없단다. 어차피 유희를 하는 것인데 무작정 하는 여행보다는 그것도 좋은 생각인 듯싶구나. 공학원이라… 그런데 구체적으로 뭘 하는 곳이지?"

크라이츠가 긍정적으로 반응하자 뮤스는 크게 희색을 띠었다.

"예. 여러 가지 기구들을 사람들에게 제공하여 좀 더 실생활을 편하게 하는 곳이에요. 새로운 물건들을 개발할 수도 있고 필요한 사람들에게 기술적인 의뢰를 받을 수도 있죠. 쉽게 말해서 켈트 아저씨가 말한 대로 복잡한 대장간이라고 하면 되겠네요."

뮤스의 말에 호기심이 가는지 여느 때보다도 더욱 눈을 빛내고 있던 크라이츠가 물었다.

"음, 그럼 이윤이 있어야 운영을 할 수 있을 건데, 그 점은 어떻게 할 거지?"

"그 점도 생각해 놓은 바가 있어요. 만약 전뇌거를 대량 생산해서 판매한다면요?"

"전뇌거?"

옆에 있던 켈트가 놀라며 되물었다. 그러자 뮤스는 고개를 끄덕이며 말을 이었다.

"네. 이곳의 귀족들에게 전뇌거를 대량 생산해서 파는 거예요. 전뇌거는 말을 돌볼 필요도 없고, 속도 역시 마차보다는 월등하기 때문에 충분히 상품으로서의 가치가 있을 것 같지 않아요?"

켈트가 크게 박수를 치며 그의 말에 긍정적인 반응을 보이기 시작했다.

"오호라! 그렇겠군. 그럼 돈은 엄청나게 벌겠어. 아니, 번다는 말로는 부족하겠고 긁어모으겠군! 좋아좋아!"

크라이츠 역시 그의 말에 수긍을 하는지 고개를 끄덕이며 말을 했다.

"그래, 그러면 되겠군. 수정의 가격이야 그리 비싼 편이 아니니 마나구를 만드는 데도 무리가 없겠어. 게다가 너의 몸에 저장되어 있는 마나의 양이면… 그리고 천체만리경 역시 군사용으로 팔아도 되고. 앞으로 또 뭐가 만들어질지도 모르니……."

"크라이츠님, 괜찮을 듯싶은데요?"

"켈트 씨도 그렇게 생각하시는군요. 좋아, 뮤스. 네 의견을 받아들이도록 하지."

유희 중이라 해도 재물에 약한 모습을 보이는 크라이츠였는데, 한번 드래곤은 영원한 드래곤이라는 말도 있었으니……. 하지만 그것이야 어떻든 간에 공학원을 열 수 있다는 사실이 뮤스를 뛸 듯이 기쁘게 만들고 있었다.

"고마워요! 크라이츠 누님, 그리고 켈트 아저씨!"

"그건 그렇고, 공학원은 어디에서 열지? 내 생각에는 이곳 라이델베르크가 좋을 듯싶구나. 대부분이 여행객들과 유학생들이기 때문에 이곳에서 유명해진다면 여행객들을 통해서 제국 전체로 퍼져 나갈 거야.”

“그렇겠군요. 그게 좋겠어요. 이곳에서 좋은 곳을 빌려서 시작하죠.”

크라이츠는 뮤스의 말에 뭔가 못마땅하다는 듯이 손가락 하나를 펴고 좌우로 흔들었다.

“빌린다니, 그건 내 자존심이 용납 못하겠구나. 땅을 사서 새로 짓는 것이 어떻겠니? 아무래도 대규모 작업을 하려면 어지간한 크기론 안 될 거야. 그러니 그건 나에게 맡기거라.”

그녀의 말도 일리가 있다고 생각한 뮤스는 흔쾌히 동의했다.

“네, 누님 말씀대로 하죠. 그럼 누님이 재무 담당을 해주세요. 공학원의 모든 지출과 수입을 맡는 일이죠.”

“호호, 걱정 말거라. 내가 수천 년 살면서 해온 것이 돈에 관련된 것들 아니니. 호호호호! 운이 좋으면 이번 유희 동안 레어에 있는 보물을 능가하는 금을 모으겠는걸?”

크라이츠가 망상에 빠져 있을 때 뮤스는 켈트를 바라보며 나머지 할 일을 부탁했다.

“그리고 켈트 아저씨는 제작을 담당해 주세요. 아무래도 아저씨 혼자로는 힘들 듯하니 아저씨 친구 분들과 함께하시는 것이 어때요? 주변에 취업난으로 고생하는 드워프들 없어요? 이번 기회에 취업을 시켜 버리라고요.”

“이 녀석아, 드워프에게 취업이 어디 있냐? 내 사촌들 몇 명에게 연락을 해보지. 우리 드워프들에게 이런 것쯤이야 일이 아니라 취미 활동이니 일손 모으는 것은 어려운 일이 아니지. 정말 재미있겠는걸? 다들 좋아할 거야.”

“그럼 대충 된 것 같군요. 한데 언제부터 시작할까요?”

뮤스의 물음에 크라이츠와 켈트는 마음이 맞았는지 동시에 대답했다.

"내일 당장!"

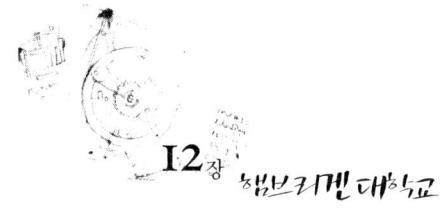

12장 햄브리겐 대학교

　도이첸 제국력 1224년 10월 2일의 아침 해가 떠오르기 시작했다. 건물들을 뒤덮고 있던 어둠을 밀어내며 아침 햇살이 그 영역을 넓혀가고 있었고, 그와 함께 쉐퍼드의 정 402호실의 창문으로 흘러나오고 있는 불빛은 점차 자신의 존재 가치를 잃어가고 있었다.

　밤새 공학원의 설립 준비로 인하여 눈을 붙이지 못한 뮤스였지만 얼굴에 피곤한 모습보다는 즐거운 모습이 더 큰 비중을 차지하고 있었다. 그의 앞에는 수많은 수치들이 기입되어 있는 커다란 설계도와 거의 책한 권 분량의 종이 뭉치들이 놓여 있었다. 크라이츠의 마법으로 제국의 문자를 읽고 쓸 수 있게 된 뮤스는 당장 공학원 준비에 필요한 작업을 시작했고, 하룻밤의 달콤한 잠과 바꾼 결과물이 바로 이것들이었다. 이제 어느 정도 됐다고 느껴졌는지 누가 보기에도 시원스럽게 기지개를 켜는 뮤스였다.

"으아~ 시원하다. 이제 대강 준비된 것 같아. 벌써 날이 밝았군. 하긴, 지금까지 어영부영한 세월들을 따라가려면 이 정도는 해야겠지."

자신이 완성한 설계도를 다시 한 번 확인한 뮤스는 아침 공기나 마셔볼 겸 여관 밖으로 나왔다. 이미 완연한 가을인지 공기는 나름대로 차가움을 뿜어내고 있었고, 그의 폐부는 가을 공기에 맞장구라도 쳐주는지 상쾌함을 느끼고 있었다.

켈트와 크라이츠가 깰 때까지는 여유가 있다고 생각한 뮤스는 발걸음이 가는 대로 몸을 옮기기 시작했다. 비록 아침이었지만 상점들은 손님들을 맞이하기 위해서 문을 열고 있었고, 빵집에서는 아침 식사를 준비하는 가정을 유혹이라도 하려는지 구수한 냄새를 뿜어내고 있었다. 또 다른 부류의 사람이 있다면 바로 학생들이었다. 이른 아침부터 수업이 있는지 옆구리에는 두꺼운 책을 끼고 빠른 걸음으로 자신의 길을 오가고 있었다.

'음… 서당 다닐 때가 생각나는군. 매일 늦어서 훈장님께 혼줄이 나곤 했었지.'

상념에 빠져서 오가는 학생들을 바라보고 있을 때 뮤스는 등 쪽에서 느껴지는 충격에 정신을 다시 챙겨야만 했다.

"꺄악!"

"억!"

라이델베르크의 대학교나 아카데미 학생인 듯한 남색 복장의 소녀였다. 길 한가운데서 정신을 빼고 딴생각을 하던 뮤스와 맞부딪쳤는데, 주저앉은 자리에서 아직 일어나지를 못하고 있었다. 당황한 뮤스는 빨리 그 소녀를 부축하여 일으켜 세우며 물었다.

"아가씨, 괜찮아요? 이런, 제가 실례를 했네요. 헤휴~ 제가 어찌나 정신머리가 없던지."

적지 않게 당황한 뮤스가 어찌할 바를 몰라 할 때 그 소녀는 빤히 뮤스의 얼굴을 바라보며 눈을 떼지 못하고 있었다.

"제 얼굴에 뭐라도 묻었나요?"

"아, 아니에요. 제가 워낙 덤벙거리는 성격이라서요. 아참! 내 정신 좀 봐… 수업 시간에 늦었는데! 아악!"

얼굴을 붉히며 바삐 몸을 일으키려던 소녀가 발목을 다쳤는지 발목 부위를 잡고서 아픔을 호소하자 더욱 걱정스러운 표정을 지은 뮤스는 그녀의 발목을 바라보며 허둥거렸다.

"이런! 아가씨, 발목을 다쳤나 보네요. 이를 어째?"

"휴… 어쩔 수 없죠. 오늘은 지각할 수밖에 없죠. 그래도 그동안 출석률이 좋아서 다행이네요. 하루 정도는 별 상관 없을 거예요."

뮤스를 안심시키려는 것인지, 사실인지는 알 수 없었다.

"아참, 저는 카타리나라고 해요. 햄브리겐 대학에 다니고 있죠. 그쪽은 여행객이신가요?"

자신을 카타리나라고 소개한 소녀의 물음에 뮤스는 머리를 긁적이며 대답했다.

"저는 뮤스라고 해요. 어제까지는 여행객이었지만 오늘부터는 이곳에 살기로 했으니 이제 여행객이 아니네요."

"그렇군요. 유학 중이신가요?"

카타리나는 꽤나 활달한 성격인지 처음 보는 남자임에도 이것저것 물어보기에 여념이 없었다. 하지만 말을 많이 할수록 이 세계에 대한 어색함을 숨기기가 힘들다는 것을 깨달은 뮤스는 화제를 돌렸다.

"그보다 이대로 늦으면 곤란할 텐데… 제가 학교까지 바래다 드릴

게요."

"말씀은 고맙지만 저 아래에서 학교 마차를 타야 하는데 이미 놓친 듯하네요. 혹시 마차라도 있으세요?"

그녀의 물음에 잠시 생각을 해보던 뮤스는 미소를 지으며 대답했다.

"마차는 없지만 그보다 좋은 것은 있죠. 헤헤."

"더 좋은 거요?"

라이델베르크의 북쪽에 위치한 햄브리겐 국립대학의 교문. 학생들에게 위엄이라도 내세우려는지 한 손은 두꺼운 책을 들고 또 다른 한 손에 깃펜을 쥐고서 하늘을 향해 팔을 들어 올린 라이델베르크의 대문호 비센 라비디엔의 동상이 학생들을 외면한 채 먼 산만을 응시하고 있었다. 아침이라서 그런지 동상의 그늘 아래로 수많은 학생들이 분주하게 오가고 있었는데, 마차를 타고 등교를 하는 학생들이 있는가 하면 뛰어가는 학생도 있었고, 귀족인 듯 고상하게 보이는 학생이 있는가 하면 서민처럼 수수한 학생들도 보였다.

라이델베르크는 학문의 도시답게 서민층부터 귀족층까지 평등한 학습의 기회를 부여받을 수 있었는데, 이 점이 제국의 각지에서 라이델베르크까지 유학을 오는 가장 큰 이유였다. 넓은 인제 등용 덕분인지 수많은 제국의 요인들이 이곳 햄브리겐 대학의 졸업생이었고, 뛰어난 문학가들을 배출했기에 명실상부한 일류 대학으로 인정받고 있었다. 활력으로 넘치는 오전 시간의 활력을 주체할 수 없는지 비센 라비디엔의 동상으로 돌진해 오는 물체가 있었으니…….

부우우우우웅!

"위험해요! 물러서세요!!"

학교에 지각할 위기에 처해 있는 카타리나와 그녀를 배달(?)하기 위해 전뇌거를 운전하고 있는 뮤스였다. 그는 카타리나의 안내를 들으며 정문을 지나 빠른 속도로 내달리는 중이었다. 대학의 캠퍼스는 상당한 크기였는데 수십 개의 건물들이 즐비해 있는 것이 마치 하나의 작은 도시와 같은 모습이었다. 역사가 오래된 듯 가로수들의 크기는 상당했고 건물의 벽에서 벽을 따뜻하게 뒤덮고 있는 넝쿨들 역시 매우 인상적이었다.

건물 다섯 동을 지나자 카타리나의 교실이 있는 건물 앞에 도착할 수 있었다. 전뇌거가 지나온 거리는 넋이 나간 사람들로 물결을 이루고 있었는데, 자신의 할 일을 망각한 듯 이 신기한 마차에 한눈이 팔려 있었다. 뮤스의 옆 자리에 앉아 있던 카타리나가 말했다.

"휴우! 이거 대단하네요! 이런 걸 어디서 장만하셨죠? 귀족들은 신기한 것들을 많이 가지고 있다지만 이런 것까지 있으리라고는……."

"헤헤, 저는 귀족이 아니에요. 이 전뇌거는 저와 함께 계시는 아저씨가 만든 거죠."

"만든 거라고요? 대단한 분이신가 봐요! 저희 교수님이 이걸 보신다면 대단히 놀라시겠네요. 물론 다른 사람들도 많이 놀라지만."

"교수님요?"

"교수님이란 말을 모르세요? 선생님 말예요."

"아… 그렇군요. 제가 산속에서만 살아서 세상일에 좀 어둡거든요."

카타리나의 지적에 뮤스는 어색하게나마 변명을 늘어놓았다.

"호호, 아무튼 뮤스님은 좀 신비하네요. 이런 신기한 물건도 가지고 있고 게다가 외모도 제국의 분이 아니신 것 같아요."

"아… 아, 네……. 근데 수업이 시작할 시간 아니에요?"

"호호, 이렇게 빠르게 왔는데 어떻게 지각을 하겠어요? 오히려 먼저 왔는걸요."

뮤스는 질문을 다른 쪽으로 유도하려 했지만 보기 좋게 좌절되어 버렸다.

"그건 그렇고, 뭐 하는 분이시죠? 학생은 아니라고 하셨고… 모험가? 아냐, 모험가라 하기에는 우락부락하지도 않고……."

카타리나의 질문에 잠시 생각을 하던 뮤스는 돌연 보기 좋은 웃음을 보였다.

"공학자예요."

공학자란 말이 생소한 카타리나는 뭐가 그렇게 궁금한지 질문 공세를 펼치기 시작했다.

"공학자가 뭐죠? 그런 말은 처음 들어보는데요? 혹시 신종 직업인가요? 공학이라고 하면 기계에 관련된 건가요? 아니면 연금술? 어떤 것이죠?"

"휴우, 카타리나 양의 친구들은 정말 피곤하겠군요. 그냥 신종 직업이라고 해두죠. 그건 그렇고, 여기서 뭘 배우죠?"

"어머! 죄송해요. 제가 너무 많은 것을 물었군요. 제 전공은 연금술이에요. 엄청 머리 아픈 전공이죠. 혹시 들어보셨어요? 연금술이라고?"

"아, 아뇨, 금시초문인데요."

"금시초문은 뭐죠? 에코! 이해하세요, 제가 쓸데없는 데 호기심이 많아서요. 연금술은 여러 가지 화학 물질을 다루는 학문이에요. 금속의 성분을 바꾼다거나 조합해서 다른 금속을 만드는 거죠."

뮤스는 카타리나의 말에 큰 호기심을 느끼기 시작했다.

'흠… 조선에서 말하는 화공학과 같은 것이겠군. 그렇다면 공학원에서 필요한 재료들을 여기에서도 구할 수 있지 않을까?

"카타리나 양, 실례가 아니라면 수업에 함께 참여해도 되나요?"

"어디 보자… 상관없을 거예요. 학생들이 워낙 많다 보니 함께 수업을 듣는다고 해도 아무도 모르거든요. 꽤나 인기가 좋은 과목이라서… 뮤스님도 이런 분야에 관심이 많으신가 보죠?"

"헤헤, 굉장히 그런 편이죠."

마침 생각이 난 듯 카타리나가 건물의 가장 높은 곳에 붙어 있는 마나 시계를 올려다봤다.

"어머! 벌써 시간이 다 됐군요. 함께 들어가요!"

뮤스와 카타리나가 건물로 들어가자 어디서 숨어 있던 사람들인지 여기저기서 나타나 전뇌거를 이곳저곳 살펴보기 시작했다. 아마도 이곳에서 기술학을 전공하는 학생들이었으리라.

건물로 들어가자 벽에는 여러 가지의 금속 그림들과 설명이 덧붙여져 있는 족자가 걸려 있었다. 그곳에서 잠시 걸음을 멈춘 뮤스는 위에서부터 자세히 읽어 내려가기 시작했다.

'음, 이건 금광석의 그림인데? 이곳에선 다이아몬드라고 하는군. 옆에 있는 건 금? 골드라… 흠, 이 세계에서 공학자 노릇을 하려면 필히 외워둬야 할 것들이군.'

이렇게 생각한 뮤스는 신경 써서 처음부터 읽어보기 시작했다. 족자의 앞에서 정신을 빼앗긴 뮤스를 본 카타리나는 서둘러 불렀다.

"뮤스님, 빨리 오세요! 늦을지도 몰라요!"

"아! 네!"

서둘러 읽긴 했지만 공학뇌동심결의 효용이었는지 대부분의 내용을 기억할 수가 있었는데, 기억하고자 했던 것이 명칭뿐이었기에 더욱 수

월하기도 했다. 카타리나의 재촉에 이끌려 들어간 곳은 일층에 위치한 대형 강의실이었다. 약 300석 정도의 원형 강의실 좌석은 대부분 사람들로 채워져 있었고 원형 강의실의 중심에는 교수로 보이는 사람이 강의 준비를 하고 있었다.

"아! 저쪽에 제 친구들이 있네요. 저쪽으로 가서 앉죠."

카타리나가 손으로 가리킨 곳에는 두 명의 여학생과 한 명의 남학생이 앉아 있었다. 조용하게 보이는 옅은 갈색 머리의 여학생과 카타리나만큼이나 발랄하게 보이는 붉은 머리의 여학생, 그리고 시력이 나쁜지 인상을 쓰며 책을 보고 있는 짧은 검정 머리의 남학생이었다. 카타리나가 다가가자 그녀의 다가옴을 느꼈는지 고개를 돌려 그녀에게 반갑게 인사를 건네는 친구들이었다. 그리곤 뒤에 있는 뮤스를 발견하고는 사뭇 놀라는 표정을 지었다.

"어라! 카타리나! 뒤에 있는 미남은 혹시 오늘 아침 화제의 주인공 아니니? 그 옆에 있던 여학생이 너였어?"

"뭐라고? 무슨 말이야? 화제의 주인공이라니?"

카타리나의 되물음에 이번엔 뒤에 있던 남학생이 말했다.

"넌 모르고 있었구나? 아까부터 떠들썩했다고! 말없는 마차를 타고 다니는 '마법사와 그의 애인' 이라고. 그런데 그 애인이 너였다니… 쿠쿡."

"뭐라고? 어이가 없네."

친구들의 말에 뮤스를 보며 어깨를 으쓱하는 그녀였다. 하지만 자신과 카타리나가 연인 사이로 소문이 났다는 말에 얼굴을 약간 붉히던 뮤스는 카타리나의 옆에 자리를 잡고 앉았다.

"친구들을 소개시켜 드릴게요. 여기 얼굴 하얀 수줍음쟁이는 세이즈 훈트밀, 이 개구쟁이는 폴린 파이시언, 그리고 저쪽에 공부벌레는 히안 크라리엔이라고 하죠. 얘들아, 인사하렴. 이쪽은 오늘 아침에 우연히 만난 뮤스님이셔."

카타리나의 소개에 뮤스와 친구들은 인사를 나누게 되었다.

"아참, 뮤스님, 나이가 어떻게 되시죠? 보아하니 19살은 되어 보이시네요. 폴린과 히안, 그리고 전 19살이고 이쪽 세이즈는 18살이죠. 한살 차이가 나지만 그냥 친구로 지내요."

"아… 저, 저도 19살이에요."

그녀의 질문에 아무런 생각 없이 대답하자 카타리나는 마침 잘됐다는 듯이 박수를 치며 좋아했다.

"호호호! 잘됐네요. 그럼 우리 말 놔요. 그래도 되죠?"

"저, 저야 상관없는데요."

"그래! 좋아! 지금부터 우리 친구 하자! 응? 너희들도 좋지?"

율리아나와도 그랬었지만 조선에서는 생각도 할 수 없었던 빠른 진척이었다. 옆의 친구들을 바라보며 동의를 구하자 친구들 역시 동의하는지 뮤스를 보며 가볍게 고개를 끄덕이며 웃어주었다. 이때 공부벌레라고 소개되어진 히안이 정면을 보며 말했다.

"야, 교수님이 수업 시작하신다. 조용히 하자."

"흥. 누가 공부벌레 아니랄까 봐 공부한다고 조용히 하라는 거야?"

히안의 말에 뭐가 못마땅한지 폴린이 뚱한 목소리로 그의 말에 응하자 세이즈가 둘을 말리려는 듯이 중재를 했다.

"히안의 말이 맞아, 폴린. 수업 시간이니까 조용히 해야지. 그만 싸우고 수업 듣자."

"세이즈까지 그렇게 말한다면야."

수많은 학생들이 지켜보는 가운데 강의실의 중심에 서 있던 교수는 책을 펴며 강의를 시작했다. 멀어서인지 말소리가 잘 들리지는 않았지만 학생들이 조용했기 때문에 못 알아들을 정도는 아니었다.

"오늘은 14장 광물에 대해서 공부를 하겠습니다. 연금술이 발달하게 된 원인을 여러분들은 다들 아시겠죠? 여러분들도 아시다시피 금을 만들어내기 위해서 선대의 연금술사들이 연금술에 매달린 것 때문이었죠. 하지만 지금까지 그 누구도 금을 만들어낼 수는 없었습니다. 아직까지 금을 이루는 성분의 조합이 무엇인지 알아낸 사람이 없기 때문이라는 것 또한 다들 알 겁니다."

강의를 듣던 뮤스는 이 세계의 화공학 수준이 크게 뒤떨어져 있다는 것을 알 수 있었는데, 사실 이 세계의 화공학 수준이 떨어진다기보다는 뮤스가 알고 있는 수준이 너무 앞선 것이라 볼 수 있었다.

'특정 금속을 성분의 조합으로 만들 수 있다고 생각하다니… 아직 원소의 발견이 이루어지지 않았단 말야?'

뮤스의 생각과는 전혀 상관 없이 강의는 계속되었다.

"그 이후 연금술사들이 생계를 유지하기 위해서 손을 대기 시작한 분야가 바로 보석 분야입니다. 자세한 것은 보석학 역사에 대한 페이지를 참고하시고… 오늘 다룰 내용은 과연 보석 또한 금속과 같이 그 성분의 조합으로 특성을 바꿀 수 있느냐에 대한 것입니다. 당대의 이름 높은 연금술사들이 보석 분야에 심혈을 기울이고 있습니다. 그에 따라서 자연스럽게 인공 보석에 대한 논의가 뜨겁게 이루어지고 있지요. 이 부분에 대해서 토론을 해볼까 합니다. 답이 있는 것이 아니니 자신의 생각을 자유스럽게 발표해 주세요. 발표에 따라 점수가 주어지겠습니다."

교수의 말이 끝나자 강의실 곳곳에서 웅성거리는 소리가 들려왔다.

카타리나와 그의 친구들 역시 그중에 하나였다. 폴린이 비아냥거리면서 히안에게 말했다.

"이봐, 히안. 넌 어떻게 생각해? 네가 보는 책에도 저런 건 안 나오냐?"

"너, 수업 시간에 뭐 들었냐? 지금 연금술자들 사이에서 논의되고 있는 거래잖아. 그런 게 책에 나올 리가 있냐. 바보."

"뭐라고?"

둘의 대결 모드에 들어가는 양상이 벌어지자 또 한 번 세이즈가 중간에 끼어들어야만 했다. 그녀는 다른 사람을 달래는 데 남다른 재능을 가진 듯했다.

"또 싸우네. 이번에 발표를 해야 우리 조의 점수가 올라간단 말야. 싸우지 말고 토론이나 하자."

"그래, 나이가 몇인데 아직까지도 티격태격거리니? 우선 세이즈, 너의 생각부터 말해 봐."

카타리나는 세이즈의 중재를 도와주며 수업 회의로 화제를 돌렸다.

"음, 내 생각에는 불가능하다고 봐. 보석이래 봤자 돌덩이 아니겠어? 가열을 한다고 녹여서 혼합할 수 있는 것도 아니잖아. 히안, 네 생각은 어때?"

"나 역시 동감이야. 깨서 가루로 만든 후에 다시 섞을 수도 없잖아?"

"폴린, 네 생각은?"

히안의 대답을 들은 세이즈는 폴린에게 물었지만 폴린이 말을 하기도 전에 자신이 당한 것에 보복이라도 하려는 듯이 히안이 끼어들었다.

"홍. 매일 남 놀려먹을 생각만 하는 폴린이 무슨 생각이 있겠어? 그냥 불가능하다고 발표하는 게 나을 거야."

"이게! 공부만 한다고 애인 한번 사귀어본 적도 없는 녀석이! 너, 키스는 해봤냐?"

당하고만 있을 수 없었는지 인신공격을 가하는 폴린이었다. 이때 옆에서 토론을 듣고 있던 뮤스가 그들 사이에 끼어들며 말했다.

"저… 내 생각에는 가능하다고 보는데?"

잠자코 듣기만 하던 뮤스가 끼어들자 주변이 정리되며 모두들 뮤스를 바라보았다. 히안이 말했다.

"그럼 광물들을 이용해서 다른 보석을 만들 수 있다는 거야?"

"응."

"말도 안 돼! 어떻게 그게 가능하단 말이야?"

히안의 물음에 다른 친구들도 그와 같은 뜻이라는 듯이 뮤스를 뚫어지게 바라보았고 뮤스는 콧잔등을 한번 손으로 쓸며 설명하기 시작했다.

"헤헤, 산소, 수소염으로 원료 가루를 녹이는 방법이 있거든. 녹이는 방법이 있다면 혼합도 할 수 있다는 뜻이겠지? 이 방법이라면 이곳에서 말하는 루비나 사파이어를 만들 수 있지. 원료가 되는 가루들을 그릇에 넣고서 분당 100에서 200회 정도면 되겠군. 그 정도를 진동시켜 쳐내면 그 가루들은 산소에 의해서 운반되고 산소, 수소염 속을 통과하는 동안에 가열시키면 쌓이면서 녹았다 굳게 되지. 이렇게 해서 인공적인 보석을 만들 수 있는 거야."

뮤스가 교수들이나 할 수 있을 정도의 복잡한 설명을 늘어놓자 친구들은 머리가 아프기 시작했다.

"에~ 말도 안 돼! 내로라하는 연금술사들도 모르는 걸 네가 어떻게 아냐? 농담은 그만 접어두라고."

자존심이 상하는 것인지, 아니면 정말 말도 안 되는 소리라 생각하는지 히안은 농담으로 치부해 버렸다.

"호호호, 뮤스! 히안 말이 맞아. 보기와는 다르게 너무 농담을 진지하게 하는데? 잘못 들으면 정말인 줄 알 거야."

어쩐 일인지 히안의 의사에 처음으로 동감을 하는 폴린이었다. 둘의 말에 별로 할 말이 없어진 뮤스는 안 믿으면 어쩔 수 없다는 듯한 표정을 지으며 손을 내저었다.

"정말인데… 안 믿으면 어쩔 수 없지 뭐. 아차차! 지금 시간이 얼마나 됐지?"

"수업이 8시에 시작했으니 지금은 8시 반쯤 됐을 텐데?"

폴린의 옆에서 별 말 없이 이야기를 듣던 세이즈가 시간을 가르쳐 주었다. 뮤스는 세이즈의 여유있는 대답과는 거리가 먼 상황이었는지 당황하며 말했다.

"이, 이런, 큰일이군. 지금쯤이면 일행들이 날 찾고 있을 거야. 카타리나, 아쉽지만 이제 돌아가 봐야겠어. 다음에 또 볼 수 있겠지? 그럼 다들 잘 있어."

가볍게 작별 인사를 하고 뒤돌아 교실 밖으로 나가려는 뮤스를 바라보던 카타리나가 아쉬운 표정을 지으며 물었다.

"그럼 어디서 또 볼 수 있지?"

"공학원!"

카타리나는 자신의 물음에 대답해 주는 뮤스를 보며 기분이 좋은 듯 미소를 지었다. 하지만 아련하게 배경 소리처럼 들려오는 교수의 목소리로 인하여 그녀의 기분은 한순간에 무너졌으니…….

"거기, 도망가는 학생! 내 수업이 그렇게 재미없었나?! 누군지는 몰라도 출석 체크 할 테다!"

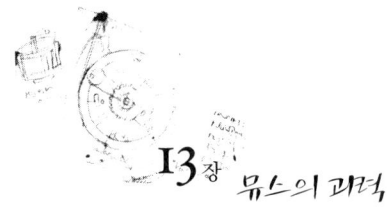

13장 뮤스의 괴력

'쉐퍼드의 정'으로 돌아온 뮤스는 크라이츠와 켈트를 볼 수는 없었다. 짐은 그대로 있었지만 벌써 어디로 나갔는지 둘은 이미 방에 있지 않았다. 방을 둘러보니 자신이 밤을 새워 필기해 둔 종이들은 테이블 위에서 사라져 있었고, 그것을 대신하여 한 장의 메모만 남아 있을 뿐이었다. 메모를 집어 들고 읽어 내려갔다.

뮤스, 보거라. 켈트 씨는 동료들을 소집하러 나가셨고, 나는 네가 적어둔 것들을 가지고 나머지 준비를 하러 나간다. 이것들이 네가 필요한 것들이 겠지? 그런데 왜 이렇게 어려운 단어들이 많은 건지… 켈트님은 저녁쯤이면 오실 것 같고 나는 며칠 걸릴 것 같구나. 그럼 그동안 잘 지내거라.
크라이츠 드라켄.

"두 분 다 나 때문에 바쁘시게 생겼구나. 헤헤, 미안한걸? 이럴 줄 알았으면 수업을 끝까지 듣고 나오는 건데 아쉽게 됐어. 그나저나 이제 뭘 하면 좋지?"

뭘 할까 생각 중이던 뮤스는 입고 있던 옷의 품에서 꺼내어 주머니에 넣어둔 금화 몇 개가 생각이 났다. 그의 기억이 맞았는지 주머니에 넣은 손을 통해 대여섯 개 정도의 차가운 금화가 느껴졌다.

"이걸로 뭐라도 사러 나가볼까? 이제 내가 살 곳인데 지리 정도는 알아둬야 하겠지."

마음을 먹으면 금방이라도 실행에 옮기는 뮤스였기에 내친김에 여관에서 나와 거리를 걸어다니기 시작했다. 전뇌거를 타고 다니는 것이 편하기는 했지만 번잡한 거리에서 전뇌거를 타고 다니는 것은 무리가 있다 생각했기에 마차 보관소에 맡겨둔 상태였다.

관광으로도 유명한 도시여서인지 거리는 구경거리로 넘쳐 나고 있었다. 수많은 장사치들이 관광객들의 눈길을 끌기 위해 특이한 상품을 내걸고 있었고, 또 어떤 자들은 우스꽝스러운 분장을 하여 사람들을 즐겁게 해주기도 하였다. 한 시간 정도를 걸었을 즈음 해서 배가 출출해진 뮤스는 주변을 둘러보았다. 그다지 어렵지 않게 '슈넬 레스토랑'이라는 간판이 걸린 이층으로 이루어진 음식점을 발견할 수 있었는데 이층의 커다란 창문이 뮤스의 마음에 쏙 들었다.

"헤헤, 특이한 이름이군. 빠른 음식점이라… 이층에 앉아 저 창으로 바깥 구경을 하면서 식사하면 좋겠는걸?"

고급스럽게 꾸며진 문을 열고 들어가자 깔끔한 분위기의 내부를 볼 수 있었다. 물론 뮤스가 머물고 있는 '쉐퍼드의 정' 역시 꽤나 깔끔한 식당을 가지고 있긴 했지만 이곳은 전문 음식점이었는지 약간의 위압

감마저 풍기고 있었다. 이때 문 앞에서 대기하던 점원이 깍듯이 인사를 하며 뮤스를 맞이하였다.

"어서 오십시오, 손님."

"네."

뮤스는 자신의 아래위로 살펴보는 점원의 눈빛을 느낄 수가 있었다. 뮤스의 차림새가 그다지 지체 높아 보이거나 돈이 많아 보이지는 않았기 때문이다. 뮤스는 몰랐지만 이곳은 이 도시 내에서 꽤나 고급 음식점이었던 것이다. 하지만 들어온 손님이니 막 대할 수도 없었기에 정중한 모습이었다.

"혼자십니까?"

"네, 그런데요."

"저를 따라오십시오."

점원의 안내를 받으며 안쪽으로 들어가자 한눈에 봐도 가격이 꽤 나가게 보이는 테이블과 의자들이 자리를 잡고 있었고, 테이블 위는 질좋은 면으로 덮여 있었다. 애써 둘러보지 않았지만 가게의 중앙에 위치한 이층으로 올라가는 계단이 뮤스의 눈에 띄었다.

"실례지만 이층에서 식사를 할 수도 있나요?"

뮤스의 질문에 점원은 약간 인상을 쓰며 귀찮다는 듯이 말했다.

"죄송하지만 위층은 특별한 분들만 모시는 곳입니다. 오늘은 이미 예약이 되어 있어 안 되겠습니다."

"그럼 할 수 없죠. 쳇."

점원의 말에 약간 실망한 뮤스는 점원의 안내에 따라 아래층의 창가에 앉았다. 그리곤 점원이 두고 간 메뉴를 바라보며 이것저것 고르려했지만 이 세계의 음식에 대해 잘 알지 못했기에 난감해하고 있었다.

이때 가게의 입구 쪽에서 한 쌍의 남녀가 들어오는 소리가 들렸다. 음식 주문을 못해서 난감해하고 있었기에 별 신경 쓰지 않은 뮤스였지만 오히려 그쪽에서 뮤스를 부르는 것이었다.

"혹시 뮤스님 아니신가요?"

자신을 부르는 남자의 목소리가 들려오자 그는 눈길을 메뉴에서 옮겨 남자에게 머물게 했다. 그곳에는 익숙한 얼굴이 서 있었다.

"아! 크리스티앙님이시군요? 어떻게 이런 곳에서 보네요. 일은 잘 성사되셨어요?"

뮤스의 말에 자신의 옆에 있는 여성을 바라보며 씨익 웃을 뿐이었다. 그의 옆에는 뮤스도 아는 얼굴인 페릴이 서 있었다.

"와아! 축하드려요. 아주 신수가 훤합니다요!"

"다 뮤스님 덕분이죠. 페릴, 인사해요. 그 천체만리경을 만들어주신 뮤스님이세요."

"아! 말씀 많이 들었습니다. 페릴 슈베어 폰 라이델입니다."

크리스티앙의 소개에 반가운 듯 인사를 하는 페릴이었다. 그녀도 꽤나 행복한지 저택의 정원에서보다 훨씬 밝아 보이는 모습이었다. 이어서 크리스티앙이 말했다.

"그런데 어째서 이런 곳에 혼자 계신 것이죠?"

"그럴 만한 사정이 있어서요. 혼자 구경을 다니다가 출출해서 이곳에 들렀거든요."

"아! 그러시군요. 괜찮으시다면 저희와 이층에서 함께 식사하시지요?"

크리스티앙의 제의가 반갑기 그지없는 뮤스와 뒤에서 자신의 경솔함에 가슴만 졸이고 있는 점원이었다. 라이델베르크 영주의 영애와 아는 사이였으리라고는 상상도 못했던 것이다. 더욱 친절해진 점원의 안내를 받으며 이층으로 올라가자 그의 생각대로 시원하게 뚫린 창문이 환하게 밖의 전경을 비춰주고 있었다.

점원이 지정해 준 자리에 앉은 일행은 식사 주문 후 이런저런 이야기를 하게 되었다.

"아! 그래서 혼자 계시게 된 거군요. 공학원이라… 과연 뮤스님 정도면 그런 일을 할 만하죠."

"어머! 정말 흥미로운 일을 계획 중이시군요. 저희 아버님도 관심이 많으실 것 같아요. 유달리 기계 쪽에 관심이 많은 분이시죠. 마법은 이제 한물 갔다시면서요. 아무래도 저희 아버님이 전뇌거를 처음으로 사실 듯한데요?"

그동안 자신들의 일에 도움을 준 뮤스가 왠지 가깝게 느껴지는 크리스티앙과 페릴이었기에 오붓한 분위기로 이야기를 할 수가 있었다. 이어 점원은 음식을 서빙했는데 그 수가 꽤나 많아 보였다.

"아, 맛있겠군요. 뮤스님, 사양 마시고 많이 드십시오. 언제 한번 대접해야겠다고 생각하고 있었는데 이렇게 쉽게 기회가 올 줄은 몰랐습니다."

말을 마친 후 포근한 모습으로 서로를 바라보며 웃는 페릴과 크리스티앙이었다. 사춘기의 소년인 뮤스는 왠지 그들이 부럽다는 생각을 잠시 했지만 그런 생각은 마음속에 묻어버렸다.

나이프와 포크를 들고 음식을 먹으려는 순간, 밖에서 큰 굉음이 들려왔다.

쿠과과광!!

"어머나! 이게 무슨 소리죠?"

페릴은 깜짝 놀라 들고 있던 나이프를 떨어뜨렸다. 그 순간 식당의 아래층이 소란스러워지며 사람들의 외침 소리가 들렸다.

"마차가 건물에 충돌했어! 사람들이 건물의 잔해에 깔렸다! 좀 도와줘!"

아래층에서 들린 소리를 들은 뮤스는 손에 들고 있던 포크와 나이프를 내려놓은 후 빠르게 뛰어 내려갔다. 가게의 밖으로 나오자 길 건너편 쪽에 무너져 내린 건물들과 그 잔해와 함께 박혀 있는 마차의 일부가 보였다. 말에 연결된 마구들이 부서져 나갔는지 말들은 저 멀리서 푸득거리고 있었다. 함몰된 곳에서 사람을 구해내려는지 주변 가게의 사람들이 모두 몰려나와 잔해를 들어내고 있었다. 뮤스 역시 거들기 위해 사고 현장으로 달려갔다.

"아무래도 사람이 모자라! 저쪽으로 가서 다른 블록 사람들도 불러와!"

"밑에 사람이 깔려 있어! 이것들 먼저 들어내야 한다구!"

"이런, 제길! 이러다가 아래에 있는 사람들 다 죽는다고!"

작업이 어려워지자 사람들은 고함을 지르며 초조해하기 시작했다. 뮤스 역시 무너진 벽의 한쪽을 잡고 안간힘을 쓰고 있었다. 그런 뮤스의 머리에 한 가닥의 생각이 지나갔다.

'뇌동체술법!'

"여러분, 잠시만 비켜나세요!"

주변의 사람들은 한 청년의 갑작스런 외침에 흠칫하며 하던 일을 멈추었다. 하지만 사람에게 궁금증을 느낄 시간을 주기에는 너무나 촉박했기에 한 번 더 외쳤다.

"빨리요!"

뭔가에 홀린 듯 뮤스의 말을 들은 사람들은 잔해들의 주변으로 물러났고 이를 확인한 뮤스는 몸에서 흘러 다니는 뇌공력을 사지의 근육들로 흘리기 시작했다. 그러자 몸은 노란색의 빛으로 물들었고, 그 빛들은 점점 진해져 금광에 가까워져 갔다. 이어 그는 무너진 벽의 잔해를 손으로 잡았다. 사람들은 뮤스의 변화에 놀라워하며 지켜보고만 있었고, 뮤스의 손은 그 놀람에 쉴 틈도 주지 않았다.

츠즈즈즈즉……

거대한 돌벽이 뮤스에 의해 기적처럼 들어 올려지고 있었던 것이다. 하지만 세상 모든 일이 언제나 사람들 뜻대로 되는 것이 아니라는 것을 확인시켜 주듯이 돌벽덩어리에서 균열이 생기고 있었는데 그가 잡은 부분만으로는 돌벽의 무게를 견디지 못하였기 때문이다.

'이, 이런! 다시 무너지면 안에 있는 사람들이 더욱 위험해질 텐데!'

하지만 주변의 사람들은 돌벽의 균열을 발견할 수가 없었고, 또 설사 발견했다 치더라도 손쓸 방법이 없었기에 쥐어진 손으로 땀만 흘릴 도리밖에 없었다. 어떻게 해야 할지 고민하던 뮤스는 자신이 들어 올린 돌벽의 아래쪽을 살펴보았다.

'저기 지하로 통하는 계단이 있구나. 이 벽을 부순다면 아래쪽이 다시 무너질 수 있으니 내가 직접 저곳으로 들어가는 게 나을 거야.'

그렇게 단호한 결정을 내리고 딱딱한 표정을 지으며 자신이 들고 있던 돌벽의 밑으로 몸을 날렸다. 주변 인물들은 뮤스의 갑작스런 행동에 놀랐고, 또 한편으로는 다시 무너져 버린 돌벽에 넋을 잃었다.

"어떻게 이런 일이……!"

"저 청년 미친 거 아냐? 무너진 건물 속으로 몸을 날리다니! 구해야

될 사람만 한 명 더 늘었잖아?!"

"역시 기적은 쉽게 일어나지 않아! 더 늦기 전에 재해 대책반이나 불러와!"

뒤늦게서야 밖으로 나온 크리스티앙과 페릴은 사라진 뮤스를 찾고 있었다. 하지만 어디로 갔는지 뮤스의 모습은 보이지 않았고, 서둘러 움직이고 있는 사람들과 처참하게 내려앉은 건물 더미만 볼 수 있었다.

분주하게 움직이는 사람들은 어느새 마련했는지 철로 만들어진 장대를 들고 지렛대로 사용하고 있었다. 하지만 이곳에 있는 십여 명의 사람들로서는 역부족이었기에 시간만 흐를 뿐 아무런 진전을 보이고 있지 못하였다.

"이런, 제길! 매달 비싼 세금을 내는데 이럴 때 관청은 뭐 하고 있는 거야!!"

30대 초반의 사내가 화가 치미는지 손에 들고 있던 철근을 던지며 불만을 토로했다. 그의 불만이 터짐과 거의 동시에 거리의 입구로부터 일관된 옷차림을 하고 있는 사람들이 몰려오기 시작했다. 그들은 라이델베르크의 재해 대책반의 대원들이었는데 화재에서부터 수재까지 모든 민원적인 재해를 담당하는 기관이었다.

"아무튼 이것들은 화를 내려고 하면 나타난다니까."

투덜거리며 재해 대책반이 몰려오고 있는 곳으로 발걸음을 옮기는 사내였다. 라이델베르크의 시민들 역시 평소 재해에 대한 훈련이 제법 잘 되어 있었는지 재해 대책반이 도착하자 그들의 통제를 받기 위해 일손을 잠시 멈추고 내려왔다. 사람들이 재해 대책반에게 상황을 설명하던 중 현장 주변에서 지켜보던 한 아이가 큰 소리로 외쳤다.

"아저씨들! 저기를 봐요! 뭔가 움직여요!"

아이가 손으로 가리키는 곳으로 사람들의 시선은 모아졌다. 아이의 말대로 붕괴된 곳의 커다란 돌덩이들이 조금씩 움직이고 있었다. 그것도 잠시, 요란한 굉음 소리와 함께 쌓여 있던 커다란 바위들이 폭발이라도 하듯이 부서져 사방으로 파편을 날렸다. 그다지 먼 거리까지 파편이 날아가진 않았기에 그에 대한 피해는 없었지만 뿌연 먼지가 일면서 사람들의 시야를 가렸다. 바람에 먼지가 흩어지자 무너진 벽이 막고 있던 지하로 통하는 계단이 보였고, 계단으로부터 걸어 올라오는 청년을 볼 수 있었다. 그의 옷과 얼굴은 먼지로 뿌옇게 되었지만 별다른 상처는 보이지 않았다. 그저 피곤한 표정을 지으며 손으로 옷을 툴툴 털며 걸어나올 뿐이었다. 사람들 사이에서 지켜보던 크리스티앙이 청년에게 달려갔다.

"뮤스님, 괜찮으십니까?"

"에고~ 크리스티앙님, 그런대로 괜찮습니다. 그런데 많이 피곤하네요. 사람들에게 저 안쪽에 있는 사람들 좀 꺼내주라고 하세요. 안쪽에 꽤 많은 사람들이 있더라고요. 창고였나 본데 다행스럽게 다친 사람은 없는 듯하네요."

뮤스는 자신에게 달려오는 크리스티앙을 보며 가볍게 웃으며 말했다. 겉으로 내색은 안 했지만 돌벽을 부수기 위해서 써버린 뇌공력 때문인지 약간의 현기증마저 느끼고 있었다. 실상 그가 지닌 뇌공력의 양은 대단했지만 드워프 마을에서처럼 아직 그가 익숙하게 사용할 수 있는 뇌공력의 양은 얼마 되지 않았기에 쉽게 지쳐 버린 것이다.

뮤스의 말을 들은 크리스티앙이 다른 사람들에게 말하기도 전에 재해 대책반의 대원들은 지하로 통하는 계단으로 들어갔고, 얼마 지나지 않아 그 속에 매몰됐던 사람들을 부축하여 나오는 모습을 볼 수가 있었다. 뮤스는 혼잣말로 중얼거렸다.

"혜휴~ 이런 일이 또 일어날지 모르니 재해 대비용 장비도 만들어야겠구나……."

"네? 뭐라고 하셨죠?"

"하하, 아닙니다. 그냥 혼자 궁시렁거린 거였어요. 그나저나 페릴님은 어디에 남겨두고 혼자세요?"

"아아, 그러고 보니 페릴이 어디 있지?"

그제야 페릴이 없다는 걸 느꼈는지 주변을 두리번거렸다. 하지만 별노력 없이 페릴의 모습을 찾을 수 있었는데 재해 대책반 차림을 하고 있는 중년의 남성과 대화를 나누고 있는 모습이었다. 그녀 역시 크리스티앙을 발견하고는 그쪽으로 오라는 손짓을 보내왔다.

"뮤스님, 같이 가시죠. 아까는 정말 놀랐답니다. 어떻게 그 커다란 돌덩이를 박살 내셨는지… 휴."

빙긋 웃으면서 페릴이 있는 곳으로 발걸음을 옮겼다. 뮤스가 지나가자 주변 사람들은 그를 보며 놀라는 표정으로 수군덕거리고 있었다. 페릴과 함께 있는 중년은 진갈색의 짧은 머리에 고상하게 말려 있는 콧수염이 인상적인 사람이었다. 약간 마른 듯했지만 그래서 더욱 냉철해 보이기도 했다. 곁에 있던 페릴이 말했다.

"크리스티앙님, 인사하세요. 이쪽은 저희 라이델베르크의 재해 대책반 대장님이신 안루헨님이세요."

"반갑습니다. 크리스티앙 하이만 폰 투트가르라고 합니다."

"아! 페릴 아가씨와 약혼한 분이시군요. 소문은 들었습니다. 안루헨 딜레인이라고 합니다. 벌써 페릴 아가씨가 결혼하실 나이가 됐다니…

후훗."

페릴의 소개에 크리스티앙과 안루헨은 가볍게 인사를 끝내자 안루헨의 시선은 크리스티앙의 뒤에 있는 뮤스에게 돌아갔다.

"저… 크리스티앙님, 뒤에 계시는 분과는 어떤 사이시죠? 아까 대단했습니다. 그 거대한 돌덩이를 박살 내고 나오신… 혹시 마법사가 아니신지?"

"마법사는 아닙니다. 하지만 그보다 대단하다면 대단하신 분이죠. 인사 나누시죠. 뮤스님이십니다."

뮤스 크리스티앙의 소개에 길게 읍을 하며 안루헨에게 인사를 했다.

"안녕하세요. 저는 뮤스라고 해요."

"안루헨 딜레인이라고 합니다. 방금 전에는 사람들 모두 놀랐지요. 솔직히 지금도 놀라 있는 상태입니다. 그보다 지금 모습이 말이 아니시군요. 어디 가서 옷이라도 갈아입으시는 것이……."

안루헨의 말에 자신의 몸을 이리저리 둘러본 뮤스는 머리를 긁적이며 괜찮다고 하려 했지만 긁적이던 머리에서 돌 조각이 떨어지자 도저히 그런 말을 할 수는 없었다. 하지만 신세를 지기도 싫은 뮤스였다.

"이런. 그러고 보니 정말 엉망이네요. 몸도 좀 피곤하구요. 전 이만 숙소로 돌아가 볼게요."

"식사도 아직 못 마치셨는데 벌써 돌아가시는 겁니까?"

"뭐, 숙소에도 괜찮은 식당이 있으니 거기서 해결하도록 하죠. 이런 모습으로 저 고급스런 식당으로 들어가는 것은 무리가 있지 않을까요? 아무래도 크리스티앙님의 대접은 다음으로 미뤄야겠네요."

안타까워하는 크리스티앙과 페릴에게 괜찮다는 표정을 지어 보이며 작별 인사를 했다. 뚜벅뚜벅 숙소로 돌아가는 길은 상당히 멀게만 느꺼졌다. 자신과는 상관없이 활기 차게 살아가는 사람들을 보며 문득 쓸쓸함을 느끼는 뮤스였다. 긴장이 풀려서인지 마냥 감상적으로 변하고 있었다.

'그리고 보니 내가 이곳으로 와서 처음으로 혼자 있게 되는구나. 크라이츠 누님과 켈트 아저씨가 없으니 이리 허전하단 말인가.'

"이런… 전뇌거라도 있으면 편했을 것을… 헤휴……."

한숨을 내쉬어 봤지만 그다지 시원하지는 않았다. 오히려 숨이 빠져나간 자리를 눌러오는 무거운 마음만 남을 뿐이었다. 때론 감상적인 기분도 나쁘지만은 않은 듯 자신도 모르는 사이 발걸음은 '쉐퍼드의 정'에 도착해 있었다. 힘없이 문을 열고 들어서자 언제나처럼 '어서 오세요' 하며 개성없는 모습으로 인사를 하는 아주머니가 맞이해 주었다. 아무런 기대하는 바 없이 일층의 식당을 둘러보았다. 하지만 의도와는 다르게 그의 기분을 날려줄 만한 반가운 얼굴이 식당의 한자리를 차지하고 있었다.

"켈트 아저씨!"

뮤스의 외침에 다른 드워프와 함께 앉아 있던 켈트가 눈길을 뮤스가 서 있는 문 쪽으로 돌렸다.

"이 녀석아, 시끄럽다! 죽은 사람이라도 살아 돌아왔냐? 아침부터 사라져서 어디 갔다 왔냐! 네 녀석 찾는다고 아침이 엉망이었어! 그런데 몰골이 웬 거지꼴이냐?"

"헤헤, 오늘 그럴 만한 이유가 있었어요."

화가 났다는 듯이 목청을 높이며 혼을 내는 켈트였지만 뮤스의 귀에는 그저 정답게만 들릴 뿐이었다. 그런 뮤스의 마음을 아는지 모르는지 켈트는 뚱한 표정을 지어 보이기만 했다. 하지만 금세 풀고선 언제나처럼 장난스런 목소리로 켈트가 말했다.

"쯧쯧, 녀석. 나야 상관없지만 크라이츠님이 전뇌거 없다고 엄청 성화셨다. 각오하는 게 좋을 거야. 그건 그렇고 네 앞에 있는 드워프들은 눈에도 안 들어오는 게냐? 그동안 나에게 반하기라도 한 거냐?"

켈트의 지적에 그제야 그와 동석하고 있는 세 명의 드워프가 뮤스의 눈에 들어왔다. 셋 다 뚜렷한 개성을 가진 모습이었는데 푸른색을 띠는 머리와 텁수룩하게 기른 수염을 가지고 있는 드워프, 붉은 머리와 단정하게 정리해서 멋진 수염을 가진 드워프, 마지막으로 연한 갈색의 머리에 배까지 내려오는 긴 수염을 가진 드워프였다. 수염이 없는 켈트와는 사뭇 다른 모습이었다. 물론 젊어 보이기 위해서 수염을 기르지 않는 켈트가 이상하다는 것을 뮤스가 알 리는 없었다.

"이 셋은 나의 사촌들이다. 나와 어렸을 적부터 함께 자라온 사이거든. 껄껄껄. 이쪽 파란 머리는 블뤼안, 빨간 머리는 레디에슨, 그리고 네 앞에 앉아 있는 드워프는 브라이덴이지."

머리색과 비슷한 이름을 가지고 있어서인지 쉽게 뇌리에 남는 이름들이었다. 드워프들은 켈트만큼이나 걸걸한 성격을 가졌는지 덥석 손을 내밀며 인사를 건넸다.

"반갑네! 켈트 형님께 말 많이 들었어. 두뇌가 대단하다면서? 잘 부탁해. 블뤼안이야. 유리를 특별히 잘 다룬다네."

"저두 처음 뵙겠어요. 도와주셔서 고맙습니다."

블뤼안의 손을 맞잡은 뮤스는 블뤼안의 손바닥 느낌에 놀라야만 했다.

'마치 거북의 등 껍질을 만지는 느낌이야. 이렇게 굳은살들이… 켈트 아저씨도 이렇겠지? 대단한 실력을 가지신 분들 같군.'

뮤스가 놀라고 있을 때 블뤼안의 옆에 앉아 있던 브라이덴이 뮤스의 말을 받으며 손을 내밀었다.

"허허, 우리에게 고마울 것이 뭐가 있겠나? 우리야 평생 이런 일만 해오는 종족들인데. 안 그런가? 목재와 흙을 다루는 게 특기인 브라이덴일세."

"그렇게 말씀해 주시면 더욱 고맙구요."

"우리도 이제 한식구인데 켈트 형님에게 하는 것처럼 편하게 대하라고. 알겠나?"

"네, 그렇게 할게요."

마지막으로 붉은 머리를 가진 드워프가 말했다.

"나는 켈트 형님이 소개했듯이 레디에슨이라고 한다네. 그냥 레딘이라고 부르는 게 편할 것 같구먼. 금속이 전문이지. 만나서 반갑네."

레딘은 다른 드워프와는 다르게 점잖은 듯한 인상이었다. 길게 내려 기른 수염 또한 그런 인상에 한몫하는 듯이 가볍게 흩날리고 있었다. 하지만 그것이 위장이라는 것을 모르는 뮤스였으니… 인사가 끝난 것을 확인한 켈트가 말했다.

"자, 다들 모였으니 식사나 함께하자고. 뮤스, 식사는 했냐?"

"말도 마세요. 아침부터 한 끼도 못 먹었다구요. 하루 종일 허기가 져서 회를 칠 뻔했어요."

"그런데 넌 그 몰골로 식탁에 앉을 거냐? 눈치도 없는 녀석. 그 더러운 손을 내밀었을 때 동생들의 표정을 못 본 건가? 아주 엘프와 악수를 하는 꼴이었다구. 껄껄껄!"

"아차! 그렇네요. 얼른 씻고 올 테니 먼저 주문하고 계세요. 전 아무거나 양 많은 걸로 부탁해요!"

뮤스가 서둘러 방으로 올라가자 네 명의 드워프는 서로 바라보며 웃었다. 켈트가 말했다.

"지식은 엄청나지만 겉으로는 좀 띨띨해 보이지? 그래서 그런지 불쌍해서 괜히 도와주고 싶은 마음이 든다니까."

뮤스는 식사가 끝나도록 내려올 줄을 몰랐다. 낮의 일 때문에 기력이 탈진했는지 방으로 올라가자마자 침대에서 잠이 들었고, 한참 후에야 드워프들은 방에 쓰러져 잠든 그를 발견할 수 있었다. 어떤 일을 겪었는지 알 수 없었던 드워프들은 서로 바라보며 어깨만 으쓱거릴 뿐이었다.

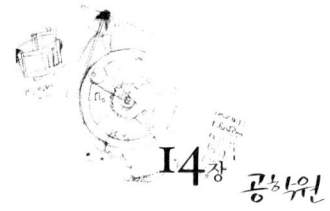

I4장 공학원

어느 날들과 같이 높은 하늘을 가진 가을의 날씨였다. 방에는 어찌된 일인지 한쪽만 달랑달랑 달려 있는 창을 통해 밖을 내다보며 잠이 오는지 하품을 하고 있는 켈트와 그의 뒤로 몸이 근질거리는지 손에 쥔 연장들로 침대를 분해했다가 고쳤다 하고 있는 브라이덴, 달랑 한쪽만 남아 있는 창문에 대한 이유를 설명해 주려는 듯이 한 손에 창문의 유리를 들고 녹이려 하고 있는 블뤼엔이 있었다. 또 그런 열의에 불타오르는 세 드워프들 사이에서 불안을 감추지 못하고 있는 뮤스의 모습도 보였다.

문득 창밖으로 전뇌거 앞에서 침을 흘리고 있는 레딘을 스치듯 보던 켈트가 천천히 입을 열었다.

"크라이츠님이 가출(?)하신 지 삼 일쨀가? 이제 오실 때쯤 된 듯한데……"

"그러게 말이에요. 하지만 크라이츠 누님이 맡은 일이 시간이 많이 걸리는 일이니까요. 끝났으면 전뇌거를 운전하고 싶어서라도 당장에 올걸요?"

"하긴, 그렇지. 하지만 내 사촌 동생들 하는 짓이 여간 불안한 것이 아냐. 저렇게 놔뒀다간 언제 발광을 할지 모른다고."

"바, 발광이라니요?"

"전뇌거를 녹이려고 안달하는 레딘의 광기가 네 눈엔 안 보이냐? 그 도 그지만 네 뒤에 있는 녀석들 역시 이대로 둔다면 어떻게 될지 몰라."

세 명의 드워프를 살펴보자 켈트의 말대로 뭐라 형용할 수 없는 기이한 분위기가 그들의 주변에 흐르고 있었다. 피의 향기에 영혼을 빼앗긴 전사가 평화의 시대가 열리자 살기만 흘릴 수밖에 없어 미쳐 버리는 것과 비슷하다고 할까?

"뭐… 그런 성격 때문인지 실력 하나는 완벽하지."

똑똑.

방문을 두들기는 소리가 나자 방 안에서 무료함을 달래던 드워프들의 눈은 한곳으로 몰렸다. 뮤스가 문을 열자 나이 어린 소년이 문 앞에서 잔뜩 긴장한 표정으로 그의 얼굴을 올려다보고 있었다. 소년의 손에는 작은 편지 하나가 들려 있었는데, 아무래도 심부름하는 소년인 것 같았다.

"저… 어떤 누나가 이걸 전해드리라고 하셨어요."

"그렇구나. 어디 한번 보자."

켈트가 방에서 걸어나오며 소년에게 편지를 건네받으려 하자 소년은 편지를 재빨리 등 뒤에 숨겼다. 이어 기어 들어가는 소년의 말이 들렸다.

"저… 그 누나가 심부름 값은 여기서 받으라고 했는데요?"

"끄응~ 아무튼 짠순이 드래곤! 여기 있다."

켈트가 주머니에서 조그마한 은 조각을 꺼내 소년의 손에 쥐어주자 소년은 입이 귀 끝에 걸리며 편지를 주고 사라졌다. 편지지는 꽤나 고급 종이로 된 것이었는데 이곳의 재지 기술의 수준을 본다면 상당히 고가의 종이일 것이다. 소년이 전해준 편지를 읽어보던 켈트는 주위에 있던 일행들에게 말했다.

"크라이츠님이 도착한 모양이야. 이곳으로 찾아오라는데?"

켈트의 말에 귀가 번쩍 뜨인 나머지 드워프들은 드디어 할 일이 생긴다는 기쁜 마음으로 주변에 흘리던 광기를 다시 몸속으로 접어 넣었다. 하지만 아직 광기 정리를 덜했는지 창으로 기어 올라오는 레디에슨이 보였다.

"흘흘. 형님, 이제 다 기다린 거요? 정말 미쳐 버릴 뻔했수."

"저, 저기… 레딘 아저씨… 여기 4층 아니었나요? 설마 여길 기어 올라오신 건 아니겠죠?"

뮤스의 말에 창문으로 한쪽 다리를 올리고 있던 레딘은 등 뒤로 식은땀을 흘리며 얼어버렸다. 뭔가 변명거리라도 찾으려는 듯이 눈을 이리저리 굴리는 모습을 보이더니 이내 레딘은 입을 삐죽하며 올린 다리를 다시 내리고 기어 내려갔다.

"원래 레딘 아저씨 저래요? 아니면 기다림이 너무 길었던가?"

"흐흐흠, 그냥 등산을 좋아하는 드워프라고 생각하라고."

뮤스의 어깨를 한 손으로 두들기며 말을 피하는 듯이 밖으로 걸어나가는 블뤼엔과 그와 비슷하게 뮤스의 눈을 피하며 나갈 준비를 하는 두 드워프였다.

성실한 식당의 점원인 인스테인은 언제나처럼 바쁜 점심 시간을 보냈다. 언제나 오후 무렵이 돼서야 일에서 잠시 해방될 수 있었기에 식당 밖에 마련된 탁자에서 햇살을 맞으며 차 한잔을 즐기는 고상한 취미를 가지게 되었다.

"흠! 난 이 시간이 세상에서 제일 좋단 말야. 남부러울 것이 없지, 차 한잔의 향기와 신문 하나만 있으면 세상에 그 무엇이 부러우랴. 이번 주에는 어떤 일이 있었을까나?"

일주일에 한 번밖에 나오지 않는 신문이었지만 라이델베르크의 시민이라면 누구나 애독하고 있는 유일한 언론 매체였다. 주로 관광객들에게 도움을 주기 위한 관광 정보와 라이델베르크 내에서 일어나는 대소사를 쉽게 알 수 있도록 모아놓은 것이 대부분의 내용이었지만. 차를 한 모금 들이킨 인스테인은 가장 좋아하는 코너인 '라이델베르크의 괴담' 페이지를 기대의 눈빛으로 들여다보고 있었다.

"어디 보자… 이번 주의 괴담은… 말 없는 철 마차와 검은 머리의 괴인? 호오… 요즘 라이델베르크의 시내에 말이 없는 철 마차를 타고 출몰하는 괴인은……."

인스테인은 신문 기사의 옆에 그려져 있는 삽화를 보았다. 신문의 기사대로 꽤나 괴기스러운 내용이 아닐 수 없었지만 선뜻 믿기엔 그는 바보가 아니었던 것이다.

"아무튼 판매 부수 올리려고 별 이야기를 다 지어내는군. 어차피 신문은 이것밖에 없으니 팔릴 수밖에 없는데… 쯧쯧. 언론이 이렇게 왜곡하면 쓰나."

언론을 신랄하게 비판하던 인스테인이 아직 식지 않은 찻잔을 들며 입술에 기대고 있을 때였다.

부웅! 소리와 함께 자신의 눈앞으로 번개같이 지나가는 물체를 목격했다. 얼핏 본 모습이 낯설지 않게 느껴졌는데, 그제야 생각이 났는지 자신이 보던 신문을 내려다보는 인스테인이었다.

"여, 역시 세상에 알 수 없는 일은 많아. 저, 접시나 닦자."

부들부들 떨리는 손을 진정시키며 인스테인은 가게 안으로 들어갔다.

이때 뮤스 일행은 전뇌거를 타고 크라이츠가 연락한 곳으로 달려가고 있었다. 한데 운전하는 인물은 뮤스가 아닌 레딘이었다.

"움하하하하! 거보라고! 내가 뭐랬나!! 아까부터 지켜보면서 운전법을 배웠다니까!!"

"이걸 운전이라고 말하는 거냐!! 전뇌거에 끌려가는 거지!!"

켈트가 레딘의 말에 발끈하며 고함쳤지만 그 정도의 소리침으로는 화가 덜 풀렸는지 한참이나 더 떠들었다.

"제길! 크라이츠님이 없으니까 네 녀석이 난리군! 내 그러길래 이 녀석은 두고 오자고 그랬잖아!!"

"형님, 저 녀석을 두고 왔으면 형님은 집에 올 때마다 철로 된 침대에서 잠을 자야 했을 거요."

"끄응……."

이때 뮤스가 소리치며 달리던 전뇌거에서 일어났다.

"아저씨들, 저기 저 건물 같은데요? 지도가 맞다면요!"

과연 뮤스의 말대로 크라이츠가 남긴 지도에 표시되어 있는 장소인 듯했다. 한데 지도와 조금 다른 것은 지도에 그려져 있는 표시의 크기였다. 지도에는 일반 건물들과 같은 크기로 이루어진 빗금 무늬의 표시였지만 그곳에 있는 것은 적어도 정원까지 포함한 페릴의 저택보다 두 배 이상은 큰 초대형 건물이었다. 이를 보고 켈트가 정신을 못 차리며 신음성을 흘렸다.

"흐으… 아무리 짠순이라고 해도 드래곤은 드래곤이군. 저것 마련한다고 돈을 다 써서 심부름 값이 없었나?"

"움하하하! 온몸으로 전율이 느껴지는걸? 지금까지 작업해 온 코딱지만한 곳과는 비교가 안 되는군! 역시 형님의 말을 들으면 손해는 안 본다니까!"

켈트는 경황 중에도 한마디 싸구려 농담은 잊지 않았고, 드워프 삼총사는 자신들의 선택에 마냥 흐뭇해했다. 전뇌거는 언제나처럼 작은 중얼거림만을 흘리며 힘차게 그들의 전쟁터로 달려가기만 할 뿐이었다.

전뇌거에서 내린 뮤스와 드워프들은 고개를 치켜들어 올려다본 건물의 규모에 넋을 잃고야 말았다. 멀리서 봤을 때는 그저 크구나 하는 생각뿐이었지만 도착한 후 바라본 건물의 규모는 그들의 눈대중을 비웃기라도 하는 듯 상상을 초월했기 때문이다. 새로 지은 건물이 아닌 듯 허름한 벽돌로 이루어진 건물이었지만 튼튼하게 보수를 했는지 무너질 정도로 위험해 보이지는 않았다. 또 건물 곳곳에 붙어 있는 창에는 복잡한 문양이 새겨져 있어서 꽤나 화려함을 자랑했는데, 마치 신전의 그것과도 같은 모습이었다.

뮤스가 눈길을 내려 자신의 앞에 우람하게 버티고 서 있는 사람 키의 다섯 배나 됨직한 문을 바라보았다. 거대한 문의 옆구리에는 사람이 드나들 만한 쪽문이 붙어 있었고, 조금 열려진 틈새로 쿵쾅거리는 소리가 들려왔다. 뮤스는 아직까지도 건물의 크기에 놀라고 있는 드워프들에게 눈짓을 보내며 들어가자는 신호를 보냈다.

툭탁! 툭탁!

쿵쾅! 쿵쾅!

"호호호호! 빨리빨리 서둘러 주세요! 일행들 오기 전에 끝내야 한다구요!"

건물의 내부에서 사람들을 볶고 있는 여자의 목소리가 들려왔는데, 특별히 생각해 보지도 않아도 그 목소리의 주인공이 크라이츠라는 것을 알 수가 있었다. 하지만 목소리만 울릴 뿐, 이 엄청난 규모의 건물 내부에서 그녀의 모습을 쉽게 찾을 수는 없었다. 뮤스가 허공을 향해 외쳤다.

"누님! 어디 있어요?"

건물의 크기 때문에 작은 메아리까지 울리는 것을 느낄 수 있었다. 하지만 메아리를 느끼며 놀라기도 전에 멀리서부터 크라이츠의 목소리가 먼저 들려왔다.

"이쪽으로 와! 이제 거의 다 됐어!"

뮤스는 입구의 반대쪽에 어렴풋이 손을 흔들어 보이는 인영을 알아볼 수 있었다. 켈트와 드워프 일행들의 관심사는 뮤스와 크게 달랐는데 바로 건물의 한쪽에 쌓여 있는 엄청난 양의 광석들과 목재, 완비되어 있는 용광로 등의 작업 환경이 그들을 유혹하고 있었다. 뮤스가 어디론가 걸어가는 것조차 느끼지 못하는지 그들은 잔뜩 쌓인 광석들과 목재를 만지며 괴기스런 웃음만 흘리고 있었다.

뮤스가 꽤 걸어가자 크라이츠의 모습이 완전히 눈에 들어왔다. 평상시와는 다르게 활동하기 편한 펑퍼짐한 바지와 간편한 옷을 걸치고 있어서인지 그녀가 가진 이미지와는 약간 다른 느낌이었다. 뮤스는 감탄을 하며 그녀를 바라보았다.

"와! 누님! 언제 이런 건물을 마련했어요? 새로 지은 건물은 아닌 듯한데."

"호호! 당연한 것 아니겠니? 이런 건물을 사 일 동안 만든다는 건 무리가 있지. 그래서 예전에 신전으로 쓰던 건물을 인수해서 개조한 거란다. 꽤나 큰 신전이었던 것 같은데 덕분에 우리야 편하게 됐지 뭐. 마음에 드니?"

"헤헤헤, 그럼요! 생각보다 훨씬 대단한걸요?"

"그런데 켈트 씨는?"

크라이츠의 물음에 걸어온 길을 돌아보니 멀리서 마냥 신난 아이들처럼 광석으로 돌싸움하고 있는 네 명의 드워프가 시야에 어렴풋이 잡혔고, 누군가 광석에 맞았는지 괴성을 고래고래 지르고 있었다.

"헤휴~ 저기 세 분이 켈트 아저씨가 모시고 온 분들이죠. 제 생각엔 켈트 아저씨가 세 분 늘었다고 보시면 될 듯하네요."

뮤스는 생각만 해도 골이 아픈지 머리를 감쌌다.

"그렇구나. 이제 마지막 보수 작업만 하면 된단다. 네가 남겨둔 종이에 쓰여져 있는 재료는 대부분 구해왔고, 나머지는 며칠 이내에 이쪽으로 운송될 거야."

"누님, 정말 수고하셨어요."

"호호, 뭘 그러니. 다 본전 뽑을 거란다. 그리고 이 건물 뒤에는 우리가 살 집을 마련해 놨거든. 이제 거의 끝난 것 같으니 들어갈까?"

"아무튼 누님은 그저 돈이라니까. 그런데 저분들은 어떻게 하죠?"

뮤스의 질문과 동시에 이번에는 켈트가 광석에 맞았는지 그의 걸걸한 괴성이 들려왔다.

"신나서 저렇게 좋아들 하니 나중에 인사하지 뭐. 우린 일단 들어가 자꾸나."

크라이츠를 따라 건물의 뒷문으로 빠져나가자 바로 앞에는 과거 신전의 외부인 숙소로 쓰였던 듯한 건물을 볼 수가 있었다. 작업장만큼 커다란 규모는 아니었지만 뮤스 일행이 살기에는 꽤나 큰 건물이었다.

건물 내부로 들어가자마자 이층으로 올라가는 계단이 보였고 깨끗하게 정리되어 있는 가구들과 큼직한 홀을 가지고 있는 내부가 인상적이었다. 무엇보다 햇살을 바로 받아들이는 홀 천장의 유리가 뮤스의 마음을 끌었는데, 유리로 된 창이 없는 조선에서 살아온 뮤스라서 그런지 유난히 넓은 유리 창문을 좋아하는 그였다. 집의 내부에 정신을 팔고 있던 뮤스에게 크라이츠가 무언가를 건넸다.

"뮤스야, 이거나 받거라."

"음? 이게 뭐죠?"

크라이츠가 건넨 것은 두꺼운 책자와 옆으로 메고 다닐 수 있는 가방이었다. 책자는 앞뒤로 두꺼운 겉장이 붙어 있었고 그 위에는 '공학원 장부'라고 적혀 있었다. 크라이츠가 나름대로 지을 수 있는 가장 순진한 표정을 하며 은근한 목소리로 말했다.

"호호호, 보면 알다시피 공학원을 설립하기 위해 상당한 금액이 들었단다. 뭐, 내가 꼭 그걸 다 받아야겠다는 건 아니고 그냥 그렇다는 거지. 절대! 그만큼을 달라는 말은 아니야! 알겠지? 그래도 그 정도는 벌 수 있지 않을까?"

"아… 네. 그, 그래도 나중에 돌려드려야죠. 이걸 다 채우려면 오늘부터라도 일을 시작해야겠는걸요?"

"호호호! 꼭 그런 뜻은 아니었다니까. 정 네가 그렇다면 돌려 받을 수밖에. 그런데 지금부터 해도 되겠니?"

지나가는 말로 흘리는 뮤스의 중얼거림에 크라이츠는 마치 기다렸다는 듯이 맞장구를 쳤다.

"그건 그렇고 이 봇짐은 뭐죠?"

"레어에서 보물을 가지고 나온다고 뒤적거리다 보니 그 가방이 있더구나. 오래전에 꽤나 유명했던 도적이 쓰던 건데 마법이 걸려 있는 가방이란다. 아무리 큰 물건이나 무거운 물건을 넣는다 해도 그 가방의 무게와 크기는 변하지 않거든. 네게 필요할지도 몰라서 말야."

"와! 그 말이 정말이라면 대단한 물건이네요! 고마워요. 제게 필요한 것들을 만들어 넣어야겠는걸요?"

"호호호! 감사하는 것도 좋은데 말야, 이제 작업장으로 돌아가 볼까? 네가 말했듯이 오늘부터라도 일해야 할 듯한데? 다시 한 번 강조하지만 네게 꼭 다 돌려 받으려는 건 아니야!"

뮤스는 크라이츠의 부추김에 공학원 장부를 꼬옥 쥐고 울며 겨자 먹기로 드워프들이 놀고 있는 작업장을 향해 돌아갈 수밖에 없었다. 밉거나 곱거나 그녀는 공학원의 실질적 주인이었기 때문이다.

퉁탕퉁탕!

건장한 근육들이 요란스럽게 춤을 추고 있고 씰룩거리는 등에서부터 팔까지 흐르던 땀방울들은 원심력을 견디지 못하여 밖으로 튕겨 나가고 있었다. 네 명의 드워프들은 손질 잘 되어 있는 도끼를 바삐 휘두르고 있었고 한쪽에선 모눈이 그려져 있는 종이에 뭔가의 대형 설계도를 그리고 있는 뮤스였다. 크라이츠의 조용한 성화에 첫날부터 노동력을 불살라야만 하는 처절한 노동자들이었다. 용광로의 불길과 같이 빨간 피가 묻은 붕대를 머리에 두른 켈트가 다른 드워프들을 대표라도 하듯이 투덜거렸다.

"에휴… 아무리 우리가 이런 일을 좋아한다지만 이럴 수가 있냐? 첫날부터 이런 중노동이라니!"

"아저씨가 참으셔야지 어떻게 하겠어요. 전뇌거 발표일까지만 수고해 주세요. 그 이후에는 자동 생산 기기들을 만들도록 할 테니 이렇게 힘든 일은 없을 것입니다. 어차피 한 대씩 만들어낼 수는 없을 것이니까요."

"그건 그렇고, 네가 그리고 있는 것은 뭐지?"

머리에 흐르는 땀을 닦으며 물어보는 켈트였다.

"린 강에 세울 발전소의 설계도예요. 자동 생산 기기를 가동시키려면 전뇌력을 생산해야 하는데 제가 계속 뇌공력으로 돌릴 수는 없으니까요. 마침 린 강이 가까워서 전뇌력 공급이 손쉬울 것 같은데요?"

"호오! 네가 가진 뇌공력이 아니더라도 전뇌력을 공급할 수 있단 말이냐?"

"뭐, 쉽게 말하면 그렇죠."

뮤스와 켈트의 대화를 듣던 레딘이 진지한 표정을 일렁이며 물었다.

"흠! 그럼 그것도 우리가 만들어야겠구나?"

"당연하죠. 저나 누님이 만들 수는 없으니까요."

뮤스의 대답에 자신의 예지 능력(?)이 맞음을 확신했고 재빠르게 뮤스의 손에 들려 있는 설계도를 낚아채며 씩씩거렸다.

"찢어버리겠다!"

이지를 상실한 레딘을 막기 위해서 모든 드워프들과 뮤스는 달밤 체조를 해야만 했고, 밤이 깊어서야 레딘을 기절시키며 극적으로 설계도를 되찾을 수 있었다.

〈제1권 끝〉